A Ladra Que Cantava Tempestades

Título original:
The thief who sang storms

Autora:
Sophie Anderson

Tradução:
Ana Pinto Mendes

Revisão:
Patrícia Almeida

Capa: Adaptação de Edições Almedina
Ilustrações da capa: Joanna Lisowiec © Usborne Publishing, 2022
Fotografia de Sophie Anderson: seenicksphotography

ISBN
978-989-9159-17-4

Depósito Legal n.º 516821/23

Paginação: Aresta Criativa – Artes Gráficas

Impressão e acabamento:
Publito, Estúdio de Artes Gráficas
para
Minotauro
junho de 2023

MINOTAURO, uma chancela de Edições Almedina, S.A.
Avenida Emídio Navarro, n.º 81, 3.º D
3000-151 Coimbra – Portugal
e-mail: editoras@grupoalmedina.net

A Ladra Que Cantava Tempestades

Sophie Anderson

MINOTAURO

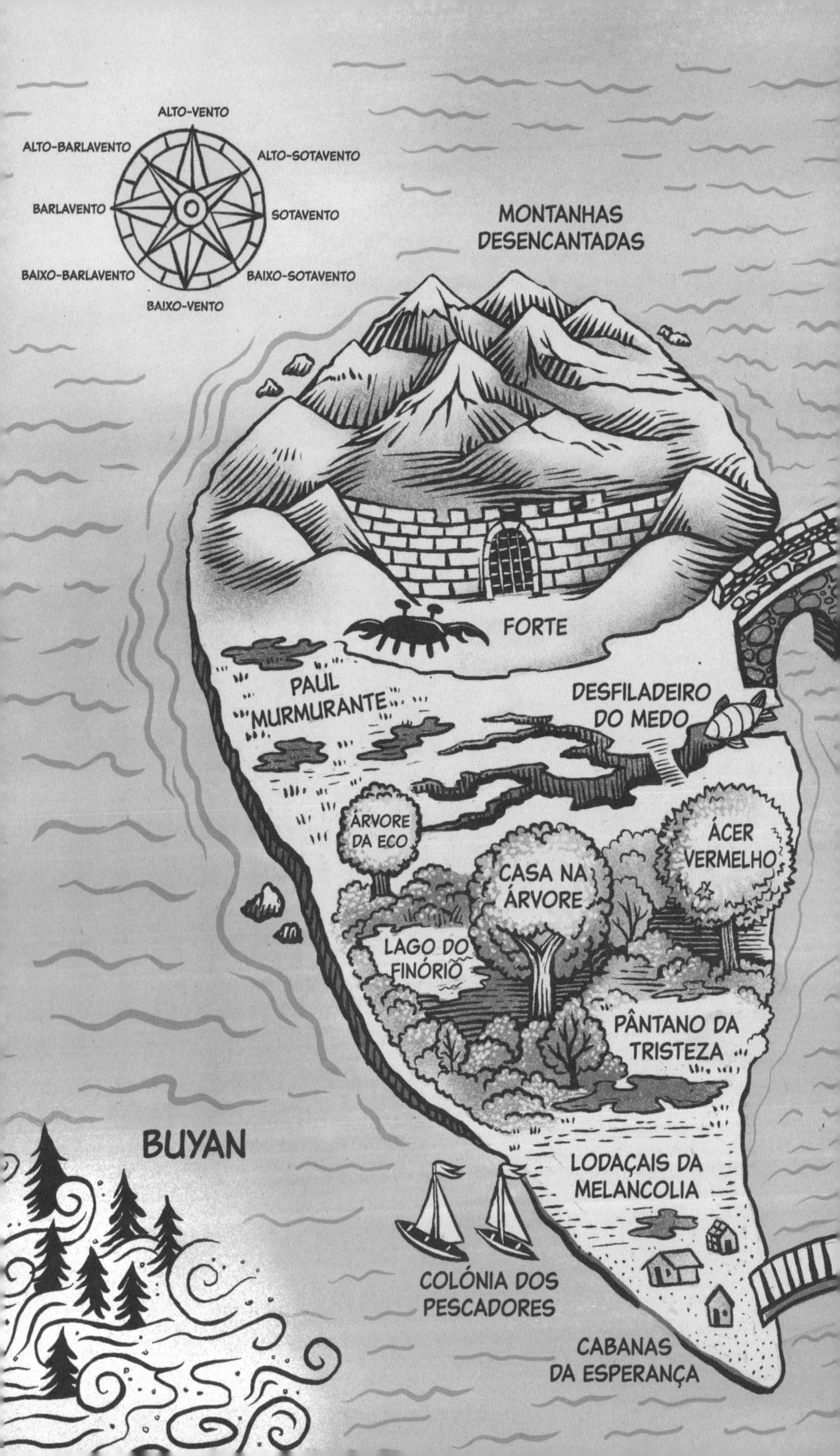
ALTO-VENTO
ALTO-BARLAVENTO
ALTO-SOTAVENTO
BARLAVENTO
SOTAVENTO
BAIXO-BARLAVENTO
BAIXO-SOTAVENTO
BAIXO-VENTO
MONTANHAS DESENCANTADAS
FORTE
PAUL MURMURANTE
DESFILADEIRO DO MEDO
ÁRVORE DA ECO
ÁCER VERMELHO
CASA NA ÁRVORE
LAGO DO FINÓRIO
PÂNTANO DA TRISTEZA
BUYAN
LODAÇAIS DA MELANCOLIA
COLÓNIA DOS PESCADORES
CABANAS DA ESPERANÇA

MONTANHAS DOURADAS
PENHASCOS PÚRPURA
ELDÓVIA
COMPLEXO PALACIANO DE PERO
ESTUFAS
PONTE
ESTRADA
QUINTAS DO SOTAVENTO
QUEDA DE ÁGUA
CORISCO
MAPA DE
MORÓVIA

PRÓLOGO

A ilha de Moróvia tem a forma de um coração partido. Os humanos vivem no Sotavento da ilha, o mais calmo, e os alconostes — o povo-pássaro — vivem no lado mais tempestuoso, o Barlavento. Todavia, nem sempre foi assim.

Até há três anos, alconostes e humanos conviviam em todo o território de Moróvia. Eu e os meus pais tínhamos casa em Corisco — a cidade que fica no Sotavento da ilha, junto ao mar revolto e cintilante. Adorávamos sentar-nos na varanda a olhar para as areias suaves e as ondas salgadas. A vista mudava constantemente, já que a nossa ilha, Moróvia, é uma das Três Ilhas Flutuantes. Moróvia, Eldóvia e Buyan flutuam à deriva pelos oceanos do mundo, aproximando-se e afastando-se entre si, e da Terra Firme, numa eterna e variada dança.

De vez em quando, Eldóvia navegava até tão perto de nós que conseguíamos ver as aves marinhas a rodopiar à volta dos ninhos nos Penhascos Púrpura. Buyan flutuava sempre mais longe, oculta na névoa que a ela se agarra, mas que, por vezes, se dissipa, permitindo-nos obter vislumbres tentadores de algo dourado, resplandecente. Deleitávamo-nos a procurar novas vistas e a imaginar o que poderia existir para lá das Ilhas Flutuantes e da Terra Firme, mas nunca mencionámos a hipótese de sair dali à descoberta, porque éramos felizes em Moróvia.

A minha mãe cantava todos os dias na nossa varanda, a voz aguda e brilhante como a Lua, e as suas asas abriam-se, azuis como o mar e amarelas como raios de sol… Na minha família, éramos alconostes, ou seja, descendíamos do antigo povo-pássaro da nossa ilha.

A maioria dos alconostes tem uma aparência semelhante à dos humanos, apesar de sermos mais pequenos e mais leves, além de termos penas, enquanto os humanos têm pelo. Só alguns de nós têm características de ave tão evidentes como as da minha mãe: tinha os braços tão cobertos de longas penas azuis e amarelas, que, quando os estirava, se transformavam em asas.

Todavia, a maior diferença entre os alconostes e os humanos, e aquela que deu origem a todos os problemas que aconteceram em Moróvia, é algo que não se vê.

Quase todos os alconostes, quando atingem os dez anos de idade, desenvolvem o dom de cantar magia. Há muitos tipos de cantos mágicos. Conheço alconostes cujas canções fazem as flores desabrochar, as chamas arder mais intensamente ou o chão ser atingido por relâmpagos. E há lendas de alconostes ancestrais que conseguiam mudar a forma das montanhas e o curso dos rios, e comunicar com a própria ilha.

O meu pai, o Rouxinol, consegue hipnotizar pessoas com a sua magia e a minha mãe conseguia chamar borboletas com as suas canções. Lembro-me de as ver esvoaçar até terra, ao mesmo tempo que ela me envolvia com as suas asas, macias e quentes como um dia de verão.

Estávamos precisamente num dia de verão, há três anos, quando o navio *Alegria* se afundou. O mar estava calmo e o céu estava limpo. O *Alegria* estava a fazer uma breve viagem em torno da ilha para celebrar um feriado a que chamamos Dia da União, quando uma onda gigante surgiu do nada.

As duas rainhas de Moróvia — a rainha alconoste e a rainha humana — naufragaram com o navio, juntamente com cinquenta cortesãos, cinquenta convidados, uma orquestra de cinquenta músicos e uma cantora: a minha mãe, Alcíone.

Além de afundar o navio, a onda inundou o Baixo-Barlavento da ilha — que é a parte mais plana e mais baixa do Barlavento. Quando as águas recuaram, o que restava era um pântano escuro, húmido e desolador, no lugar onde antes havia bosques encantadores. A paisagem da ilha, e as nossas vidas, mudaram para sempre.

É possível que alguns humanos tenham sempre sentido desconfiança em relação ao canto mágico, já que os sussurros começaram a ouvir-se imediatamente depois da tragédia, dizendo que a onda gigante era tão poderosa que, de certeza, teria sido gerada por magia. Muitos dos sussurros cresceram e transformaram-se em gritos irados. Todavia, com o desaparecimento das duas rainhas de Moróvia e sendo a única herdeira — a Herdeira da Coroa Vasha — demasiado jovem para governar, ninguém sabia o que fazer.

Apareceu então o capitão Ilya. Era o chefe de um pequeno grupo de guardas reais, chamados bogatires, cuja função era manter seguras as famílias reais e a ilha. O capitão Ilya falou bem alto e cheio de autoridade. Disse que tinha provas de que a causa da onda gigante fora o canto mágico e que este tinha de ser controlado, para segurança de todos. Os humanos que já estavam desconfiados da magia concordaram com ele e o capitão Ilya foi tão persuasivo que, em breve, muitos outros também cederam.

A vida na ilha mudou muito depressa. O capitão Ilya aumentava todos os dias o número de bogatires, até que, por fim, pareciam estar em todo o lado. Os alconostes foram proibidos de cantar. Depois deixaram de poder estar em lugares públicos. E a seguir foram empurrados cada vez mais e mais para dentro do pântano.

É aqui que eu e o Rouxinol temos vivido nos últimos três anos. Demos-lhe o nome de Pântano da Tristeza, porque o ar se enche de cantos de lamento — pela minha mãe e pela nossa ilha. O pântano ecoa as nossas canções com todo o seu ser. Os salgueiros choram sobre as águas lamacentas. Ribeiros vagarosos murmuram com melancolia. Os grilos cricrilam com lástima e os mosquitos zumbem soturnamente. Até o meu amigo sapo, o Grumo, quando coaxa, emite o som de um coração a partir-se.

A minha outra amiga, a Bigodes, uma ratazana-do-pântano, sorri, mas apenas porque um caranguejo-da-lama gigante lhe beliscou o lábio quando ainda era muito pequena, desfigurando-lhe um dos lados da boca numa curva ascendente. Muitas vezes, ela suspira e coça o queixo com um ar de desespero, e o pelo castanho é suficientemente malcheiroso para levar uma doninha às lágrimas.

No entanto, nestes anos em que temos vivido no pântano, aprendi que o lamento nem sempre tem de ser triste. Quando os pirilampos brilham nas noites sombrias e as percas-azuis arrotam os seus cantos de melancolia, o Rouxinol entoa a sua dor numa guitarra de lata e alguma coisa na minha alma se acende, como se o gás libertado pelo pântano se transformasse em chamas.

O meu pai diz que esse sentimento se chama nostalgia, uma ânsia pela felicidade do passado. E acho que é impossível estar verdadeiramente triste quando estou a pensar em tempos felizes, quando a minha mãe ainda estava connosco e vivíamos rodeados dos nossos amigos alconostes e humanos. Mas acho que é mais do que isso. O pântano é agora a nossa casa, e é bonito à sua maneira; um mundo inconstante de lamas vorazes e águas sarapintadas que nos fornece todo o alimento e abrigo de que precisamos.

Vivem aqui milhares de alconostes, apesar de só raramente nos vermos. Logo após o naufrágio do *Alegria*, vivíamos juntos em comunidade. Contudo, depois, o capitão Ilya ofereceu recompensas a todos os que denunciassem o uso do canto mágico e alguns alconostes começaram a espiar por conta dele em troca de pequenos luxos. Por isso, agora estamos todos dispersos, como galhos de um ninho arremessado pelo vento, e a desconfiança atormenta o espaço que existe entre nós. Porém, aqui também existe esperança.

O Movimento da União luta pela mudança. Sei que, um dia, brevemente, vou contribuir para o seu sucesso, porque o meu nome,

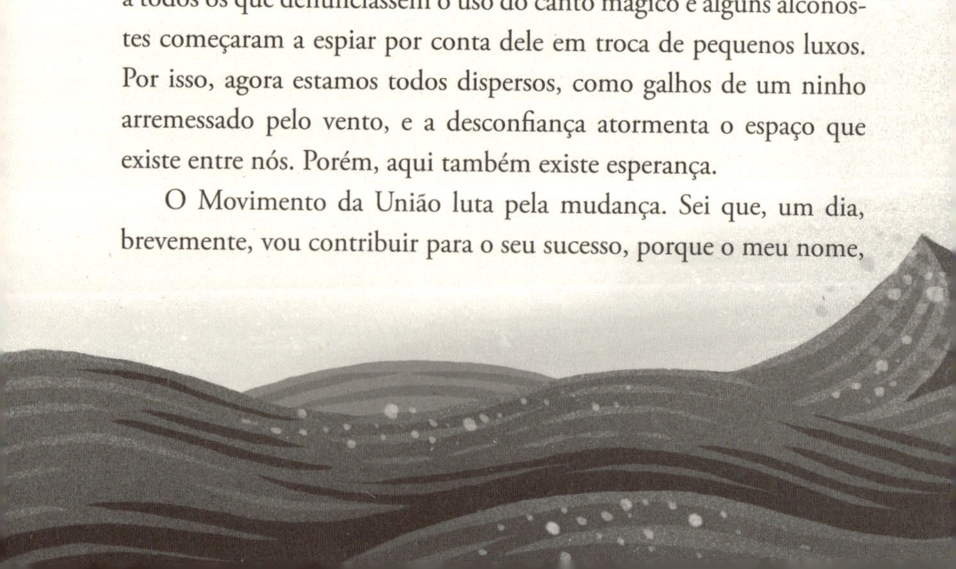

Pintarroxo, veio de uma espécie de profecia, revelada através de uma tradição ancestral em que se recorre ao canto mágico para vislumbrar o futuro de uma criança.

Os pintarroxos são aves canoras pequenas, mas que cantam muito alto, e que existiam em abundância em Moróvia quando os alconostes e os humanos colaboravam para criar as quintas do Sotavento. O meu nome diz-me que a minha magia vai ser mais poderosa do que quaisquer regras que me impeçam de cantar e que, de algum modo, a irei usar para unir as pessoas.

Já passaram três anos desde o meu décimo aniversário — altura em que a minha magia devia ter-se manifestado, o que ainda não aconteceu. Mas eu sei que, quando vier, vou cantar uma tempestade que irá voltar a mudar o panorama das nossas vidas.

O meu canto vai mandar o capitão Ilya para longe desta ilha e unir alconostes e humanos para todo o sempre. Vamos recuperar as nossas antigas casas e um pouco das nossas antigas vidas, e vamos voltar a ver os nossos amigos. Então, o meu pai vai sorrir, como fazia há anos, quando vivia junto ao mar revolto e cintilante.

CAPÍTULO 1

CARACÓIS E TUBÉRCULOS

Estou enterrada em lama até aos joelhos, a remexer os dedos dos pés dentro da massa viscosa e quente, à procura de caracóis e tubérculos para o jantar desta noite. O Rouxinol está empoleirado quase mesmo acima de mim, sentado num ramo grosso do ácer vermelho que brota da estrada de terra.

É um fim de tarde de início de primavera, mas faz mais calor do que no pico do verão. Os raios de sol tombam chamejantes lá do alto, assando-me o pescoço e fazendo as minhas penas da cabeça se levantarem na fútil esperança de alcançar uma brisa. O ar está espesso e pesado. Se ao menos a temperatura baixasse ligeiramente, tenho a certeza de que viria uma tempestade. Precisamos de chuva para dar novamente vida às orlas do pântano.

Eu e o Rouxinol vimos aqui, à orla sotavento do pântano, pelo menos uma vez por lua. Eu procuro comida com a Bigodes e o Grumo, enquanto o Rouxinol vigia a estrada sentado no ramo lá em cima, na esperança de ver passar uma carroça repleta de tesouros.

Na última vez que aqui estivemos, havia um outeiro cheio de ervas onde nos podíamos sentar e um ribeiro estreito com águas cristalinas a correr. Pesquei três gordas trutas com um gancho feito de osso preso a uma linha de serralha, ao mesmo tempo que uma chuva branda punha tudo a brilhar.

No entanto, esta última lua foi assolada por uma onda de calor e agora o outeiro é apenas um monte de terra despida, gretada e seca. Os juncos em meu redor estão quebradiços e amarelecidos, do mesmo modo que o ribeiro é apenas um charco baixo e estagnado cheio de lama.

Sopro para o ar, tentando arrefecer a pele da testa humedecida pelo suor, e depois empurro cuidadosamente o pé direito para a frente, enterrando-o mais fundo na lama. Até agora, encontrei doze caracóis grandes e oito sagitárias — raízes gordas, redondas e comestíveis —, o que nos basta para algumas boas refeições. Mas se encontrasse mais alguns tubérculos, poderia usá-los amanhã para fazer farinha, esmagando-os em água e secando-os depois sob o calor do sol.

O dedo do pé bate nalguma coisa, agacho-me e enterro suavemente a mão na lama, alerta a qualquer movimento de algo que possa morder ou picar. Enrolo os dedos à volta de mais um tubérculo e sorrio ao puxá-lo para fora, e levo-o até ao Grumo. É ele o orgulhoso guardião do nosso montículo de comida, enfiado entre duas raízes expostas do ácer. Coaxa num tom de aprovação quando pouso o tubérculo junto dos outros e depois usa a sua perna-espada para pôr de volta no monte um caracol que se escapava devagarinho.

Quando encontrei o Grumo e a Bigodes, há dois anos, estavam a ser atacados por um caranguejo-da-lama gigante. O Grumo, que tem o tamanho do meu punho cerrado, estava a tentar defender a Bigodes, que, na altura, era apenas uma cria de ratazana-do-pântano, não medindo mais do que um palmo. Nenhum dos dois tinha hipótese alguma contra o caranguejo, que tinha mais de largura do que o meu braço tem de comprimento. Afugentei o caranguejo, acenando e batendo dois paus um contra o outro, mas tanto a Bigodes como o Grumo já estavam feridos.

O Grumo tinha perdido a perna direita dianteira no ataque. Mantive-o em segurança e apanhei escaravelhos e grilos para ele comer enquanto recuperava, e vi, com grande espanto, como uma haste comprida e fina de cartilagem, com a ponta afiada, foi crescendo no lugar da perna em falta. É a esta que dou o nome de perna-espada e, com ela, o Grumo consegue rastejar tão bem como qualquer sapo, e agora também consegue apanhar grilos sozinho. Contudo, optou por ficar comigo, ainda que se possa ir embora quando lhe apetecer.

O Grumo ergue os olhos na minha direção e pisca um dos seus olhos redondos e salientes, apontando em seguida com a perna-espada para o caracol que puxou de volta, como que em jeito de aviso para que não tente fugir de novo. Agradeço ao Grumo com um aceno de cabeça e depois agacho-me para coçar a cabeça da Bigodes.

Numa situação normal, a Bigodes andaria à procura de comida comigo, no entanto, chegou ao fim das suas forças e, de barriga encostada ao chão, dormita sob o calor. A Bigodes agora já é adulta e é tão grande como um gato gordo e corpulento. As patas traseiras, com membranas entre os dedos, estão esparramadas atrás de si e o focinho branco repousa sobre as patas dianteiras castanhas. Bigodes brancos tombam em ambos os lados do focinho como compridas suíças e os olhos estão semicerrados contra a luz ofuscante do sol, parecendo assim mais calma do que sei que está.

A Bigodes sempre teve um temperamento nervoso, talvez por causa do caranguejo que a atacou quando era ainda uma pequena cria. Tal como o Grumo, a Bigodes é independente e é livre de se ir embora, mas a verdade é que nunca se afasta muito de mim. E, além disso, o Grumo e a Bigodes também nunca se afastam muito um do outro. Têm uma ligação especial e a sua forma própria de comunicar. O Grumo dá pancadinhas na Bigodes com a perna-espada e a Bigodes responde-lhe com grunhidos. Eu também tenho a minha forma de comunicar com eles e costumo saber como se sentem pela sua postura e pelos seus gestos.

A Bigodes grunhe sem levantar os olhos e sei que está ansiosa por voltar para a nossa casa na árvore, no centro do pântano, onde está mais fresco. Estamos aqui junto ao ácer vermelho há pelo menos uma hora, porém, nem uma carroça passou. O Rouxinol, imóvel no ramo acima de nós, continua de olhos atentos na estrada, não demonstrando sinal algum de que pretende desistir.

— Já não devemos demorar muito, Bigodes — sussurro, em tom esperançoso, coçando-lhe de novo a cabeça antes de voltar ao charco de lama. Logo que lá entro, alguma coisa invisível dentro da lama agarra-me o dedo mindinho do pé e belisca-me com tanta força que cerro os dentes para não soltar um grito.

Levanto o pé e dirijo o meu sobrolho franzido para o caranguejo--da-lama que baloiça agarrado ao meu dedo. O animal abre as garras e escapa-se dali a passo rápido. É pequenino, da largura da minha mão esticada, ainda assim, a Bigodes guincha, recua atabalhoadamente e entra numa cavidade sob as raízes do ácer, os olhos a revirar-se de pânico.

— Está tudo bem. — Tento acalmar a Bigodes, enquanto sacudo o dedo beliscado numa tentativa de fazer desaparecer a dor.

O Rouxinol emite um arrulho lá de cima do ramo, como um pombo, e depois estica a mão esquerda, com a palma virada para baixo, que é o seu sinal para nos calarmos e escondermos. Esgueiro-me para mais perto da Bigodes, levando o dedo aos lábios para que fique em silêncio, e depois agacho-me entre raízes e juncos.

Estou bem camuflada no pântano. Ao longo dos anos que vivemos aqui, parece que o pântano foi rastejando para cima de mim. As minhas penas da cabeça, que são curtas e fofas, antes eram vermelhas e brancas; contudo, nas últimas mudas — que é quando as penas antigas caem e crescem outras novas —, tornaram-se castanhas e verdes como a lama e as algas do pântano. E a minha pele, que costumava ser uniformemente branco-rosada, está agora salpicada de tonalidades de castanho e verde, como as águas sarapintadas de uma piscina à sombra das bétulas. É frequente a pele dos alconostes mudar de cor com as mudas, tal como as penas, para satisfazer a necessidade, ora de passarmos despercebidos, ora de nos destacarmos.

Por vezes, sinto que o pântano também se infiltrou dentro do meu corpo. Sinto as suas marés bem fundo dentro de mim. É difícil explicar, é como se me fosse mais fácil respirar quando a maré enche e o nível das águas sobe e sinto uma tensão a crescer dentro de

mim quando a maré leva uma parte da água do pântano. Se calhar é por isso que me sinto nervosa aqui, nos domínios mais secos e longínquos do pântano. Ou se calhar o que me causa nervosismo é aquilo que eu e o Rouxinol fazemos quando uma carroça de tesouros aqui passa.

Sustenho a respiração quando ouço o cloc-cloc dos cascos, acompanhado do matraquear das rodas de madeira sobre a terra seca. O Rouxinol ainda tem a mão levantada, de palma para baixo. *Fiquem escondidos*. Levanto a cabeça apenas ligeiramente para analisar o cavalo e a carroça que se aproximam.

Vem do lado de Corisco, que fica a cerca de uma hora a pé, na costa do Baixo-Sotavento. Dois humanos vêm altaneiramente sentados na carroça brilhante e bem oleada, e um sorriso cresce-me no rosto, porque são os mais ricos dos pombos — é o que o Rouxinol chama aos cortesãos que vivem no Complexo Palaciano de Pero.

Os cortesãos são homens; altos e espadaúdos, vestidos com faustosas sedas azuis e joias de ouro que apenas os membros mais poderosos da corte real usam. A carroça vem cheia de embrulhos, sacos e caixas. É fácil perceber que passaram o dia às compras no mercado de Corisco e que agora regressam às suas casas no complexo palaciano, que fica quase a um dia de caminhada daqui, no Alto-Sotavento da ilha — que é a região montanhosa do Sotavento.

O Rouxinol começa a cantar e eu fixo os olhos nele, com espanto. É tão belo o meu pai. A sua voz é o mais doce som da Terra inteira, mais pura e mais delicada do que a música de qualquer instrumento ou de qualquer alconoste ou qualquer garganta humana. Ainda mais doce do que o canto das aves.

As suas penas da cabeça são vermelho-acastanhadas, como a lama rica de um brejo de arandos, e são tão compridas que se espalham para lá dos seus ombros. Quando vivíamos em Corisco, as penas do meu pai tinham uma iridescência luminosa que agora praticamente desapareceu — e ainda bem, porque, aqui, ele tem de se esconder nas sombras, sem ser visto. A sua pele vermelho-acastanhada tornou-se áspera com a vida ao ar livre e os seus olhos são enormes piscinas escuras que vazam e enchem com toda a mágoa e dor de ser um alconoste banido para o pântano. A sua beleza conta a sua história.

O canto do Rouxinol propaga-se como o aroma que se desprende do ácer onde se encontra agachado. Está arqueado como um abutre, as garras dos dedos a agarrar o ramo com força. Nunca vi outro alconoste com pés como os do meu pai.

Quando vivíamos em Corisco, lembro-me de que as pessoas — alconostes e humanos — admiravam os pés do meu pai e as asas da minha mãe. Os traços característicos das aves costumavam ser considerados um dom precioso dos nossos antepassados. Contudo, hoje em dia, todos nós que temos penas andamos escondidos, dos humanos e uns dos outros, porque qualquer pessoa pode ser um espião do capitão Ilya.

É frequente os bogatires patrulharem o pântano e qualquer alconoste que seja sequer suspeito de cantar magia é capturado e levado para o Forte — que é um recinto extremamente fortificado e densamente guardado, com paredes de pedra altíssimas. Brotou de súbito nas Montanhas Desencantadas, pouco tempo depois de o capitão Ilya ter assumido o comando de Moróvia, e, quando uma pessoa é para lá mandada, nunca mais ninguém a vê.

Assim, quando eu e o Rouxinol nos cruzamos com um bogatir ou qualquer outra pessoa no pântano, já aperfeiçoámos a arte de nos esgueirarmos dali para fora sem ninguém nos ver, mergulhando e emergindo das águas lamacentas ou trepando silenciosamente às árvores. Por vezes, se os bogatires não estiverem a usar os seus elmos de ferro à prova de magia, o Rouxinol pode usar o seu canto mágico para nos ocultar, que é o que está a fazer agora.

A magia do Rouxinol consiste em magnetizar e hipnotizar com as suas canções. Afetam apenas aqueles para quem ele olha diretamente; é por isso que não me afeta neste momento. Antes de o *Alegria* afundar, o Rouxinol trabalhava no hospital de Corisco, tranquilizando os doentes com dor ou acalmando aqueles que se sentiam agitados.

Sei que o Rouxinol sente falta do seu antigo trabalho e da oportunidade de usar a magia para outra coisa além daquilo que estamos prestes a fazer.

O seu canto lento e doce extasiou o cavalo e os cortesãos. Os seus olhos ficam vítreos e estacam o passo mesmo por baixo do ácer. O Rouxinol, sempre a cantar, roda a mão e a palma fica virada para cima. *Hora de nos mexermos.* Hora de sermos ladrões.

CAPÍTULO 2

MOEDAS E JOIAS

Levanto uma mão para indicar à Bigodes e ao Grumo que fiquem onde estão e depois esgueiro-me para fora do meu esconderijo no meio das raízes e dos juncos e trepo silenciosamente até à estrada de terra. Os cortesãos, na sua carroça, não me veem nem me ouvem, profundamente perdidos no canto do Rouxinol.

Não sou particularmente pequena nem leve — tenho quase o tamanho de um humano da minha idade —, mas aprendi a ser furtiva no pântano, a deslocar-me suavemente como as águas. Deslizo para a parte de trás da carroça e os meus olhos deambulam por todos os embrulhos e caixas.

O Rouxinol ensinou-me a ser seletiva naquilo que roubo. Estou à procura de meia dúzia de artigos pequenos e preciosos que possamos levar facilmente até à Eco, a líder do Movimento da União, que faz por tornar melhor a vida de todos nós.

A Eco troca os tesouros que roubo por coisas importantes difíceis de encontrar no pântano — medicamentos, ferramentas, cobertores — e dá-as aos alconostes que mais delas precisam.

Os tesouros que roubo também financiam missões secretas. Não as compreendo muito bem — porque são secretas —, mas sei que o objetivo é tirar o capitão Ilya do poder e criar união entre alconostes e humanos, para que possamos trabalhar no sentido de, juntos, levarmos vidas mais felizes.

Nos últimos três anos, estas missões não deram em nada. Mas talvez a próxima venha a ser bem-sucedida. E se não for, quando receber o meu canto mágico, *eu* vou liderar uma missão que vai mudar tudo. A profecia do meu nome dá-me essa certeza: a minha magia será poderosa e terá um enorme alcance, como a canção de um pintarroxo, e vai juntar os alconostes e os humanos. Porém, até a minha magia chegar, tudo o que posso fazer para apoiar o movimento é roubar tesouros na orla do pântano.

Os meus olhos pousam num embrulho do tamanho da palma da mão com o carimbo do joalheiro, o Turquesa. Perfeito! Estico-me e pego-lhe. É pesado para algo tão pequeno e o meu sorriso amplia-se quando tento imaginar que preciosidades poderá conter lá dentro.

Deixo tudo o resto. O Rouxinol diz que, se só tirarmos um pouco, e apenas dos cortesãos mais ricos, é possível que nem deem pela falta de alguma coisa. E se derem, muitas vezes, irão pensar que se esqueceram de onde a puseram ou, no pior dos casos, que algum carteirista lha levou no mercado. É importante que não pensem que foram assaltados nesta estrada, porque isso levaria a mais patrulhas de bogatires, e teríamos ainda mais dificuldade em roubar e tudo seria mais difícil para o Movimento da União.

Eu agora devia recuar até às raízes do ácer, contudo, não consigo resistir a dar a volta à carroça e ver os cortesãos. Exibem os sorrisos mansos do encantamento do Rouxinol e um deles tem um anel com uma joia cintilante, grande como uma amora.

Mesmo sabendo que o Rouxinol reprovaria, tiro o anel do dedo do cortesão. Depois, quase sem pensar, enfio a mão na sacola que o outro cortesão traz a tiracolo e retiro uma pequena bolsa de moedas. Estes cortesãos têm tanto, tenho a certeza de que não lhes farão falta mais algumas coisas e nós precisamos de toda a ajuda que conseguirmos arranjar. As moedas dentro da bolsa e a joia do anel vão ajudar alconostes do pântano a sobreviver ao nosso desterro, e, quem sabe, até financiarão uma missão que, por fim, nos permita regressar às nossas casas.

Voam-me pela mente recordações da minha vida em Corisco. Sentada com os meus pais na nossa varanda. As cortinas verdes, delicadas como asas de libélula, a oscilar ao sabor da mais leve brisa. A doce fragrância das flores da couve-do-mar, vinda dos seixos mais perto da costa. E a minha mãe, a cantar.

Tudo acerca da minha mãe era luminoso como os raios de sol. A minha pulsação acelera quando penso nela, como se estivesse numa missão secreta só minha dentro da minha cabeça. Não posso permitir que o Rouxinol perceba quando me estou a lembrar dela, porque isso poderia empurrá-lo ainda mais para dentro da sua dor. Por isso, só tiro para fora as minhas memórias quando estou sozinha e puxo-lhes o lustro como joias muito amadas.

Recordo-me de irmos todos visitar os amigos mais próximos da família — a Flor, o Barro e o Prata — e de a minha mãe e a Flor se rirem as duas tanto que a sala até tremia. E lembro-me dos meus pais juntos, sentados na praia de Corisco, os braços a amparar as costas um do outro, enquanto eu jogava *kickball* com o Pardal, o Tentilhão e os meus outros amigos da escola ou construía castelos de areia com a minha melhor amiga de então, a Hero. Sorrio com estas memórias e ao pensar que os tesouros que estou neste momento a roubar poderão ajudar-nos, a mim e ao Rouxinol, a reclamar uma parte dessa felicidade.

Satisfeita com o meu saque, rastejo de novo para os juncos onde a Bigodes e o Grumo me esperam, de expressão ansiosa. O Rouxinol muda a canção para uma melodia mais animada. Os olhos do cavalo e dos cortesãos continuam vidrados, mas o cavalo avança a trote em direção ao complexo palaciano. Tanto o cavalo como os cortesãos só sairão do transe quando já estiverem mais longe e não se lembrarão de nada do que aqui se passou.

O Rouxinol voa do ramo abaixo e caminha na minha direção com os seus movimentos irregulares de pássaro. O Rouxinol foi sempre alto e magro, no entanto, costumava parecer, de algum modo, mais sólido. Depois de o *Alegria* naufragar, começou a curvar-se como fenos-das-areias sob o peso do vento, envelheceu mil anos e perdeu o seu perpétuo sorriso. Está agora a franzir o sobrolho — de preocupação. Sei que é por eu ter tirado o anel e a bolsa de moedas, mas também sei que o Rouxinol não vai dizer nada aqui. Vai esperar até estarmos perto da segurança relativa da casa na árvore.

Com um menear da cabeça, o Rouxinol indica que devemos ir embora e depois avança velozmente para a sombra do ácer. Vou até às suas raízes expostas, onde a Bigodes e o Grumo se endireitaram e estão muito atentos. Levanto o meu saco, que teci no ano passado com fibras de urtiga, e enfio lá dentro a bolsa de moedas e o embrulho. Também estou prestes a guardar o anel, porém, é tão bonito que decido enfiá-lo no meu polegar, para o poder admirar à medida que caminhamos.

O Grumo observa-me a guardar os caracóis e os tubérculos, coaxa a sua satisfação e depois trepa para cima da Bigodes. Ele viaja sempre em cima da cabeça da Bigodes, sentado entre as suas pequenas orelhas redondas, quando caminhamos distâncias maiores pelo pântano fora.

Eu sigo atrás do Rouxinol com a Bigodes a trotar no meu encalço e o Grumo a manter debaixo de olho o caminho à nossa frente. Não consigo deixar de olhar para o anel que roubei. É de ouro, com uma joia grande e multifacetada. A joia é translúcida, mas listras luminosas de cor saltitam em toda a sua superfície como pequeníssimos arco-íris.

— Será isto um diamante? — sussurro. O meu coração agita-se só de pensar. Nunca antes roubara nada tão valioso como um diamante.

O Rouxinol vira-se e olha lá de cima para o anel. Uma das suas escuras penas-sobrancelhas arqueia-se enquanto o desliza para fora do meu dedo e o examina.

— Acho que é, Pintarroxo. Um dos coloridos, muito valioso. — A pena-sobrancelha volta a baixar-se. — Vão dar pela falta dele. Já te tinha avisado sobre roubar das mãos dos cortesãos. Vão suspeitar do canto mágico. Vai aumentar o número de patrulhas de bogatires e mais de nós vão ser enviados para o Forte. O Movimento da União já perdeu tanta gente. E se os bogatires levarem a Eco? Ou a mim?

Um medo gelado paralisa-me só de pensar na possibilidade de o Rouxinol ser capturado.

— Eu não os deixaria — disse eu, com firmeza.

O Rouxinol olha para mim em silêncio, os olhos inquietos. Sei que está a pensar que eu não poderia fazer nada para travar os bogatires e está preocupado com o que me aconteceria se ficasse sozinha no pântano. Desejo, em silêncio, pela milionésima vez, a chegada do meu canto mágico. Então, já não me sentiria tão impotente e vulnerável.

Sou tomada pela culpa de ter tirado o anel e tento sacudi-la.

— Se o anel é assim tão valioso, pensa quanto poderá ajudar o movimento.

O Rouxinol abre a boca como quem está prestes a dizer alguma coisa, mas depois entrega-me de novo o anel, vira-se e continua a andar.

— Pensa quanto vai ajudar o Movimento da União — repito, a correr para lhe apanhar o passo. Fico frustrada quando o Rouxinol não partilha os seus pensamentos. Não fala o suficiente sobre nada e isso só faz que os nossos problemas cresçam ainda mais, como um grito de alarme a inchar dentro da garganta de uma rã.

Quando o Rouxinol não diz nada, isso significa que eu também não posso falar. Por isso, o silêncio dele silencia-me a mim. Se ao menos ele se abrisse, isso ajudaria os dois — especialmente com a nossa dor.

A dor do Rouxinol é tão gigantesca que submerge a minha, como a névoa matinal engole o pântano. Instala-se com todo o seu peso e é difícil ver através dela — por esse motivo, quando o Rouxinol se perde na sua dor, ele não me vê a mim nem à minha dor. Limita-se a fixar os olhos no passado, sozinho, sem dar conta de que eu gostaria de visitar o passado com ele, se ele me deixasse.

Esses momentos são difíceis para mim. Quem me dera ter o canto mágico para cantar a sua dor daqui para fora ou cantá-lo a ele de volta para mim. Todavia, tudo o que posso fazer é continuar a procurar comida e cozinhar, contar histórias à Bigodes e ao Grumo, e esperar até que o Rouxinol volte ao presente.

Estico a mão e toco no braço do Rouxinol.

— Talvez este anel possa financiar uma missão que nos permita voltar a casa, a Corisco — sussurro. — Podias voltar a trabalhar e eu podia voltar à escola. Podíamos voltar a ver os nossos amigos. E, à noite, podíamos sentar-nos na nossa varanda, a olhar para as aves marinhas e à espreita de algum vislumbre das outras Ilhas Flutuantes.

O Rouxinol vira-se para mim. Lágrimas salgadas cintilam-lhe nas bordas dos olhos e eu sinto pânico, convicta de ter feito a sua dor transbordar. Não devia ter falado da nossa varanda, onde a minha mãe costumava cantar. Porém, o Rouxinol olha para mim com atenção. Percorre-me uma sensação de alívio, porque ele ainda está aqui — não está perdido nas suas memórias.

— As coisas não andam a correr bem para o Movimento da União, Pintarroxo — diz o Rouxinol amavelmente. — Na última vez que visitei a Eco, ela disse que a situação é desesperante.

Faço um ar carrancudo. Quero dizer que o Rouxinol já mo devia ter contado antes — passou-se quase uma lua desde a última vez que visitámos a Eco —, mas meto as palavras para dentro. O Rouxinol não me conta sobre o que ele e a Eco conversam por achar que me poderia colocar em perigo. Ao invés, volto a erguer o anel.

— Bom, nesse caso, que bom que temos isto. Uma coisa tão valiosa vai de certeza ajudar.

O Rouxinol abana a cabeça.

— Não estás a compreender, Pintarroxo. Demasiadas pessoas que colaboraram com o movimento foram mandadas para o Forte, alcostes e os nossos aliados humanos. Neste momento, quase toda a gente está demasiado assustada para ajudar. Não podemos fazer nada.

— Isso não é verdade. — Enfio o anel na sacola, com os dedos a tremer. — Há sempre alguma coisa que podemos fazer. — Ergo o queixo e tento soar confiante, apesar das dúvidas que vacilam dentro de mim. — Temos de continuar a lutar pela união. — Os meus olhos arregalam-se quando percebo uma coisa. — Uma parte de ti também pensa de certeza assim, porque, de outro modo, por que razão estaríamos aqui, a roubar tesouros?

— Hoje não viemos roubar para o Movimento da União, Pintarroxo. Tenho outra ideia. — O Rouxinol baixa os olhos na direção das garras dos seus pés compridos e enruga a sobrancelha. A sua expressão faz-me sentir como se estivesse a afundar-me em lama e a ser engolida.

— Que ideia? — pergunto, nervosa.

— Quero propor-te uma coisa — diz o Rouxinol calmamente — e não quero que respondas já. Quero que reflitas sobre o assunto, o caminho todo até à casa na árvore, e conversamos depois de comer.

A minha sobrancelha franze-se como a do Rouxinol.

— Estou a falar a sério, Pintarroxo. — O Rouxinol levanta o rosto. — Sei qual vai ser a tua primeira reação, mas quero que reflitas um pouco na ideia. Porque, tendo em conta a estagnação do movimento, e vendo que a tua magia não se revelou…

— Ainda — interrompo. — Que a minha magia ainda não se revelou.

— … e sabendo que mereces uma infância como deve ser — prossegue o Rouxinol.

— Diz-me lá! — sai-me de rajada.

— Podíamos trocar esse anel por um barco, Pintarroxo. Um barco à vela com uma cabina, como os que usam os pescadores. Eles juntam-se nos lodaçais da Colónia dos Pescadores e tenho a certeza de que um deles faria de bom grado um negócio assim.

— Eu não preciso de um barco à vela. — A minha sobrancelha afunda-se mais.

— Podíamos sair de Moróvia e começar de novo numa das outras Ilhas Flutuantes. Buyan afasta-se muito, no entanto, Eldóvia está muitas vezes suficientemente perto para velejarmos até lá. — O Rouxinol volta-me as costas e afasta-se antes de eu ter oportunidade de responder.

Ele tinha razão, a minha primeira reação foi dizer não, por mil e uma razões. Sabemos muito pouco sobre Eldóvia, e ainda menos sobre Buyan. Poucas pessoas viajaram até uma ou outra e as que o fizeram regressam com histórias contraditórias. Alguns dizem que há em Eldóvia alconostes que vivem em harmonia com o povo-lagarto. Outros dizem que o povo-lagarto é perigoso ou que nem sequer existe. E há tantas histórias estranhíssimas sobre Buyan que ninguém sabe em que acreditar.

Em todo o caso, Moróvia é a nossa casa e sempre foi. São daqui todas as memórias que tenho da minha mãe. E todos os nossos amigos estão aqui — alconostes escondidos no pântano como eu e o Rouxinol e humanos separados de nós no lado sotavento da ilha. E quero voltar a vê-los a todos.

Quero a minha antiga vida de volta, não uma vida nova noutro lugar qualquer. Abandonar Moróvia seria tirar-me tudo com que sonhei nestes últimos anos.

Se o Movimento da União não consegue unir a nossa ilha, então, fá-lo-ei eu, quando tiver a minha magia. Tenho estado a trabalhar muito para que venha. Treino o canto todos os dias, usando exercícios que a minha mãe me ensinou para melhorar a intensidade, o controlo e o alcance da minha voz. Trauteio entre dentes e canto em voz alta, entoo escalas e canções, e até brinco com ruídos, como zumbidos e cliques, tentando desesperadamente sentir alguma magia na minha garganta ou no ar à minha volta. A minha magia está quase a chegar. *Tem de* chegar.

Sigo atrás do Rouxinol, os meus movimentos tão irregulares como os dele, de tanta fúria. A Bigodes levanta os olhos para mim com um ar de preocupação confusa e o Grumo emite um «Hum!» indignado quando o movimento da Bigodes o faz baloiçar.

— Está tudo bem — murmuro, tanto para mim como para eles. — O Rouxinol acabou de me fazer uma proposta disparatada. — Olhando para a Bigodes e o Grumo, entendo que eles são mais uma razão que me impede de partir. Fazem agora parte da nossa família e têm de viver aqui no pântano, não num barco à vela ou numa ilha de que nada sabemos.

Quando recuperarmos a nossa velha casa em Corisco, pelo menos poderei visitar o Grumo e a Bigodes no pântano, todavia, se sairmos de Moróvia nunca mais os voltarei a ver. Nem nenhum dos meus amigos. Nunca mais caminharei da escola para casa com o Prata, nem jogarei *kickball* com o Pardal e o Tentilhão, nem ouvirei o nosso vizinho idoso de baixo, o Cotovia, a falar baixinho com o seu peixe-anjo de estimação.

Desde logo, o facto de o Rouxinol sequer sugerir que abandonemos a nossa ilha, os nossos amigos e os nossos vizinhos é inacreditável. Temos de ficar e resolver os nossos problemas, não fugir deles.

A cada passo que dou, sinto-me cada vez mais determinada. Não posso permitir que o Rouxinol nos leve daqui para fora. Tenho de pensar numa forma de o convencer de que temos de ficar e tenho de o fazer antes de chegarmos à casa na árvore, porque é aí que vamos conversar sobre o assunto.

Não posso dizer ao Rouxinol que quero ficar por causa das memórias da minha mãe — isso só o ia transtornar. Por isso, começo a pensar nas minhas outras razões para querer ficar: os meus amigos, a minha casa, os lugares que adoro.

Como é frequente acontecer quando me ponho a pensar no passado e no futuro, o que vem à superfície são pensamentos sobre a Hero. Não consigo acreditar que esta nossa separação vai durar para sempre. Tem de haver outra forma de seguir em frente. Tenho tantas saudades daquela que em tempos foi a minha melhor amiga e lembro-me do dia em que nos conhecemos como se fosse ontem…

O dia em que conheci a Hero

Há seis anos, quando eu tinha sete anos, numa tarde quente de Dia-Canto no início do verão, a minha mãe pediu-me que fosse buscar algumas coisas ao mercado próximo da nossa casa em Corisco. Como eu ainda era pequena, só raramente ia a algum lado sozinha e senti-me invadida pelo entusiasmo só de pensar na liberdade e na responsabilidade que me estava a ser concedida.

Mexia os dedos demasiado depressa para conseguir apertar as fivelas das sandálias, por isso, a minha mãe agachou-se para ajudar. Calmamente, enfiou as tiras de cabedal nos grampos de madeira e as compridas penas azuis e amarelas dos seus braços roçaram contra os meus joelhos, conforme me dava instruções.

Eu deveria ir até à banca da fruta, no lado do mercado que dava para o Barlavento, e esperar até a vendedora começar a entregar os sacos de final do dia. Eram grandes sacos de papel a abarrotar com uma mistura de frutas que precisavam de ser comidas e que, por esse motivo, eram vendidas baratas ao final do dia.

A minha mãe deu-me uma moeda de cobre e disse-me para a guardar bem. Beijou-me então na face e sorriu, abrindo a porta para eu sair.

Agarrei na moeda com tanta força que conseguia sentir o seu relevo a cravar-se na palma da mão. Todas as moedas de Moróvia tinham o mesmo padrão. Num dos lados, uma pena comprida, símbolo da bondade do povo-pássaro ancestral da ilha. No outro lado, um símbolo da união: um alconoste com fofas penas da cabeça e um humano de cabelo entrançado, os dois num abraço apertado.

Passei pela porta e pisquei as minhas pestanas de penas contra o sol deslumbrante. Vivíamos no primeiro andar de uma casa com vista para a praia. As paredes exteriores estavam pintadas com um luminoso tom laranja-sol-nascente e o telhado plano estava repleto de vasos de plantas cheias de folhas que ondulavam ao sabor do vento, como se a casa tivesse cabelo. A nossa porta abria para uma escadaria exterior que caía até à areia e, quando os meus olhos se ajustaram à luz, corri pelas escadas abaixo e pela praia fora, as penas da cabeça a vibrar com a brisa do mar, e com um enorme sorriso estampado no rosto.

Quando cheguei ao mercado, não tinha fôlego. Estava instalado numa praça, na ponta mais distante da praia. Abrandei e caminhei entre as bancas, os olhos arregalados a absorver tudo o que viam. Já ali estivera muitas vezes com os meus pais, mas ir ali sozinha fazia que tudo parecesse fresco e novo.

Havia mesas compridas de madeira cheias de caixas com peixe e marisco dispostos no gelo a derreter. Pescadores e apanhadores de marisco, alconostes e humanos, sentavam-se atrás das mesas, ruidosamente a trocar gargalhadas entre si. Sedas coloridas com símbolos ancestrais dos alconostes fluíam dos expositores, e joalharia feita à mão por humanos cintilava contra o fundo de veludos pretos.

Inspirei fundo, inalei os odores das sementes de girassol a torrar à moda tradicional dos alconostes, com pimenta e lima, e delícias feitas por humanos, como pães achatados de especiarias chamuscados e dónutes quentes açucarados que me faziam água na boca.

Apesar de os alconostes e os humanos terem as suas comidas tradicionais, muitos de nós também gostamos das comidas uns dos outros. A minha comida favorita dos alconostes são os bolos de sementes adoçados com passas, mas também adoro os pães doces feitos por humanos.

Os vendedores de vegetais erguiam ao alto os seus sacos de final de dia e gritavam «Mistura de vegetais por uma moeda de cobre, sortido de raízes por uma moeda de prata». Contudo, quando cheguei à banca da fruta, a senhora de penas rosas e azuis que ali trabalhava ainda estava a preparar os seus sacos. Fiquei então ali parada à espera.

Reinava uma grande azáfama no mercado e eu acenei a algumas pessoas que conhecia; amigos dos meus pais e alguns dos meus amigos da escola. Estavam com os pais, o que me fez sentir ainda mais crescida por estar ali sem mais ninguém.

Então, vislumbrei outra rapariga que andava por ali sozinha e que tinha mais ou menos a minha idade. Andava muito ereta e com um porte altivo, a pele era castanho-clara e o cabelo negro, brilhante e comprido, estava apanhado com uma trança que se estendia pelas costas abaixo. Usava uma túnica de seda azul, como as que os cortesãos sempre usavam, e calças de camurça, como usavam os bogatires, os guardas reais. Fiquei a observar a rapariga, curiosa. Tinha de ser do Complexo Palaciano de Pero, mas as crianças que ali viviam tinham a sua própria escola e raramente vinham a Corisco.

Passados alguns minutos, decidi que aquela rapariga era a pessoa mais bondosa que alguma vez vira. As suas mãos fortes ajudavam rapidamente toda e qualquer pessoa. Observei-a a carregar um saco de tubérculos até ao carrinho de mão de uma senhora de cabelo grisalho, a passar um cacho de cebolas a um homem idoso com penas laranja-garridas e a devolver uma boneca que tinha caído a uma criança pequena que estava mudar de penas, largando-as em fofos tufos. Reparava naquilo de que as pessoas precisavam e estava lá para dar uma ajuda antes sequer de elas pensarem em pedi-la.

Eu estava tão concentrada a observar a rapariga que não ouvi as pessoas a gritar para que saísse do caminho. Um burro a puxar uma carroça pusera-se a correr pelo mercado fora, deitando abaixo as bancas e soltando urros. Alguém me agarrou pelos ombros e ergueu-me simplesmente para fora do caminho do burro, salvando-me, mesmo por um triz, de ser atropelada.

A rapariga saltou na direção do burro e, de algum modo, conseguiu agarrar-lhe as rédeas e mantê-lo quieto, mesmo quando se pôs a empinar de pânico. Um homem com penas verde-escuras, que devia ser o dono do burro, surgiu a correr e agradeceu à rapariga, apaziguando-o com palavras doces antes de o levar. Contudo, o mercado ficou um caos.

Frutas e vegetais, entornados das bancas viradas do avesso, rolavam agora pelo chão e as pessoas estavam a tentar recolhê-los antes que se estragassem. Baixei-me para ajudar e reparei que tinha as mãos vazias. *A minha moeda.* Devo tê-la deixado cair. Estaquei, a sentir todo o calor a escoar-se do meu corpo.

Agachei-me e varri o chão com os olhos, a tentar desesperadamente vislumbrá-la. O meu coração começou a bater descompassadamente quando percebi como seria difícil encontrá-la. Queria pedir a toda a gente que parasse o que estava a fazer e que me ajudasse a procurar, mas estavam todos ocupados e eu demasiado envergonhada para dizer alguma coisa. A minha mãe incumbira-me daquela tarefa, e só aquela, e eu tinha dado cabo de tudo.

Contive as lágrimas, piscando os olhos, enquanto andava em círculo em busca da moeda, ao mesmo tempo que, em pensamento, ia negociando com o Destino: *Se eu encontrar a moeda, vou arrumar o quarto como a minha mãe pediu* ou *Se eu encontrar a moeda, vou esforçar-me mesmo muito na escola.* Porém, não funcionou. Questionei-me se rezar a uma divindade, como faziam alguns dos humanos, poderia ser mais eficaz do que negociar com o Destino. Em todo o caso, eu não saberia como fazê-lo.

E se alguém agarrou nela e a levou?, pensei subitamente, olhando em volta, para toda a gente ali perto, até que os meus olhos pousaram na rapariga. Estava parada a alguns passos, a encarar-me com os seus olhos castanho-dourados e com um olhar penetrante, que me fez sentir que conseguia ler-me os pensamentos.

— Perdeste alguma coisa — disse ela.

— A minha moeda — aquiesci. — Uma moeda de cobre. Tinha-a na mão, mas devo tê-la deixado cair.

A rapariga começou a procurar comigo. Caminhámos da banca da fruta até à praia e depois voltámos para trás. A vendedora de fruta estava agora a entregar os seus sacos de fim do dia e estavam a vender-se depressa.

— Foi-se — disse eu, sentindo o coração a afundar-se. Sabia que a minha mãe não se ia zangar. Ela nunca se zangava comigo. No entanto, estava desiludida com o facto de ser obrigada a voltar de mãos vazias.

— Vamos encontrá-la. — A rapariga sorriu e deu-me um toque no ombro e, não sei porquê, acreditei nela. Por isso, voltámos a caminhar da banca em direção à praia.

— Encontrei! — A rapariga debruçou-se e voltou a levantar-se com a minha moeda na mão.

— Obrigada! — Eu irradiava de alegria quando lha tirei da mão.

— Hero — disse ela. Eu devo ter parecido confusa, porque ela passou a explicar. — Chamo-me Hero.

— Eu sou a Pintarroxo. Rápido, vem comigo. — Agarrei na mão da Hero e puxei-a na direção da banca da fruta. — Preciso de comprar um daqueles sacos antes que se esgotem.

Fiquei tão aliviada quando a vendedora de fruta me entregou um dos sacos de fim do dia, que não conseguia parar de sorrir. — Vamos sentar-nos na praia e podes escolher qualquer peça de fruta de que gostes — disse eu à Hero. — Para te agradecer por me teres ajudado.

Caminhámos em direção à areia e sentámo-nos lado a lado. Pensativamente, a Hero olhou para dentro do saco.

— Queres partilhar uma laranja? — perguntou e eu assenti com a cabeça. A Hero tirou uma e, enquanto a descascava, contou-me que vivia no Complexo Palaciano de Pero, onde a mãe era cortesã e o pai era bogatir. Disse que era frustrante lá viver, já que não tinha liberdade nenhuma. Todas as crianças tinham de ficar com a Herdeira da Coroa Vasha, que ficava sempre protegida no palácio, longe de perigos como burros a correr aos saltos. — É mesmo um disparate. — A Hero suspirou. — Moróvia é, na verdade, muito segura.

A Hero explicou que tinha saído às escondidas da sua casa no palácio, enfiada dentro de uma carroça, para visitar o mercado. Disse que queria ser um bogatir, como o pai, quando fosse mais velha, por isso, tinha de ir conhecendo a ilha. Além de guardarem a família real, os bogatires eram muitas vezes mandados em expedições e missões. A Hero disse-me que os bogatires vigiavam os mares em busca de sinais de tempestades e, ocasionalmente, velejavam para alto-mar para salvar baleias ou golfinhos presos em redes de pesca. Disse que os bogatires exploravam as misteriosas Montanhas Desencantadas, onde o canto mágico não funcionava, e onde iriam construir a ponte sobre o Desfiladeiro do Medo — um lugar perigoso em que névoas geladas se erguiam de profundezas escuras, enregelando os ossos e, por vezes, causando o desaparecimento de pessoas.

A Hero contou-me que os bogatires eram as pessoas mais fortes, mais generosas e mais corajosas de Moróvia, ajudando e protegendo os outros, além de que embarcavam em aventuras espantosas e que, um dia, ela se juntaria a eles. A valentia da Hero fez-me sentir valente também.

Contei à Hero acerca da profecia do meu nome e como eu queria usar a minha magia — quando chegasse — para juntar todas as pessoas com laços de amizade. A Hero escutou e assentiu com a cabeça e, mais do que nunca, eu senti que o meu desejo era possível.

Partilhámos a laranja ao mesmo tempo que conversávamos e eu achei que aquela era a fruta mais deliciosa que alguma vez tinha provado — talvez por ter sido adoçada com as nossas esperanças e sonhos. Apontei para o outro lado da praia, para mostrar à Hero onde ficava a minha casa, e falei-lhe dos meus pais e amigos. Disse que se alguma vez ela voltasse a Corisco devia ir lá visitar-nos, porque naquela altura do ano era frequente comermos e fazermos jogos na praia.

As nossas sombras estendiam-se em direção ao mar ao mesmo tempo que o Sol se deitava atrás de nós.

— Tenho de ir. — A Hero pôs-se de pé. — A única forma que tenho de voltar para casa é enfiando-me às escondidas numa das carroças que saem do mercado em direção ao palácio. — Dirigiu-me um sorriso deslumbrante. — Mas se puder venho ver-te no próximo Dia-Canto.

Fiquei a acenar, durante o tempo em que a Hero corria de volta para o mercado. Depois, apanhei o meu saco de fim do dia e carreguei-o cuidadosamente até casa, as faces doridas de tanto sorrir.

A meio da praia, discerni alguma coisa a brilhar na areia. Era uma moeda de cobre. Debrucei-me para a apanhar e percebi que era provavelmente a *minha* moeda de cobre — aquela que a minha mãe me dera. Deve ter caído quando eu corria pela praia a caminho do mercado e a Hero ter-me-á dado uma moeda sua ao ver que não conseguíamos encontrar a minha.

Na moeda, olhei para as penas fofas do alconoste e para o humano de cabelo entrançado que se abraçavam, e soube, ali mesmo, que eu e a Hero seríamos melhores amigas. Encaixávamos de uma forma que eu nunca tinha sentido e os nossos sonhos brilhavam agora com maior intensidade por se terem enlaçado.

Os sete dias que se seguiram foram os mais lentos de toda a minha vida; o Dia-Ninho, o Dia-Voo, o Dia-Ascensão e o Dia-Bando passaram a arrastar-se; o Dia-Pique e o Dia-Nuvem pareceram intermináveis. Quando o Dia-Canto finalmente chegou, estava tão empolgada que me levantei antes do nascer do dia e sentei-me na praia, esperançosa de que a Hero viesse. Quando a vi a correr pela areia na minha direção pouco após o nascer do Sol, o meu coração deu um salto.

Passámos o dia todo juntas: a caminhar à beira-mar, à cata de bichos nas piscinas que se formavam no meio das rochas, a nadar no mar e a jogar *kickball* com alguns dos meus amigos da escola. À tarde, ajudámos os meus pais a fazer uma pequena fogueira e assámos batatas recheadas com peixe fumado, embrulhando-as em folhas de couve e aconchegando-as nas brasas.

Depois de comermos, eu e a Hero construímos juntas um castelo de areia. Deitámo-nos lado a lado de barriga para cima, as ondas a espumar aos nossos pés, enquanto esculpíamos torres umas atrás das outras. Pusemos bandeiras feitas de flores no cimo de cada torre e decorámos as paredes do castelo com conchas. Escavámos um fosso e reforçámo-lo com pedrinhas lisas e escuras. E fizemos um jardim de algas com caracóis muito pequeninos e vítreos a rastejar lá no meio.

A Hero encontrou uma concha de mexilhão perfeita, ainda com as duas metades ligadas, a brilhar num tom de azul como o do céu do crepúsculo, e quando a pusemos na torre mais alta a formar a sua grandiosa entrada, as nossas faces encostaram-se, quentes e macias.

Inventámos uma canção sobre o nosso castelo — uma quadra para quando ainda estava de pé e uma segunda para quando a maré o levou — e íamo-nos rindo enquanto a cantávamos.

Um castelo de areia ergueu-se na beira-mar
Portas com conchas e bandeiras de flores a adejar
Um jardim de algas a explorar
No nosso castelo à beira-mar, à beira-mar.

Onda após onda, a maré a subir
Fosso alagado, torres a ruir
Sepultura de flores, conchas a cair
Vimos, onda a onda, a maré a subir.

Eu e a Hero tornámo-nos melhores amigas, como eu já sabia que aconteceria, e nos três anos que se seguiram ela visitou-me quase todos os Dias-Canto. Eu não podia visitar a casa da Hero, já que havia demasiadas regras a cumprir quando se visitava o Complexo Palaciano de Pero e a Hero não teria como explicar ter conhecimento da minha existência sem revelar o facto de que andava a escapulir-se às escondidas, o que a poria em sarilhos. Mas os riscos e o esforço que investíamos na nossa amizade faziam que nos parecesse ainda mais especial.

Os meus pais não estavam satisfeitos por a Hero guardar segredos dos pais, contudo, após uma longa conversa, e muitas súplicas, minhas e da Hero, decidiram que tudo o que podiam fazer, até que a Hero estivesse pronta a contar pessoalmente aos pais, era garantir que a Hero saía e entrava no complexo palaciano em segurança. Por isso, ajudaram a Hero a encontrar boleias em carroças de amigos que conhecíamos e em quem confiávamos.

Se o tempo estivesse quente aquando da visita da Hero, brincávamos na praia e, se estivesse frio, ficávamos em minha casa ou visitávamos um dos meus amigos da escola ou deambulávamos pela biblioteca ou pelas lojas. Por vezes, a minha mãe, que trabalhava no teatro, arranjava-nos bilhetes para uma sessão da tarde. A Hero adorava poder fazer todas as coisas que não a deixavam fazer no palácio e disse que eu era a única amiga com quem podia ser ela mesma.

Às vezes, a Hero trazia dois bastões de madeira e nós treinávamos manobras de luta que ela aprendera ao observar os bogatires nos treinos. Uma vez, chegou montada num enorme cavalo de pelo cinzento-prateado que ela tinha «levado emprestado» dos estábulos dos bogatires, e então cavalgámos juntas pela praia e por entre as ondas rasas. Foi uma experiência tão fantástica que sonhei com aquilo todas as noites durante várias luas, acordando sempre a sorrir.

O que a Hero mais queria no mundo era ser um bogatir e, à medida que o seu décimo aniversário se ia aproximando, ela começou a revelar o seu sonho aos pais. A partir dos dez anos, qualquer pessoa, alconoste ou humano, podia pedir para iniciar o treino como bogatir. Havia alguns testes de seleção, mas nada que a Hero não conseguisse superar com facilidade.

Eu não sabia o que queria ser, mas comecei a interrogar-me se também devia fazer os treinos de bogatir, para poder passar mais tempo com a Hero. Nessa altura, eu tinha muitos amigos, no entanto, adorava passar tempo com a Hero, mais do que com qualquer outra pessoa. Ela era generosa, valente e aventureira, além de que tinha um sem-fim de histórias e sonhos que me aceleravam o coração de tanta excitação. Tornámo-nos tão próximas que já sabíamos o que a outra estava a pensar mesmo sem dizermos nada.

Mas então tudo mudou, da pior forma possível. Quando o *Alegria* se afundou, eu perdi a minha mãe, a minha casa e também a minha melhor amiga. Dói-me o coração quando penso na Hero. Estivemos juntas durante três anos e agora estamos separadas há outros três. Pergunto-me se ela tem tantas saudades minhas como eu tenho dela.

Um dia, muito em breve, vou ajudar Moróvia a unir-se. Nessa altura, eu e a Hero voltaremos a estar juntas. Vou estender as mãos sobre o tempo e sobre todos os problemas que nos dividiram e vou puxá-la de encontro a mim, para o meu abraço. Porque amizades como a nossa são importantes. Não as podemos deixar para trás.

CAPÍTULO 3

FOGO E ALIMENTO

Eu e o Rouxinol chegamos à casa na árvore quando o Sol está a desaparecer atrás das árvores densamente compactas do pântano central. Por fim, o ar arrefece e é mais fácil respirar. Também me sinto mais calma, tendo já alinhado mentalmente o que vou dizer ao Rouxinol enquanto caminhávamos até casa. Ele disse que só íamos falar da partida de Moróvia depois de comer e, por mim, ótimo. A minha barriga já dói de tanta fome e mal posso esperar por a encher.

Os grilos já deram início às suas cadências, zumbindo o canto da noite, e os mosquitos bailam ao seu ritmo, rodopiando ao acaso nos últimos dourados raios de sol que se esgueiram por entre as frechas estreitas da folhagem. Para já, os mosquitos ainda não estão a picar, mas, se começarem, tenho comigo um pouco da pasta de cortiça de bétula que fiz para proteger a minha pele e a do Rouxinol.

Nas últimas três semanas, a nossa casa na árvore tem sido um enorme acipreste, tão largo que eu e o Rouxinol não o conseguimos abraçar e tão alto que eu tenho de esbugalhar muito os olhos para lhe conseguir ver o topo. A árvore ascende a partir de um largo canal de águas calmas, que pode ser pouco ou muito profundo, consoante as marés. Musgo trepador verde-acinzentado pende dos ramos mais baixos, mergulhando na água em baixo, num dos lados, e num outeiro de ervas, no outro. Algumas pessoas poderão pensar que este é um lugar estranho, húmido e sombrio para se viver, porém, eu acho-o lindíssimo.

O Rouxinol varre para o lado uma secção do musgo trepador, como se fosse uma cortina, e convida-me a passar primeiro. Mantém o rosto baixo, mas os seus olhos escuros erguem-se na direção dos meus com uma centelha de algo que eu já não via desde que o *Alegria* naufragou. Enrugo a testa a pensar se estarei a interpretar corretamente a sua expressão. Será que o plano de sair de Moróvia agitou nele alguma espécie de entusiasmo face ao futuro? Sacudo este pensamento para longe. Logo que tenha explicado ao Rouxinol por que razão temos de ficar, tenho a certeza de que ele vai esquecer o seu plano e, pelo contrário, vai concentrar-se no que podemos fazer para unir a nossa ilha.

— Vou buscar lenha para a fogueira. — O Rouxinol deixa a cortina de musgo cair de novo, encerrando-me a mim, à Bigodes e ao Grumo neste acolhedor espaço verde. Escuto os passos do Rouxinol a distanciarem-se. O Rouxinol sabe caminhar em total silêncio, se assim o quiser, porém, muitas vezes, quando nos separamos, faz pequenos ruídos, de propósito, para que eu saiba onde ele está.

A Bigodes senta-se no outeiro de ervas para que o Grumo possa descer da sua cabeça; em seguida, desce ela pelo outro lado para beber e dar um mergulho na água. Deixo deslizar dos meus ombros o saco onde guardo o anel e os outros tesouros que roubei e pouso-o no chão, junto ao Grumo, sabendo que ele vai querer inspecionar os caranguejos que guardo no seu interior. Ergo então o rosto e os braços no ar e espreguiço-me.

O meu olhar vagueia pelas macias e penugentas folhas primaveris acima de mim, em busca das nossas coisas e para garantir que está tudo como deixámos. As nossas redes de dormir continuam suspensas num ramo grosso, bem lá no alto. As redes são feitas de pele de veado revestidas com pelo de coelho no interior. Uma corda entrançada, feita de fibras de cortiça de cedro, forma um emaranhado no lado de fora das redes, e nós enfiámos galhos e musgo em toda a sua extensão, como camuflagem, embora também para nos aquecer. Pende ali perto uma outra rede, que contém o nosso equipamento de cozinha, ferramentas e uma pequena quantidade de comida armazenada. Não há sinais de alguma coisa ter sido mexida e liberto um suspiro de alívio.

Já aconteceu roubarem-nos comida, ainda que o Rouxinol diga que não devemos ficar zangados com isso. Ele diz que qualquer pessoa esfomeada a ponto de roubar pode à vontade levar a nossa comida, pois podemos sempre arranjar mais no pântano.

A nossa verdadeira preocupação é que os bogatires venham a descobrir onde fica a nossa casa na árvore. O Rouxinol está na sua lista de foras da lei, porque, quando o Movimento da União foi inicialmente formado, alguém o denunciou e disse que ele fazia parte deste, provavelmente, para receber uma recompensa do capitão Ilya. Por isso, se os bogatires encontrarem o Rouxinol, poderão levá-lo para o Forte. E, muito provavelmente, a mim também. É por essa razão que andamos sempre de um lado para o outro. Uma casa na árvore só é o nosso lar durante uma ou duas luas, no máximo. E o nosso lar nunca é mais do que estas três redes, sempre prontas a serem levadas de um momento para o outro.

Embora eu ache o pântano bonito, anseio por um lar mais permanente. Sonho muitas vezes com a nossa antiga casa em Corisco e acordo a pensar se ainda terá o mesmo aspeto e se os nossos pertences ainda lá estarão — todas as coisas que não pudemos trazer connosco quando fomos tirados de Corisco: os cancioneiros da minha mãe; a adorada guitarra do Rouxinol pintada de vermelho-crepúsculo e com doze brilhantes cordas douradas; a taça de barro que fiz para os meus pais e lhes dei de presente no solstício de inverno; os meus desenhos e pinturas favoritos e os tesouros em cima do meu velho parapeito da janela. Não eram tesouros como as moedas e joias que roubo na estrada, mas sim tesouros que fui ganhando com a minha família e amigos: pedrinhas, fósseis, conchas, penas de aves marinhas e flores secas.

Mas não consigo ficar a pensar na nossa antiga casa muito tempo sem que me comece a doer o peito. Quando pudermos voltar, vai ser doloroso, porque não será a mesma coisa sem a minha bonita mãe. E ir para lá, um lugar tão cheio de memórias, poderá mergulhar o Rouxinol ainda mais fundo na sua dor. Quero voltar, ainda assim. Quero sentir que a minha mãe está perto, com o Rouxinol junto a mim. Quem sabe, então, ele poderá finalmente falar comigo sobre o que sente.

Agacho-me e fixo os olhos no Grumo para me obrigar a voltar ao presente. Ele está de novo a guardar os caracóis, empurrando-os para dentro do saco com a sua perna-espada quando tentam fugir.

— Vou preparar a cova da fogueira e depois vou buscar uma caixa para os pôr lá dentro — digo, ao que Grumo responde com um suspiro desapontado. Gosta de guardar coisas, mas os caracóis terão de ser fechados numa caixa durante algum tempo até que os possamos comer, para dar tempo que sejam expelidas do corpo possíveis coisas nocivas que tenham comido.

Saio do outeiro de ervas e dirijo-me a uma pequena secção do talude lamacento. A base espessa e estriada do tronco da casa na árvore ascende de dentro de água mais adiante. A sua cortiça surge raiada de algas onde o nível da água sobe e desce ciclicamente, e as raízes nodosas que a sustentam espreitam acima da superfície da água, como cabeças de sapo gigantes. Algumas raízes estendem-se até esta margem lamacenta, perfazendo assentos muito úteis. É num deles que me sento agora e começo a escavar a lama com as mãos.

Cobrimos sempre a cova da fogueira com lama, para a esconder quando saímos da casa na árvore, mas apenas com uma camada fina, por isso, não demoro muito tempo a revelar o círculo de pedras. Consigo ouvir a Bigodes a puxar tabuas para fora da água um pouco mais adiante no canal e a triturar as raízes com os seus dentes compridos.

Agora que já pus a cova da fogueira a descoberto, passo as mãos por água e depois caminho ao longo das raízes, até ao tronco da árvore — descalça, como sempre. O Rouxinol ofereceu-se para me ajudar a fazer sapatos simples com pele de veado, mas eu gosto de poder entrar na água sem me preocupar com o facto de molhar os sapatos e de sentir o chão com os pés e a cortiça quando trepo.

Estou agora a trepar à casa na árvore, cravando os dedos dos pés e das mãos nas estrias da cortiça vermelho-acastanhada, até que alcanço a nossa rede-despensa. Passo para o ramo mesmo por baixo da rede, tiro de lá a meia dúzia de coisas de que preciso para cozinhar, e depois volto a descer até à cova da fogueira.

O Rouxinol regressou com os braços cheios de paus e galhos e já está a fazer a fogueira, por isso, vou preparar a comida. Primeiro, ponho todos os caracóis numa pequena caixa de cedro feita por mim e fecho-a, atando com uma tira de couro velho. O Grumo franze o sobrolho e arrasta-se dali para fora, vai provavelmente apanhar grilos para a sua refeição da noite.

Levo os tubérculos que apanhei até uma fonte de água doce que está escondida no meio da folhagem, no talude do canal. A Bigodes segue-me, com o ar vagamente perdido que apresenta sempre que não tem o Grumo consigo. Senta-se ao meu lado enquanto removo a casca pegajosa dos tubérculos, lhes esfrego as raízes redondas para as limpar, as empilho numa taça de cortiça e as levo de volta para a fogueira.

As chamas lambem os paus que agora estalam dentro da cova. O fumo sobe em círculos pelo ar e voam faíscas. Os meus ombros contraem-se: quando fazemos uma fogueira, corremos o risco de sermos vistos por patrulhas de bogatires, mas recordo a mim mesma que estamos nas profundezas do pântano e que o musgo que pende a toda a nossa volta cria um esconderijo bastante bom, ocultando a fogueira da vista de outros.

O Rouxinol trouxe as nossas mantas das redes de dormir. Vieram da nossa antiga casa em Corisco e são feitas com um feltro cinzento macio, já desgastadas de tanto uso. Também trouxe a guitarra de lata e o meu coração alegra-se ao vê-la, adoro quando o Rouxinol toca.

Quando fomos obrigados a abandonar a nossa casa em Corisco, o Rouxinol deixou para trás a sua adorada guitarra vermelho-crepúsculo e, durante quase um ano, praticamente não tocou nem cantou. Mas depois construiu esta nova guitarra. Usou uma lata velha que desaguou no lodo, esculpiu o braço e as cravelhas em madeira de ácer e fez as cordas com fibras de serralha do pântano — do mesmo modo que fazemos as nossas linhas de pesca.

O Rouxinol cobre os ombros com a sua manta e entrega-me a minha para que eu faça o mesmo, para me proteger do ar húmido que agora começa a emanar das águas. A túnica que trago vestida, com o uso, foi-se tornando fina e é demasiado grande para mim, já que é uma das túnicas do Rouxinol. Há anos que cresci demasiado para caber nas minhas antigas roupas. Por isso, uso calças que também costumavam ser do Rouxinol, no entanto, corto-as e converto-as em calções, porque assim é mais fácil avançar dentro de água e trepar às árvores, sem um tecido húmido enrolado nas pernas. A cintura das calças é demasiado grande, mas eu seguro-as com uma tira fina de couro.

Sento-me numa raiz em frente do Rouxinol, com a fogueira entre nós, e pouso numa rocha a taça de cortiça cheia de tubérculos. A Bigodes senta-se em cima do meu pé e os seus olhos reluzem quando vê o Grumo, com algumas pernas de aranha a pender-lhe da boca, rastejando na nossa direção. O Rouxinol mantém-se atarefado a alimentar as chamas com galhos, e eu espeto dois dos tubérculos com paus compridos e pontiagudos e começo a assá-los sobre as chamas.

— Que pena não termos nada para acompanhar. — Observo a pele rosa-clara dos tubérculos a assumir lentamente um tom acastanhado. — Estava com esperança de conseguirmos apanhar um peixe hoje, mas o ribeiro junto ao ácer vermelho estava todo seco. Depois pensei em apanhar alho-selvagem a caminho de casa e esqueci-me.

O Rouxinol enfia a mão no bolso da túnica e tira algumas folhas compridas e pontiagudas.

— Encontrei algumas quando andava a apanhar lenha.

— Fantástico! — Ponho-me de pé, estico-me, contornando a fogueira, tiro uma folha da mão do Rouxinol e mordisco-lhe a ponta. O alho-selvagem é uma das minhas plantas favoritas. É um pouco amargo, mas tão delicioso.

— Lembras-te de que às vezes a tua mãe temperava o pão com isso? — Os olhos do Rouxinol ficam vítreos, como se estivesse sob um dos seus próprios encantamentos. Acontece sempre que olha para o passado.

Confirmo com a cabeça.

— Ela costumava também fazer aqueles pastéis com alho--selvagem e limão. — Lambo os lábios. Pães e pastéis são tradicionalmente comida de humanos, contudo, são os que mais me fazem falta desde que vivemos no pântano. Às vezes, faço farinha com tubérculos secos, depois misturo com água e asso roscas de massa em paus. As roscas são boas, ainda que não sejam o mesmo que o pão à moda dos humanos. Interrogo-me se haverá humanos que sentem a falta de comidas alconostes. Os amigos mais próximos da nossa família, a Flor, o Barro e o Prata, são humanos e adoravam os bolos de sementes tradicionais dos alconostes que a minha mãe costumava fazer quando comíamos juntos todos os Dias-Ninho.

Abro a boca para dizer alguma coisa sobre os bolos de sementes, mas decido que é melhor não, ao reparar na tristeza que se espalha no rosto do Rouxinol como uma sombra. Tenho de o puxar outra vez para o presente, para podermos falar do futuro.

— As pontas-de-flecha assadas na fogueira também são bem especiais — digo, passando ao Rouxinol um dos paus, agora que os tubérculos já estão cozinhados. Sopro o meu antes de lhe dar uma trinca. O exterior está estaladiço, o interior macio e fofo, e aquece-me mesmo bem por dentro.

O Rouxinol come o seu tubérculo de olhar fixo nas chamas, ainda vítreos.

— Nessa altura tínhamos uma bela casa, Pintarroxo. Eu tinha um bom emprego. E tu tinhas amigos. — Levanta os olhos na minha direção. — Nestes últimos anos, mantive a esperança de que o Movimento da União nos permitisse regressar a casa, mas fracassou, Pintarroxo. — O Rouxinol suspira. — Ainda acredito que podemos ter uma casa como deve ser, porém, não aqui. Não podemos continuar a viver assim. É chegado o momento de sairmos do pântano; e de Moróvia.

O Grumo, que tinha trepado para a cabeça da Bigodes, emite alto e bom som um «Hum!» indignado e a Bigodes olha para mim, preocupada.

— Moróvia é a nossa casa — digo eu com firmeza. — Estamos a conseguir viver perfeitamente no pântano. E um dia, muito em breve, vamos poder voltar para Corisco. Lá porque o Movimento da União não está a correr bem não quer dizer que tenhamos de desistir. Isso quer dizer que devemos lutar mais ou de outra forma. — Coloco o meu tubérculo meio comido na taça de cortiça e depois passo pela cabeça o saquinho de couro que uso à volta do pescoço. — Sabes o que guardo aqui dentro? — pergunto, abrindo o saco.

— Uma das penas da tua mãe. — O Rouxinol acena com a cabeça.

— Sim, mas também aqui tenho mais algumas coisas. — Quando passo os dedos pela pequena pena amarela que encontrei na almofada da minha mãe depois de o *Alegria* se afundar, a minha respiração acelera e pisco os olhos para conter as lágrimas, não posso deixar que o Rouxinol as veja. A Bigodes encosta o seu rosto à minha perna e o Grumo dá pancadinhas na minha canela com a sua perna-espada.

No primeiro ano após a morte da Alcíone, nem sequer conseguia olhar para a pena sem que rios de lágrimas começassem a escorrer-me pelas faces, embora a minha dor agora seja diferente. Na maior parte do tempo, é como um vazio numa câmara escondida do meu coração. Contudo, por vezes, como agora, aumenta e forma um abismo que ameaça engolir-me toda. Aprendi a respirar para superar estes momentos, porque agora sei que acabam por passar. E aprendi que, embora tocar na pena da minha mãe me cause dor, também me pode oferecer conforto. Inspiro então longa e lentamente e sinto a suavidade e a força da pena. Depois continuo a enfiar os dedos cada vez mais dentro no saquinho e tiro dois pequenos colares de ouro que estavam no fundo.

Levanto os colares e, ao vê-los cintilar diante da luz da fogueira, sinto uma dor no coração. Apesar disso, também me encho de esperança de que, quando disser ao Rouxinol por que motivo guardo estes colares, ele queira abandonar o seu plano de sair de Moróvia e perceba os motivos para termos de ficar e lutar pela nossa casa e pelos nossos amigos.

CAPÍTULO 4

DUAS METADES DE UM CORAÇÃO

O Rouxinol fica a olhar para os colares que pendem dos meus dedos como o musgo suspenso da árvore à nossa volta. Cada colar tem um amuleto com a forma de meio coração e, quando se encaixam, formam um coração inteiro.

— Era teu e da Hero — diz o Rouxinol.

Assinto com a cabeça e respiro fundo. É a primeira vez que conto a alguém o que aconteceu entre mim e a Hero.

— A Hero comprou-os para nós e usávamo-los o tempo todo. Mas, depois, ela veio visitar-me no dia a seguir ao naufrágio do *Alegria*. — Sinto o estômago às voltas só de me lembrar. — Ela disse que a tragédia era culpa dos alconostes. Estava zangada e fora de si, a cara a escaldar e coberta de lágrimas. Atirou o colar para o chão e foi-se embora.

— Lamento muito, Pintarroxo. — O Rouxinol abana a cabeça com tristeza. — A Hero não devia ter dito isso.

As palavras que eu queria dizer escapam-me silenciosamente pela língua abaixo. Apesar de o meu coração me dizer que a Hero estava enganada, é estranho ouvir o Rouxinol a dizê-lo de forma tão simples. Passei os últimos três anos a tentar explicar e desculpar os atos dela.

— O naufrágio do *Alegria* tirou-nos tanto a todos. — O Rouxinol pisca os olhos para conter as lágrimas e também os meus olhos se alagam ao ver a sua dor. Mas ele inspira fundo e é com voz firme que prossegue. — Os discursos do capitão Ilya deformaram a dor das pessoas e transformaram-na em fúria e ódio. Acho que muitos mais humanos do que imaginamos já sentiam alguma desconfiança em relação aos alconostes. Algumas pessoas dizem que o capitão Ilya cresceu numa pequena comunidade de humanos que viviam nas Montanhas Desencantadas, porque queriam viver longe do canto mágico e os humanos com quem ele viveu são os seus novos bogatires. Não sei se é verdade. Mas desde que o capitão Ilya está no poder, não há dúvida nenhuma de que tem alimentado a desconfiança relativamente aos alconostes e que a fez crescer. Moróvia mudou, Pintarroxo. A vida aqui nunca mais será a mesma. Acho que... — Ouve-se a respiração do Rouxinol a crepitar-lhe dentro do peito e sei que está novamente a pensar na Alcíone. Franzo o sobrolho para esconder a minha própria dor ao pensar nela, que já não está connosco. — Um recomeço do zero, longe de Moróvia, poderia ser bom — diz o Rouxinol. — Podíamos fazer uma nova casa, eu podia encontrar um novo emprego e tu podias fazer novos amigos.

— Eu não quero novos amigos — digo eu, teimosamente, frustrada por esta conversa não estar a correr como eu tinha planeado. A minha ideia era que os colares fizessem o Rouxinol lembrar-se dos nossos amigos — alconostes e humanos — e perceber que valia a pena lutar pela nossa antiga vida. — Eu quero os meus antigos amigos de volta — expliquei com firmeza. — E tenho a certeza de que a maioria deles quer exatamente o mesmo. A Flor, o Barro e o Prata sentem a nossa falta e desejam voltar a ver-nos, não é? E o Pardal e o Tentilhão e a mãe, a Pisco. E o vizinho de baixo, o Cotovia.

O Rouxinol suspira e assente com a cabeça.

— Sim, mas...

— E a Hero vai querer ver-me outra vez — interrompo, a minha voz a vacilar um pouco, já que isto poderá ser mais um desejo do que um facto. — A Hero não estava com a cabeça clara quando disse aquelas coisas. Estava perturbada e zangada por causa do naufrágio do *Alegria*. Acho que ela também terá perdido alguém que amava. — Franzo a testa com a frustração de não saber ao certo. Eu e a Hero nunca tivemos a oportunidade de falar ou de nos reconfortarmos mutuamente depois daquele dia, porque o capitão Ilya nos separou, a nós e a toda a ilha. Inspiro fundo antes de continuar — Mas as pessoas não vão ficar zangadas para sempre — digo convictamente. — Eu guardo os nossos colares, porque acredito que podemos voltar a ser amigas. — Ponho de novo com cuidado os colares no saquinho. — Acredito que todos os alconostes e humanos podem ser amigos e que Moróvia pode ser sarada. Então poderemos deixar de viver isolados, ir para casa e também voltar a ver os nossos amigos alconostes. Mas se nos formos embora, nunca veremos nada disso.

— Se ficarmos, poderemos nunca vê-lo — diz o Rouxinol amavelmente. — O Movimento da União desintegrou-se, Pintarroxo.

— Mas eu não perdi a esperança de que possamos mudar as coisas. — Contorno a fogueira, agacho-me ao lado do Rouxinol e encosto a minha testa à dele, como costumávamos fazer quando eu era pequena e ele me aconchegava na cama à noite. — Por favor, não desistas — sussurro.

Os olhos do Rouxinol enchem-se de lágrimas e eu entro em pânico, a achar que o perturbei outra vez. Num desespero para o distrair, levanto-me num salto.

— Os tesouros! — exclamo, para mudar de assunto. Salto para o outeiro de ervas e pego no meu saco. — Vamos ver o que temos. Há este lindíssimo anel de diamante, é claro. — Tiro o anel do saco.

O Grumo saltita da cabeça da Bigodes e rasteja até mim, coaxando ansiosamente como costuma fazer quando quer ser incumbido de alguma tarefa.

— Podes levar isto ao Rouxinol, por favor? — peço, colocando o anel à sua frente. O Grumo agarra no anel com a boca e vai até ao Rouxinol.

Além de guardar coisas, o Grumo adora levar coisas. Começou quando a sua perna-espada cresceu depois do ataque do caranguejo. Costumava trazer-me oferendas compostas por escaravelhos e grilos, e eu dizia «Leva-os ao Rouxinol» como uma espécie de brincadeira, mas a verdade é que ele os levava mesmo. Não tardou a aprender os nossos nomes e corria de um lado para o outro, divertido, a transportar pedaços de comida ou os pequenos tesouros que eu roubava.

O Grumo chega-se ao pé do Rouxinol, que se inclina e estende a mão para que ele possa depositar o anel na palma da sua mão. As chamas da fogueira refletem-se nas superfícies do diamante, fazendo-o assemelhar-se a um pequenino sol cintilante.

— Uma coisa assim tão valiosa há de poder ajudar na luta pela união — digo eu, transportando para junto da fogueira a bolsa das moedas e o embrulho que roubei. Entrego a bolsa ao Rouxinol e depois volto a sentar-me. — Podes contar as moedas, enquanto eu vejo o que há aqui dentro? — Abro o pequeno embrulho com o carimbo onde se lê o nome do joalheiro, o Turquesa, e franzo a testa ao ver a pesada pedra preta que encontro no interior. — O que é isto? — pergunto, entregando-a também ao Rouxinol.

— É basalto das Montanhas Douradas, de perto do Complexo Palaciano de Pero. Não é raro nem valioso. — O Rouxinol revira a pedra nas mãos.

— Por que razão um joalheiro haveria de embrulhar uma pedra sem valor nenhum? — Agarro na pedra e coloco-a junto das outras à volta da fogueira. — Bom, em todo o caso temos o anel. E quantas moedas? — pergunto.

— Cinco de ouro, sete de prata, uma de cobre. — O Rouxinol devolve-me a bolsa. — Deve ser suficiente para nos ajudar a começar uma nova vida noutra ilha. Da última vez que fomos aos lodaçais, Eldóvia aparecia bem grande no horizonte, por isso deve estar perto.

— Eu quero ficar em Moróvia — afirmo, com a frustração de ter de me repetir a esvoaçar dentro de mim como as asas de um colibri.

— O nosso lugar é aqui. Que sabemos nós sequer sobre Eldóvia? Pode ter tantos problemas como Moróvia.

Por um instante, tentei imaginar como seriam as outras Ilhas Flutuantes, como eu e os meus pais costumávamos fazer quando nos sentávamos na nossa varanda de Corisco. Mas afasto o pensamento para longe. Não quero partir para outra ilha. Quero voltar a sentar-me na nossa varanda, onde a minha mãe entoava canções, porque, quando lá voltarmos, vou ouvi-las na brisa. E vou caminhar até ao sítio onde eu e a minha mãe nos sentámos na praia, no último dia em que estivemos juntas, e vou sentir as suas asas a abraçar-me. Estes lugares são especiais, por conterem as memórias que tenho dela. Não podemos simplesmente ir embora.

— Amanhã de manhã podemos perguntar aos pescadores sobre Eldóvia — sugere o Rouxinol. — Alguns deles estão sempre nos lodaçais da Colónia dos Pescadores antes do amanhecer e ouvi dizer que navegaram recentemente até Eldóvia com a ideia de encontrar uma nova casa. Eu não sou o único a pensar em sair de Moróvia, Pintarroxo. Os pescadores alconostes têm tido mesmo muitas dificuldades desde que o capitão Ilya os proibiu de trabalhar com humanos. Se calhar podem dizer-nos mais alguma coisa sobre como é Eldóvia e isso pode ajudar-nos a decidir.

— Vamos recompor a *nossa* ilha e não abandoná-la e trocá-la por outra. — O meu coração suplica que o Rouxinol compreenda como me sinto. — Quero voltar a ver os nossos amigos e quero voltar à nossa antiga casa em Corisco. Os cancioneiros da Alcíone ainda lá estão... — As minhas palavras ficam presas na garganta. Inspiro lentamente e, ao mesmo tempo, fustigo-me silenciosamente por deixar a minha dor deslizar cá para fora. Tiro o anel da mão do Rouxinol e ponho-o de novo na bolsa das moedas. — Vamos mas é levar estes tesouros amanhã à Eco e conversar sobre como os poderemos usar para salvar o Movimento da União. Por favor. Vamos tentar, só mais uma vez.

— E se os tesouros não conseguirem salvar o movimento? — O Rouxinol ergue uma das suas penas-sobrancelhas.

— Vão salvar. *Têm* de salvar. — Endureço a minha voz com todas as minhas forças. — E se não salvarem — prossigo, ao ver o Rouxinol suspirar —, então, quando tiver o meu canto mágico, *eu* vou pôr tudo no lugar. A minha magia vai juntar toda a gente, como diz a profecia do meu nome.

— Pintarroxo, tens treze anos — diz o Rouxinol amavelmente. — Já desejei que a tua magia se manifestasse e que tu a pudesses usar para unir Moróvia. Sei quanto querias que isso acontecesse e quanto treinaste o teu canto. Mas as profecias dos nomes podem ser interpretadas de muitas formas, sabes bem isso. E os alconostes que não recebem a magia até aos dez anos só raramente a recebem de todo. Acho que é altura de aceitares...

— A minha magia vai chegar — interrompo rapidamente, zangada por o Rouxinol ter desistido, não apenas da esperança de uma união, como também de eu vir a receber o meu canto mágico. Não consigo aceitar isto. Todos os alconostes que conheço têm o canto mágico; a minha mãe tinha, o meu pai tem, e o Pardal, o Tentilhão e todos os outros amigos alconostes... Sem a magia, que tipo de alconoste seria eu? E se estou enganada acerca da profecia do meu nome, então como posso mudar seja o que for em Moróvia? O Rouxinol é que está enganado. Sei que o meu dia há de chegar. Desvio o olhar dele e fixo as chamas, tal como ele faz quando não quer falar.

Ficamos sentados em silêncio durante algum tempo, mas eu não tardo a remexer-me e a debater-me, a pensar no que mais posso dizer para fazer o Rouxinol mudar de ideias. Não sou como ele: não consigo ficar confortavelmente sentada enquanto há no ar problemas por resolver, como o cheiro de uma folha de flor-fétida rasgada.

A Bigodes, que se deitou outra vez no meu pé, também não se consegue sentir à vontade nesta atmosfera tensa, pelo que se refugia na toca que escavou sob o outeiro de ervas. O Grumo dá-lhe as boas-noites com uma pancadinha na cabeça, salta dali para baixo e rasteja para dentro do seu abrigo cheio de folhas e raízes, que fica mesmo junto à toca da Bigodes. Fico a observá-los a aconchegarem-se nos seus ninhos acolhedores e isso acalma-me um pouco.

O crepúsculo foi engolido pelas sombras da noite e um coro de rãs e grilos entoa cantos amenos por entre as árvores. À superfície da água, veem-se pirilampos a piscar e ouvem-se alguns guaxinins a tagarelar ao mesmo tempo que procuram alimento nas margens.

Por fim, o Rouxinol quebra o silêncio, pegando na sua guitarra de lata e toando uma melodia que nunca ouvi antes. Muitas vezes, o Rouxinol improvisa quando toca, expressando os seus sentimentos através da música. Na maioria das vezes, são sentimentos de sofrimento, reproduzidos com melodias lentas e profundas, com dissonâncias de dor e angústia. Todavia, esta noite, ele toca uma melodia suave e profunda, com ondulações de esperança, tamborilando ocasionalmente de entusiasmo. A centelha que lhe vi antes acende-se nos seus olhos e eu dou conta de quanto me fez falta. Mais do que tudo, quero que o Rouxinol seja feliz, mas oxalá isso não significasse partir de Moróvia... Suspiro, desejando poder fazê-lo *querer* ficar.

«*Pintarroxo... Pintarroxo...*» O Rouxinol canta o meu nome e uma gargalhada brota da minha boca. Há anos que não cantava com tanto vigor. As suas penas da cabeça erguem-se e o modo como refletem a luz da fogueira lembra-me como brilhavam sob os raios de sol quando caminhávamos na praia em Corisco. «*Pintarroxo... Por favor, amanhã... Antes que a aurora vença a noite... Vamos até ao mar... Vamos ver as ondas e simplesmente sonhar...*» Levanta os olhos e olha para mim, com um pequeno sorriso no rosto, e eu rio-me ainda mais alto só de olhar para ele. Os seus dedos bailam nas cordas da guitarra e a sua melodia eleva-me o coração até às estrelas que cintilam para lá da abóbada rendada sobre as nossas cabeças. «*Vamos falar com os pescadores sobre terras longínquas... E quando o Sol já for alto... Vamos pensar... Em recomeços... A minha mão na tua mão...*»

Ponho-me de pé enquanto a canção do Rouxinol ondula pela escuridão verde e pantanosa.

— Está bem — digo eu, guardando as nossas coisas no meu saco. — Vamos até ao mar antes do amanhecer. *Só para pensar* — sublinho. — E *talvez* conversar com os pescadores sobre Eldóvia. Mas não prometo nada.

Inclino-me e digo boa noite à Bigodes e ao Grumo, deslizando a mão dentro da toca da Bigodes para lhe fazer uma festa e espreitando para o abrigo do Grumo para lhe piscar o olho. Dirijo-me então para o Rouxinol e despeço-me com um beijo.

Ele volta a sorrir.

— Obrigado, Pintarroxo. Sei que é muito difícil para ti a ideia de sair de Moróvia. Não o pediria se não estivesse plenamente convencido de que é a nossa única saída. — Estica-se para cima e pousa a mão na minha nuca, encostando a sua testa à minha. Desta vez, são os meus olhos a encherem-se de lágrimas, quando penso em deixar para trás tudo que alguma vez conhecemos. — É muito possível — sussurra o Rouxinol. — É possível que consigamos ser felizes noutro sítio, juntos.

Pisco os olhos para conter as lágrimas, faço ao Rouxinol um pequeno aceno de cabeça e depois dou meia-volta, trepo para cima da casa na árvore e enrolo-me dentro da minha rede de dormir. É quente e aconchegante, e começo a trautear algumas escalas musicais, tentando sentir alguma espécie de magia nas notas, mas não me consigo concentrar.

E se, quando estivermos no lodaçal amanhã de manhã, a conversar com um pescador, o Rouxinol me convencer a trocar o anel de diamante por um barco? E se o seu sorriso e a centelha nos seus olhos me estão a conduzir para longe de tudo por que o meu coração anseia?

Sei que o Rouxinol nunca usaria a sua magia comigo, mas o seu sorriso é igualmente poderoso, porque eu quero que ele esteja feliz. Porém, não estou a ver como é que *eu* posso ser feliz se partirmos, não quando uma porção tão grande do meu coração fica aqui.

Tiro a bolsa das moedas de dentro do meu saco e palpo o anel no seu interior. *Um anel de diamante*. Uma coisinha pequenina com o poder de nos levar daqui para fora. Ou quem sabe com o poder de resolver tudo.

Uma ideia começa a formar-se vagamente na minha mente, um tanto ou quanto amarga, contudo, apetitosa, como as folhas de alho-selvagem que comemos esta noite. Eu própria podia levar os tesouros à Eco — a líder do Movimento da União —, quando o Rouxinol estivesse a dormir. Podia perguntar-lhe se há alguma forma de usarmos o anel para reanimar o movimento. E podia perguntar se há alguma coisa que se possa fazer para eu receber o meu canto mágico, porque agora me parece mais importante do que nunca.

Já não vejo a Eco há quase três anos, mas conheço-a. Foi levada de Corisco ao mesmo tempo que eu e o Rouxinol e chegámos a viver juntos nos lodaçais durante algumas luas. Na altura, a Eco dava-me lições de canto, para ajudar a minha magia a revelar-se. Não funcionou, mas se calhar ela pode mostrar-me uma nova forma de tentar.

Quanto mais penso nisso, mais sentido me faz. Não posso partir de Moróvia sem saber ao certo se há alguma coisa que eu possa fazer para ajudar a alcançar a união. E a única forma de descobrir isso é falando eu mesma com a Eco.

O esconderijo da Eco fica a menos de uma hora de caminhada. Eu podia ir lá, falar com ela e regressar antes de o Rouxinol acordar de manhã. A culpa revolve-me o estômago, bem como a ideia de sair às escondidas do Rouxinol a meio da noite, no entanto, esta é a minha única hipótese de fazer alguma coisa antes de ele me levar à Colónia dos Pescadores para pôr em marcha o seu plano de sair daqui.

Espreito para fora da minha rede de dormir. Está uma noite calma e tranquila, o seu bafo feito de névoa agarra-se às árvores. Não consigo ver a Lua, mas vejo a sua luz prateada refletida nas águas escuras. O pântano está belo e convidativo: quente e húmido, preto-esverdeado nas sombras, com estrelas feitas de vaga-lumes e meteoritos de pirilampos.

Sinto a esvoaçar no peito a euforia de uma missão noturna secreta e, com a ideia de voltar a ver a Eco, nasce-me um sorriso no rosto.

Durante as luas em que vivemos juntos no lodaçal, a Eco foi a pessoa mais forte da minha vida. Eu observei-a a criar uma comunidade partindo de nada mais do que lama, madeira flutuante e corações destroçados. Mas depois os bogatires empurraram-nos para o pântano e, desde então, não voltei a vê-la.

O Rouxinol disse sempre que era demasiado perigoso para mim ir visitar a Eco, visto que, como líder do Movimento da União, os bogatires do capitão Ilya andam sempre à procura dela. Sinto o estômago de novo às voltas diante de tal pensamento, no entanto, neste momento, a Eco é a minha única esperança de encontrar uma forma de ficar em Moróvia. Por isso, inspiro fundo e, enquanto espero até que o Rouxinol adormeça, concentro-me nas memórias que tenho da Eco, começando pelo dia em que nos conhecemos…

O dia em que conheci a Eco

Há três anos, cerca de uma lua depois do naufrágio do *Alegria,* alguns bogatires vieram à nossa casa em Corisco. O Rouxinol estava sentado na nossa varanda, a olhar para o mar. Não tinha feito mais nada desde o dia da tragédia. Por isso, fui eu quem abriu a porta.

Os bogatires entraram por ali adentro tão depressa que quase me derrubaram. Usavam sobre as camurças uma estranha armadura de metal que eu nunca tinha visto antes, bem como elmos com aberturas finas e retangulares para os olhos. Quatro bogatires passearam-se ruidosamente pela casa, enquanto um bogatir desenrolou um pedaço de papel e começou a ler. Mas o seu rosto estava oculto atrás do elmo e não consegui perceber o que dizia.

Perguntei se ele poderia, por favor, tirar o elmo, contudo, ele ignorou-me. Eu não fazia a mínima ideia do que poderia ter levado bogatires até ali e a tratar-nos daquela maneira. Eu e o meu pai não tínhamos feito nada de mal. E estávamos de luto, como aliás toda a gente em Moróvia.

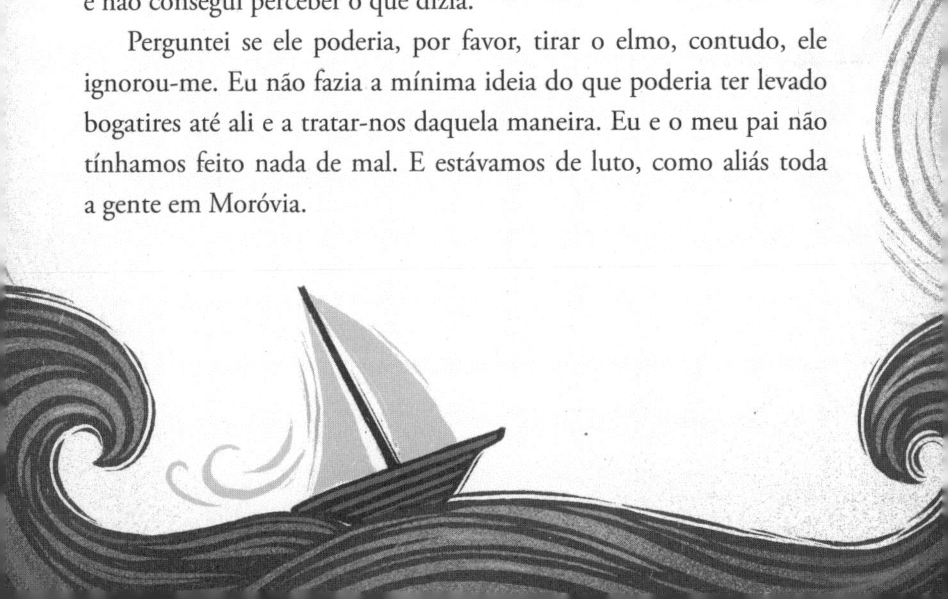

Desde a tragédia, quase tudo na ilha tinha fechado: a escola, o mercado, a biblioteca. Acho que o hospital se manteve aberto, porém, o Rouxinol não ia trabalhar. Foi um período de uma calma vazia, de palavras que esmoreciam e se tornavam silêncio e do sentimento de não saber o que fazer. Agora chegavam aqui estes bogatires cheios de ruído e determinação. Algo estava a acontecer, mas eu não compreendia o quê.

Dois bogatires puxaram o Rouxinol e puseram-no de pé. O Rouxinol ficou a olhar para eles, de olhos muito grandes e a tremer, tão desorientado como se o tivessem atirado para a Lua. Corri para ele e disse aos bogatires que o deixassem em paz. Expliquei que a minha mãe estava no *Alegria*. E depois balbuciei qualquer coisa sobre o facto de o Rouxinol estar a usar a sua dor como quem usa um manto mesmo justo ao corpo e que ele não conseguia ver cá para fora e ninguém conseguia ver lá para dentro. Uma senhora tinha-me dito aquilo para explicar por que razão o Rouxinol nunca mais tinha dito palavra desde a onda gigante.

Por fim, um dos bogatires tirou o elmo e disse aos outros que parassem. O Rouxinol colapsou na cadeira e começou a chorar. O bogatir era um rapaz de cabelo escuro, de olhos cansados e o rosto ruborizado marcado pelas linhas cravadas pelo elmo.

— Têm cinco minutos para arrumar as vossas coisas — disse ele. — E depois tu e o teu pai têm de vir connosco.

— Para onde? — perguntei, mas o bogatir voltou a pôr o elmo sem responder. Um calafrio percorreu-me o corpo e os meus ouvidos começaram a ser inundados de perguntas. Eu sabia que o capitão Ilya andava a fazer discursos, culpando os alconostes pela tragédia e dizendo que o canto mágico era perigoso. Seria por essa razão que nos queriam levar dali?

Percorreu-me um sentimento de fúria e medo, mas consegui repeli-los. Tivemos apenas cinco minutos para reunir as nossas coisas e eu sabia que o Rouxinol não podia ajudar. Corri de um lado para o outro, enfiando coisas dentro do grande saco de verga que costumávamos usar para os piqueniques na praia. Alguma espécie de instinto deve ter entrado em ação, já que, sem pensar, pus lá dentro artigos essenciais: mantas, roupa, uma panela, acendedores e alguma comida.

Peguei na pena amarela da minha mãe e no colar da Hero, que combinava com o que eu própria tinha ao pescoço. Parei diante da nossa estante de livros. Percorri com os dedos as lombadas dos cancioneiros da minha mãe, mas era impossível escolher um para levar comigo. Todos eles continham memórias dela.

Nesse momento, um bogatir disse que era hora de irmos embora e conduziu o Rouxinol pela porta fora. Pensei para mim mesma que não tardaríamos a voltar para casa, obriguei os meus dedos a afastarem-se dos cancioneiros e segui-os.

Lá fora, o céu estava cinzento, o vento soprava frio vindo do mar e as gaivotas berravam. Na areia, mesmo abaixo da nossa casa, havia mais bogatires e três compridas carroças com barras laterais e tejadilhos, equipadas para transportar cavalos. Os nossos vizinhos alconostes estavam a ser tirados de casa e levados em manada ao longo da praia e enfiados nas carroças. Fiquei de boca aberta, incrédula. Nada daquilo parecia, nem eu o sentia, ser algo que devesse sequer estar a acontecer.

Nenhuma das outras Ilhas Flutuantes se via no horizonte. Interroguei-me se nos teriam abandonado por não quererem assumir o papel de observadoras, nem mesmo distantes, do que ali estava a suceder.

Eu e o Rouxinol fomos empurrados para dentro de uma das carroças e sentámo-nos lado a lado lá atrás. Estavam ali pelo menos dez outros alconostes, as suas penas de cores garridas agora baças, os rostos cabisbaixos. Reconheci a maioria deles. O nosso vizinho idoso do piso de baixo, o Cotovia, a pele e as penas brancas como osso descolorado, agarrava com força um aquário com o seu peixe-anjo de estimação lá dentro. O Pardal e o Tentilhão, dois dos meus amigos da escola, comprimiam-se de encontro à mãe, a Pisco, formando um tufo de penas vermelhas e castanhas. Todos tinham os olhos arregalados e assustados.

— O que se está a passar? — perguntei à senhora ao meu lado à medida que a carroça rolava pela praia fora. Era uma mulher baixinha, de fofas penas cinzentas e castanhas na cabeça, no pescoço e nos braços, e a pele bege e suavemente enrugada, como as páginas de um livro muito lido. Não era idosa, mas era mais velha do que o Rouxinol e transmitia uma tranquilidade que me confortou.

— O canto mágico foi ilegalizado — respondeu a senhora. — E todas as pessoas cujo trabalho implicasse o seu uso estão a ser realojadas.

Franzi o sobrolho, tentando descortinar o que isso significava no nosso caso. Seguramente o capitão Ilya e os seus bogatires não nos podiam obrigar a sair das nossas casas. Porque é que as pessoas todas da ilha não estavam ali para impedir que aquilo acontecesse? Onde estavam os nossos amigos humanos?

Ocorreu-me imediatamente a Hero a dizer que a tragédia fora culpa dos alconostes e as rugas na minha testa aprofundaram-se. Eu tive a esperança de que ela tivesse dito aquelas coisas irrefletidamente, por estar assolada pelo desgosto. Contudo, agora começava a pensar se ela não estaria a falar mesmo a sério. Todos os humanos culpavam-nos a nós? Queriam que nos fôssemos embora?

Pensei na Flor, no Barro e no Prata e soube, no meu coração, que eles não desejariam aquilo. A minha mãe e o meu pai eram tão próximos da Flor e do Barro que, por vezes, eu até tratava a Flor e o Barro por «tia» e «tio». E o Prata era para mim como um primo — quando éramos pequenos, costumávamos andar de mãos dadas e remávamos juntos nas ondas da praia de Corisco. A carroça passou pelo mercado deserto e, por entre as barras, vi bogatires parados nas esquinas das ruas. Perguntei-me se estariam a impedir os nossos amigos de nos ajudar.

A carroça prosseguiu ao longo da praia, em direção ao Baixo-Barlavento da ilha, e, por dentro, toda eu era um rodopio de confusão.

Eu sabia que a única coisa que ali havia eram lodaçais e florestas densas que tinham sido alagadas pela onda gigante.

— Para onde estamos a ser realojados? — perguntei.

— Não sei. — A senhora abanou a cabeça. — Chamo-me Salangana. — Dirigiu-me um pequeno sorriso tranquilizador. — Mas toda a gente me trata por Eco, por causa da minha magia: consigo fazer com que os meus pensamentos ecoem pelos ares. — A Eco mergulhou a mão no saco que trazia no colo e tirou uma concha de um búzio, espiralada e verde-marinha. Levou-a à boca, entoou baixinho algumas palavras para o seu interior e depois entregou-ma.

No momento em que toquei na concha, senti a magia da Eco a fluir dentro de mim, como o calor de uma bebida quente, e, na minha mente, surgiu a imagem das Três Ilhas Flutuantes, mas como nunca as havia visto. Eu estava a voar muito alto, por cima delas, e sentia o vento em cima e em baixo das minhas asas. Salpicos de água enchiam o ar, vindos das ondas a bater lá longe, muito em baixo. Havia uma tempestade e as ilhas estavam tão perto entre si que se poderia saltar de uma para a outra.

— O que é isto? — perguntei, curiosa.

— É uma memória. — A Eco sorriu. — Não é minha, é claro. Eu não voo. Esta memória tem sido passada de geração em geração, através de magia como a minha. Foi a última vez em que as Ilhas Flutuantes se juntaram para enfrentar uma tempestade que durou muitas luas.

A imagem na minha mente mudou. A tempestade amainou, as ilhas deslocaram-se para mares mais calmos e depois afastaram-se. Uma fissura abriu-se no teto de nuvens e feixes de sol iluminaram as ilhas, fazendo-as brilhar como uma cadeia de joias. Depois, as imagens desvaneceram-se, à medida que a magia da Eco ia esmorecendo.

— Nunca vi magia assim e não fazia ideia de que as ilhas podiam aproximar-se tanto. — Sorri ao entregar

a concha de volta à Eco, percebendo então que era a primeira vez que sorria desde o naufrágio do *Alegria*. Senti, estranhamente, que era uma traição. Não que estivesse a trair a minha mãe — eu sabia que ela quereria que eu sorrisse para a Eco, porque sempre me encorajou a ser bem-educada. No entanto, senti que, de algum modo, estava a trair o Rouxinol. Ele estava sentado ao meu lado, mas muito longe dali em pensamento. Receei que o meu sorriso pudesse ter ampliado o espaço entre nós, já que me firmava no lugar e no momento presentes, ao passo que o Rouxinol continuava distante e escondido. Preocupava-me que, sob o seu manto de dor, o Rouxinol pudesse ter ficado permanentemente destroçado e que me estivesse a escapar por entre os dedos. Porém, não sabia como o puxar de volta para mim e tinha de me colocar no presente, com a Eco, para tentar perceber aonde estávamos a ser levados e o que podíamos fazer quanto a isso.

— Eu sou a Pintarroxo e este é o meu pai, o Rouxinol — disse eu. O ar salgado soprou por entre as minhas penas e eu inspirei fundo para me acalmar. — A minha mãe estava no *Alegria* — acrescentei.

— O meu irmão, o Gaivina, também estava no *Alegria*. — Os olhos da Eco humedeceram-se.

Pousei a minha mão na da Eco, demasiado embargada de emoção para dizer outra coisa qualquer.

A carroça abrandou o passo e atravessámos uma pequena ponte feita de troncos que passava sobre um braço de mar. Em seguida, parámos, mas, quando olhei em volta, senti que a terra ainda se mexia.

À nossa esquerda, uma praia lamacenta espalhava-se em direção ao oceano. Depois, à nossa direita, estendiam-se as florestas alagadas — o pântano —, luxuriantes e verdes, envoltas num nevoeiro que se assemelhava a um bafo húmido. Fitei aquele panorama e brotou dentro de mim um estranho desejo de o explorar — de fugir para dentro dele, para longe de tudo o que estava a acontecer.

Os bogatires tiraram-nos da carroça e um deles leu de um outro rolo de papel, mas, tal como tinha acontecido em nossa casa, era difícil compreendê-lo por causa do elmo. Apanhei as palavras *ameaça para a segurança*, *magia ilegal* e *até Corisco voltar a ser segura*.

— Porque é que os bogatires estão a usar elmos? — perguntei à Eco, frustrada.

— São feitos de ferro extraído das rochas das Montanhas Desencantadas — respondeu a Eco. — Protegem-nos do canto mágico.

Olhei em volta, para os alconostes que ali estavam comigo nos lodaçais, questionando-me por que razão alguém haveria de precisar de se proteger de nós. Tinham trazido até ali cerca de trinta de nós, em três carroças, e todos parecíamos pequeninos e assustados. Dirigi ao bogatir uma expressão carrancuda, pegando nas nossas coisas, minhas e do Rouxinol, e ajudando os outros alconostes com as deles.

As carroças voltaram a rolar na direção de Corisco, rodeadas por bogatires de ruidosas armaduras.

— O que é que fazemos agora? — sussurrei para a Eco.

A Eco inspirou fundo e bateu com as palmas das mãos, falando suficientemente alto para que todos ouvissem.

— Vamos trabalhar juntos para construir abrigos. Depois, vamos fazer uma refeição. E depois decidimos, juntos, o que fazer a seguir.

Sem a Eco, as luas que se seguiram teriam sido impossíveis, especialmente para mim. A Eco era a única que conseguia comunicar com o Rouxinol. Dava-lhe instruções simples e claras e, para meu grande espanto, ele seguia-as. Os seus pensamentos ainda estavam noutro lado, no entanto, se a Eco lhe dissesse para apanhar madeira flutuante ou cortar troncos ou ajudar a construir abrigos, ele fazia-o.

Eu ajudava o Rouxinol em tudo aquilo em que ele trabalhasse e isso fazia-me sentir que a distância entre nós não era tão grande. Ter coisas para fazer ajudava-me também a combater as minhas próprias vagas de desgosto, piscando os olhos para reter as lágrimas e concentrando-me no que havia para fazer.

Contudo, por vezes, estas ondas de desgosto eram demasiado poderosas, e eu agachava-me na areia lamacenta e enterrava a cara nos joelhos. A Eco reparava sempre e surgia ao meu lado, envolvendo-me com os seus braços, as suas penas fofas aquecendo-me a pele. Quando a minha respiração acalmava, a Eco punha-me de pé e arranjava outra tarefa com que me ocupar.

Foi nascendo uma longa fileira de cabanas de madeira entre a praia de lama e o pântano. Chegavam mais alconostes quase todos os dias, eram transportados nas gaiolas das carroças, trazendo consigo notícias das regras que o capitão Ilya tinha decretado para separar o povo de Moróvia. Trabalhámos todos juntos para garantir que toda a gente tinha comida, água e um lugar quente para dormir.

Fiquei a saber que a Eco era uma espécie de historiadora, uma guardiã dos velhos costumes. Uma parte do trabalho que ela fazia era ensinar formas de canto mágico e eu convenci-a a dar-me aulas. Tinha a esperança de que ativassem a minha magia.

Contudo, mais importante ainda, a Eco sabia como tinha vivido o povo-pássaro ancestral de Moróvia. Ensinou-nos a fazer linhas de pesca usando as fibras das plantas e armadilhas para apanhar coelhos e esquilos. Apanhávamos moluscos nos lodaçais e raízes, tubérculos, bagas, frutos secos e sementes no pântano. Cozinhávamos e comíamos juntos, e cantávamos em conjunto ao serão, as nossas vozes ressoando pelo braço de água fora e estendendo-se até ao mar longínquo. Eram sobretudo canções tristes e de pesar, mas assim sentíamo-nos menos sozinhos.

O Rouxinol não cantava. Ainda que estivesse lentamente a recuperar. Eu gostava de o ver ocupado a fazer coisas, em vez de ficar apenas com os olhos postos no mar. Construiu para nós uma bonita cabana, com uma janela voltada para a água, e fez-nos camas com madeira flutuante e um forno de pedra, e pendurou uma escada de corda e um baloiço num amieiro atrás da nossa cabana.

Os meus amigos vinham muitas vezes sentar-se comigo junto da árvore e brincávamos na escada e no baloiço. Estavam lá o Pardal e o Tentilhão, outros amigos da escola e amigos novos, como a Cantadeira e a Fusela, que viviam antes no Complexo Palaciano de Pero. Contaram que todos os alconostes foram expulsos do palácio e que já não podiam ser cortesãos ou bogatires. Os alconostes também estavam a ser retirados das quintas do Barlavento e todos estávamos a construir novas casas nos lodaçais.

Eu decorei a nossa cabana com espanta-espíritos feitos de penas de aves marinhas e conchas que fui apanhando na praia de lama, e o Rouxinol ajudou-me a esculpir animais de brincar em pedaços de madeira. Eu adorava explorar os lodaçais e o pântano e gostava de passar o tempo com os meus amigos alconostes. Mas tinha saudades da minha mãe, e dos nossos amigos humanos, especialmente da Flor, do Barro e do Prata. E sentia a falta da Hero, apesar de estar zangada com ela por ter dito que o naufrágio do *Alegria* fora culpa dos alconostes.

Tentei imaginar o que a Hero estaria a fazer naquele momento; se saberia o que me aconteceu, a mim e aos outros alconostes, e se se importaria com isso. Porém, havia sempre tanto para fazer, procurar comida e fazer construções, que pouco tempo havia para remoer estes pensamentos.

A Eco organizava reuniões ao fim do dia. Batizámos as casas de Cabanas da Esperança e falámos sobre organizar um movimento que impedisse o que o capitão Ilya estava a fazer e voltar a unir Moróvia.

Por vezes, havia alconostes e humanos que se movimentavam às escondidas entre os lodaçais e Corisco. Ficámos a saber que muitos humanos não apoiavam o capitão Ilya, mas que qualquer pessoa que se lhe opusesse era acusada de ser uma *ameaça para a segurança* e era mandada para o Forte.

Eu ia às reuniões da Eco, tentando descobrir alguma forma de ajudar. Contudo, os alconostes mais velhos falavam horas a fio e, por vezes, a Eco enxotava-me, a mim e aos outros alconostes mais novos, mandando-nos apanhar caranguejos ou jogar *kickball.*

Todavia, o Rouxinol ficava nas reuniões e foi nessas ocasiões que começou a ouvir e voltou a falar com frases completas. Participava nas conversas sobre requerer uma audiência com a Herdeira da Coroa Vasha, a qual podia tirar o capitão Ilya do poder. Ninguém via a Vasha desde a tragédia e a Eco estava preocupada que isso fizesse parte do plano do capitão Ilya para manter o controlo da ilha.

Apesar dos problemas que o recém-formado Movimento da União enfrentava, eu acreditava que iria ser bem-sucedido. Imaginava o que eu e a Hero diríamos uma à outra quando nos reencontrássemos. A Hero pediria desculpa por aquilo que disse e por ter atirado o colar para o chão.

Pensei tanto nesse dia e no rosto da Hero a ferver e molhado de lágrimas. Tive a certeza de que a Hero também teria seguramente perdido alguém quando o *Alegria* se afundou. Por isso, eu perdoá-la-ia e diria que compreendia que as suas palavras cruéis tinham sido fruto da sua revolta. Comecei a usar os nossos colares ao pescoço, dentro de um saco de couro muito pequenino, e ansiava com todo o meu ser ver a Hero a correr para mim pela praia fora. Queria seguir em frente, esquecer aquele dia horrível e recuperar a nossa amizade perfeita, tal como a maré alisava os lodaçais depois de os termos alvoroçado à procura de moluscos.

Por vezes, à noite, eu não conseguir dormir, a pensar na Hero, e foi numa dessas noites que a Eco veio à nossa cabana, as penas-sobrancelhas caídas e urgência no olhar.

— Temos de partir, já. Estão a vir para cá bogatires que nos querem levar para o Forte.

— Porquê? — perguntei, sonolenta, tão confusa como no dia em que os bogatires nos levaram de Corisco.

— Alguém aqui contou ao capitão Ilya acerca do Movimento da União e deu-lhe uma lista de nomes — disse a Eco. — Somos acusados de ser uma ameaça para a segurança de Moróvia.

— Mas… — A minha voz esmoreceu. Não fazia sentido nenhum. Não éramos uma ameaça para ninguém.

— Depressa! — insistiu a Eco, arrancando-me da cama. — Leva apenas aquilo de que precisas mesmo. — Ela falou com o Rouxinol enquanto eu reunia as coisas básicas, tal como em Corisco: mantas, roupa e alguns utensílios para cozinhar.

Ouvi a Eco falar ao Rouxinol sobre uma reunião que teria lugar na próxima lua nova. Disse que o Movimento da União continuaria em segredo e que agora teríamos de ter cuidado com as pessoas em quem confiávamos. A Eco abraçou-me antes de partir e sussurrou que eu devia manter o Rouxinol ocupado e falar com ele, mesmo que estivesse calado. Menos de cinco minutos depois, eu e o Rouxinol esgueirámo-nos para dentro do negrume da noite do pântano. Muitos outros fizeram o mesmo e todos nos afastámos uns dos outros sem dizer palavra.

Desde então, temos sido só nós, eu e o Rouxinol, a viver um dia de cada vez, numa árvore de cada vez; a roubar para financiar o Movimento da União e a fazer pactos com o Destino na esperança de uma mudança futura.

Os anos foram passando, lentos como as águas do pântano, e continuamos escondidos. Penso muitas vezes nos nossos amigos, no baloiço do amieiro e nos animais que eu e o Rouxinol esculpimos em madeira. Pergunto-me se ainda lá estarão. Nunca mais lá voltámos, já ninguém vive nas cabanas.

Todos os alconostes estão no pântano e, não obstante, estamos todos sozinhos. Há demasiado tempo que vivemos assim. Tenho de fazer alguma coisa para mudar as coisas em Moróvia antes que o Rouxinol nos obrigue a partir. E, neste momento, encontrar a Eco e pedir-lhe ajuda é a minha única esperança.

CAPÍTULO 5

O CANTO DA NOITE

É já noite funda quando ouço, por fim, os roncos suaves do Rouxinol a deslizar da sua rede de dormir. Ato a bolsa das moedas com o anel de diamante à tira de couro que uso como cinto à volta da cintura, depois sustenho a respiração enquanto saio silenciosamente da minha rede e desço para o ramo mais abaixo.

Sinto o coração alvoroçado de nervos conforme desço pelo tronco estriado da casa na árvore, mas quando pouso o pé nas raízes da sua base, sinto-me tomada por uma grande euforia. Vou encontrar a Eco e, com a sua ajuda, vou engendrar um novo plano para voltar a unir Moróvia e assim não teremos de ir embora.

O Rouxinol ia sempre sozinho levar à Eco os tesouros que roubávamos, acreditando que, quanto mais afastada eu me mantivesse das atividades do Movimento da União, mais segura estaria. Porém, eu seguia-o quase sempre que ele se deslocava até ao esconderijo da Eco, escondida nas árvores.

Durante anos, achei que era tão silenciosa e furtiva que ele não dava conta. Depois, há cerca de um ano, ele virou-se para trás quando eu o seguia, olhou diretamente para mim e piscou o olho. Tive vontade de soltar uma grande gargalhada. Acho que ele soube sempre desde o início. Nunca falámos sobre isso depois e eu continuei a segui-lo, a tentar imaginar por que razão ele o permitia.

Acho que talvez ele se sentisse mais tranquilo ao saber onde eu estava, mas algo em mim também tinha a esperança de que ele, secretamente, *queria* que eu soubesse onde ficava o esconderijo da Eco, por saber que, um dia, eu podia ser útil ao Movimento da União. Sorrio ao pensar que esse dia tinha chegado, finalmente.

A Bigodes põe a cabeça fora da toca, o seu meio-sorriso alarga-se e ouço-lhe a cauda a sacudir-se para trás e para a frente contra as paredes revestidas de folhas atrás de si.

— Está bem — murmuro, precipitando-me ao longo das raízes até pisar o talude lamacento a seu lado. — Também podes vir, mas não podemos fazer barulho nenhum. — Agacho-me para espreitar dentro do abrigo do Grumo e ele devolve-me o olhar. — Podes ficar e vigiar o Rouxinol? — peço-lhe, não querendo deixar o meu pai totalmente sozinho. Se viessem bogatires durante a noite, pelo menos o Grumo podia avisá-lo com um dos seus agudos chamamentos de alarme, dando-lhe a hipótese de fugir. O Grumo coaxa firmemente em resposta, rasteja um pouco para fora do abrigo e estende à sua frente a perna-espada, fazendo a pose de vigia. — Obrigada, Grumo. — Sorrio e salto para o outeiro de ervas, enquanto a Bigodes se inclina a dizer adeus. Sei que não gosta de se separar do Grumo, mas a forma como olha para a rede de dormir do Rouxinol convence-me de que ela compreende a importância de não deixar o meu pai sozinho. A Bigodes baixa o focinho na direção do Grumo e grunhe suavemente, ao que o Grumo responde dando-lhe uma afetuosa palmadinha na bochecha com a perna-espada.

Tivemos tantas casas nas árvores nos últimos anos que tenho agora na cabeça um bom mapa do pântano. Decido rapidamente o melhor caminho até ao esconderijo da Eco na noite escura, abro a cortina de musgo e começo a caminhar na direção do Alto-Barlavento, ao longo do trilho de veados que acompanha a água. A cobertura de árvores é menos densa sobre a água, deixando entrar o luar suficiente para me alumiar o caminho.

A Bigodes caminha no meu encalço, as suas patas traseiras com membranas entre os dedos vão deixando pegadas fundas na lama mole e, arrastando-se, a cauda desenha uma linha atrás de si. A água à nossa esquerda corre lentamente, a superfície é prateada e tremeluzente. Pirilampos luzem como fantasmagóricas estrelas azuis na espessa e escura folhagem à nossa direita e ouve-se o frufru das aves nas folhas em cima de nós. Por vezes, vislumbro a Lua a espreitar atrás dos ramos. É uma esfera gorda, crescente e quase oval.

Quando alcançamos a confluência do canal de água com um outro que corre vindo do Alto-Vento da ilha, debruço-me e afago a bochecha da Bigodes.

— Vou trepar para o outro lado pelas árvores e tu atravessas a nado. — Inclino a cabeça na direção do lugar onde pretendo juntar-me à Bigodes na outra margem. Ela ergue o focinho até ao meu nariz e emite alguns grunhidos antes de se virar e se enfiar na água.

Trepo à árvore mais próxima, um enorme carvalho-branco, agarrando cada ramo com as mãos e comprimindo os pés nus e lamacentos contra a cortiça rugosa. Caminho ao longo de um grosso ramo horizontal que pende sobre a água, acabando por se emaranhar num salgueiro no outro lado. Sinto o que uma aranha deve sentir na sua teia: em casa e segura. Raramente tenho medo de alguma coisa no pântano. Receio apenas as pessoas — alconostes e humanos —, para o caso de espiarem ou trabalharem para o capitão Ilya, mas normalmente ouço-os de longe. Olho para baixo e vejo a Bigodes a nadar suavemente na água mesmo por baixo de mim. Deve sentir que estou a olhar, porque olha para cima e sacode o focinho.

O pântano está silencioso. Se calhar demasiado silencioso, penso, e as minhas penas começam a formigar. O único ruído é o chapinhar praticamente inaudível da Bigodes a nadar. Então, uma voz, a cantar, ascende de algures mais adiante e eu estaco, imóvel. É um alconoste, a entoar um canto mágico. Franzo o sobrolho a tentar decidir a melhor forma de agir. Devo recuar e seguir um percurso diferente até à Eco ou tentar passar pelo alconoste sem que me veja?

A cauda da Bigodes chapinha na água e eu olho para baixo, observando, horrorizada, que ela se vira e começa a nadar para longe de mim, em direção ao canto. Emito alguns dos grunhidos que costumo usar para a chamar, contudo, ela ignora-me e nada mais depressa e para cada vez mais longe.

Agacho-me, agarro no ramo em que estou em pé com as mãos, salto do ramo a baloiçar, segurando-me pelas mãos, e enfio-me na água. O calor lá dentro é como o do ar e sinto-a macia e pegajosa contra a minha pele. Dou às pernas como uma rã e, o mais depressa que consigo, nado suavemente no encalço da Bigodes, murmurando mentalmente o meu arrependimento por a ter trazido comigo. Ainda que, na verdade, se eu tivesse dito à Bigodes que ficasse na toca, ela ter-me-ia seguido mesmo assim.

A Bigodes continua a nadar para cada vez mais longe, submergindo e emergindo sucessivamente, até deslizar por entre as sombras das árvores suspensas em cima. Tenho dificuldade em acompanhar o ritmo até que, por fim, ela se vira e trepa para o talude. O meu alívio dura apenas um ínfimo instante, já que ela desaparece entre a vegetação rasteira.

Emito mais grunhidos, numa tentativa de a chamar de volta enquanto nado até à margem. O canto ouve-se agora mais alto. O alconoste está próximo e o meu coração bate acelerado quando percebo que a Bigodes corre na sua direção. Saio da água e abro caminho por entre fetos que quase me dão pelos ombros, tentando desesperadamente vislumbrar a Bigodes.

O canto, uma melodia lenta e suave, passa a uma toada murmurada, mas mais rápida, mais urgente, e ouço a Bigodes a forçar a passagem nos fetos mais à frente. Afasta-se cada vez mais de mim e eu corro atrás dela, sem me preocupar com o barulho que faço. É uma má decisão, dado que volto logo a perder o rasto da Bigodes quando os seus ruídos são afogados pelos meus.

Paro, sustenho a respiração e ponho-me de novo à escuta. Agora não consigo ouvir a Bigodes, no entanto, ainda ouço o canto, a vinte ou trinta passos mais adiante. Perscruto a escuridão. Aqui, a vegetação é tão densa que é difícil ver seja o que for, mas, por fim, consigo discernir uma pequena clareira iluminada por um ténue luar.

Na clareira, vê-se um rapazinho, de penas compridas a deslizar pelas costas abaixo, a entoar uma canção enquanto se debruça para o chão. Levanta alguma coisa com as duas mãos e sou tomada pelo pânico quando vejo que é a Bigodes. Em seguida, o meu pânico transforma-se em horror quando vejo uma lança a cintilar numa das mãos do rapaz e percebo que está a usar o canto mágico para caçar ratazanas-do-pântano.

CAPÍTULO 6

CAPTURADO

— Para! — grito, desatando a correr através dos fetos em direção ao rapaz que segurava na Bigodes. — Larga-a!

O rapaz levanta o rosto e olha para mim em choque, sem, contudo, largar a Bigodes, que se mantém perfeitamente imóvel nos seus braços, os olhos vidrados.

— Por favor, larga-a — digo mais calmamente, aproximando-me. O rapaz é baixinho e magro e mais novo do que eu; tem talvez oito ou nove anos. As suas penas da cabeça são compridas, com listras azuis e brancas, e a pele azul-clara surge prateada sob o luar que incide por entre as folhas em cima dele.

— Eu apanhei-a. — O rapaz puxa a Bigodes mais de encontro ao peito. — Por isso, fico com ela.

— Não, não podes. — Dou um passo em frente e estendo a mão para agarrar a Bigodes, mas estremeço de choque quando outro rapaz salta de uma árvore cá para baixo e aterra entre mim e o rapaz que tem a Bigodes. Este segundo rapaz é mais velho, tem talvez onze ou doze anos, as penas e a pele sarapintadas de laranja-acastanhado, o rosto mais comprido e a expressão mais séria. É pelo menos um palmo mais baixo do que eu, mas endireita as costas e abre os braços, bloqueando-me o acesso à Bigodes.

— Deixa o meu irmão em paz — diz com firmeza.

— Deixo-o em paz logo que ele me dê a Bigodes — respondo, igualmente firme.

O rapaz mais novo espreita pelo lado do irmão para olhar para mim.

— Ela tem montes de carne. Podíamos partilhar. — Os seus olhos iluminam-se com tal sugestão e ele sorri, revelando uma falha onde lhe falta um dos dentes da frente.

— Não podes comer a Bigodes! Somos amigas desde que ela era uma cria pequena. — Estendo as mãos, na esperança de que os rapazes ma devolvam já. — Por favor — acrescento. — Não podem comer a minha amiga.

O rapaz que segurava na Bigodes suspira com tristeza.

— Suponho que não. — Olha para o irmão e este aquiesce relutantemente, afastando-se para o lado para que eu possa pegar na Bigodes e libertá-la.

— Obrigada. — Sorrio, aliviada, enquanto embalo a Bigodes, ainda no seu sono encantado. Olho em volta, pensando que agora deveria ir embora. Estes rapazes poderão ser o tipo de alconostes que fornecem informações aos bogatires do capitão Ilya em troca de sementes de cacau das estufas do palácio ou mantas feitas com a lã das ovelhas da montanha. Mas hesito.

É tão raro poder falar com alguém que não o Rouxinol e há algo nestes rapazes que me faz doer o coração. São ambos demasiado magros, todos eles ossos espetados e concavidades, como quem não come como deve ser há muitas luas. Não admira que quisessem apanhar a Bigodes.

— Eu sou o Gaio — sorri o rapaz mais novo. — E este é o meu irmão, o Francelho.

— Eu sou… — volto a hesitar, os meus pensamentos a desviarem-se em duas direções diferentes. Gostava de dizer o meu nome aos rapazes, contudo, ainda não sei ao certo se são de confiança. A Bigodes retorce-se quando a magia do Gaio se desprende dela e eu ponho-a no chão. — Eu e a Bigodes temos mesmo de ir andando.

— Tens alguma comida? — pergunta o Gaio subitamente.

— Não. Mas há aqui muita. — Olho para os fetos em volta. — Algumas destas plantas são comestíveis.

Os olhos do Francelho arregalam-se.

— Quais?

Inclino-me e espreito dentro dos fetos. Eu devia seguir caminho para chegar à Eco, mas não demora nada a mostrar ao Francelho e ao Gaio alguma coisa que possam comer. Encontro alguns pequenos rebentos de samambaia, arranco dois e entrego um a cada um dos rapazes.

— Podem comer estes, crus ou cozinhados.

O Gaio dá uma dentada e murmura de satisfação. O Francelho analisa atentamente o seu rebento e olha para os fetos, tentando encontrar mais.

Eu arranco mais um para o Gaio.

— Não percebo porque é que vocês estão tão esfomeados. Estavam a usar o canto mágico para atrair a Bigodes, não estavam?

O Gaio acena com a cabeça enquanto olha em volta em busca de mais rebentos.

— Bom, se podem usar o canto mágico para caçar, como é que não têm a barriga cheia de coelhos e esquilos, peixes e caranguejos? — pergunto. Ao ouvir a palavra «caranguejo», a Bigodes choraminga e chega-se mais perto da minha perna.

— A minha magia nem sempre funciona. — O Gaio mastiga ruidosamente mais um rebento. — Quase nunca funciona, para te dizer a verdade. E às vezes tem exatamente o efeito contrário, especialmente com caranguejos: fogem sempre quando começo a cantar.

— E então os moluscos, caracóis, plantas e tubérculos do pântano? — questiono, baixando-me para reconfortar a Bigodes com uma festa. — Não precisas de magia para arranjar comida.

— Nós não sabemos bem distinguir o que é comestível do que é venenoso — diz o Francelho. Apanhou, entretanto, um punhado de rebentos de feto e estende-os na minha direção, com um ar inquiridor. — Estes são todos seguros?

Confirmo que sim.

— Não têm ninguém que vos ajude? — pergunto, interrogando-me se o Gaio e o Francelho terão família ou amigos no pântano.

— Os nossos pais foram capturados por bogatires há mais ou menos três luas — explica o Francelho. — Tenho estado a tomar conta do Gaio o melhor que consigo, mas quem me dera ter prestado mais atenção aos alimentos que os meus pais apanhavam. Nunca pensei que fossem… — A voz do Francelho esmorece e ele funga. — Seja como for, obrigado pelos fetos. Já vai ser uma ajuda. E quando tu e a Bigodes se forem embora, o Gaio pode tentar cantar e atrair outra ratazana-do-pântano. Ou melhor, não. Um coelho — retifica, olhando para a Bigodes em jeito de pedido de desculpa.

Aceno com a cabeça, mas não arredo pé. Não me parece correto deixar o Gaio e o Francelho ali sozinhos. Tenho a pele a formigar de fúria contra os bogatires que lhes levaram os pais e sinto que devia fazer alguma coisa para ajudar aqueles rapazes. Questiono-me se lhes devo perguntar se querem vir comigo até à Eco ou ir para a casa na árvore onde vivo com o Rouxinol.

Ainda paira uma sombra de suspeita na minha mente, porém, não quero permitir que me invada com a sua frieza. Quero garantir que o Gaio e o Francelho ficam seguros e que têm comida e abrigo, exatamente como os alconostes nos lodaçais cuidavam uns dos outros quando fomos tirados das nossas casas.

— Nós ficamos bem — diz o Francelho, como se soubesse o que estou a pensar. — Temos conseguido desenvencilhar-nos sozinhos e estamos a melhorar a cada dia que passa.

— Está bem — assinto, pensativa. — De qualquer modo, tenho de fazer uma coisa, e eu e o meu pai vamos aos lodaçais pela manhã. Mas porque não vêm até à nossa casa na árvore amanhã e comem connosco? — As palavras saltam-me da boca antes de eu ter oportunidade de mudar de ideias. — Era bom ter companhia — acrescento, com um pequeno sorriso.

O Gaio devolve-me um sorriso desdentado.

— Seria bom. Onde fica a tua casa na árvore?

Hesito de novo durante uma fração de segundo.

— Conhecem o grande acipreste no canal largo, a baixo-sotavento daqui? É muito mais alto do que qualquer um dos outros à volta.

O Francelho assente.

— Sei qual é. O teu pai não se importa se formos?

— Acho que ele é capaz de gostar de ter companhia — digo, esperançosa. — E temos alguma comida guardada. Têm a certeza de que ficam bem esta noite?

— Ficamos lindamente. Acho que, de qualquer modo, o Gaio quer tentar outra vez cantar para atrair comida. — O Francelho olha para o Gaio de relance.

— Sem dúvida. Estou a começar a ficar melhor. — O Gaio confirma com a cabeça.

— Não há dúvida de que a tua magia funcionou com a Bigodes — concordo, estremecendo da cabeça aos pés ao pensar quão perto a Bigodes esteve de se tornar numa refeição. Faço-lhe mais uma festa e decido que, a partir de agora, tenho de a manter melhor debaixo de olho.

— O canto que uso para chamar coelhos é diferente do que uso para chamar ratazanas do pântano — explica o Gaio num tom tranquilizador.

Sou beliscada por um sentimento de inveja por o Gaio já ter a sua magia apesar de ser mais novo do que eu. Pode nem sempre funcionar, mas pelo menos tem alguma coisa com que treinar. Faço por sacudir a inveja. Quem sabe amanhã, quando comermos todos juntos, o Gaio e o Francelho me possam dar algumas dicas sobre o canto mágico.

— Eu chamo-me Pintarroxo — digo, lembrando-me de que ainda não me tinha apresentado — e o meu pai chama-se Rouxinol. Fico à espera de vos encontrar aos dois amanhã. — Levanto a mão para dizer adeus, virando-me para caminhar em direção à água, com a Bigodes a meu lado, as minhas dúvidas agora substituídas por um entusiasmo com a ideia da sua visita.

Um sorriso expande-se no meu rosto quando outra ideia me ocorre: o que quer que aconteça nos lodaçais com o Rouxinol amanhã de manhã, não podemos abandonar Moróvia depois de termos convidado pessoas para uma refeição nessa tarde.

Eu e a Bigodes alcançamos o canal e olhamos em volta até que vejo um salgueiro negro retorcido que me parece familiar e percebo então onde estamos. O ar já se vai aclarando, de verde-negro para verde-cinzento. Deve faltar menos de uma hora para o nascer do dia. Solto um suspiro, pois agora não tenho tempo suficiente para encontrar a Eco e regressar à casa na árvore antes do amanhecer.

Para voltar para trás, vou precisar de mais tempo do que até aqui, visto que, quando nadei atrás da Bigodes, fui ajudada pela corrente, porém, agora tenho de nadar contra ela. Em vez disso, decido caminhar ao longo do talude do canal, até encontrar árvores que possa usar como ponte para atravessar a água. Agora tenho demasiado medo de deixar a Bigodes nadar sozinha, por isso, terei de a carregar também para o outro lado, mas isso já eu fiz antes.

— Anda. — Afago a cabeça da Bigodes e depois caminhamos de volta para a casa na árvore, à medida que me ponho a imaginar a melhor forma de explicar ao Rouxinol por que razão saí durante a noite e que vamos ter dois rapazes a comer connosco. Estou desiludida por o meu plano de encontrar a Eco ter falhado, mas estou contente por ter conhecido o Gaio e o Francelho e agora tenho uma perspetiva de futuro que não implica partir de Moróvia.

Só vejo a casa na árvore quando já se ouve o coro matinal e os primeiros raios de sol formam diamantes brilhantes no orvalho da noite que salpica as plantas do pântano. Um fino fluxo de fumo eleva-se da nossa fogueira e eu acelero o passo quando percebo que o Rouxinol já deve estar acordado — ou seja, já terá reparado que não estou na minha rede de dormir e estará preocupado comigo.

Quando chego mais perto, as minhas penas da cabeça eriçam-se. Algo está errado. O fumo da fogueira é demasiado espesso e demasiado acre, como lã a arder. E há ruídos que me põem o coração alvoroçado de medo: o agudo chamamento de alarme de um sapo; rudes vozes humanas e o som metálico do ferro — o som de bogatires e as suas armaduras.

Digo à Bigodes que se esconda na folhagem e trepo à árvore mais próxima, como eu e o Rouxinol sempre fazemos quando ouvimos bogatires no pântano. Continuo a trepar de ramo em ramo, cada vez mais perto da casa na árvore, até que, por fim, vejo o Rouxinol no talude lamacento.

Está ladeado de dois bogatires enormes que o fazem parecer pequenino como uma criança. Usam elmos integrais de ferro que os protegem do canto mágico. Reprimo um grito e corro para o Rouxinol pelo meio das árvores, mas ele levanta a cabeça, olha diretamente para mim e, sem levantar a mão de lado, estica-a, de palma para baixo. *Fica escondida.*

O Grumo emite mais um chamamento lá do seu abrigo e eu agacho-me atrás de um ramo cheio de folhas e fico a observar, o fumo e a fúria a arderem-me nos olhos. A rede de dormir do Rouxinol está toda amarfanhada no chão de lama e a sua manta está a fumegar na fogueira, bem como uma das nossas taças de cortiça de bétula.

Um terceiro bogatir está lá em cima, na nossa casa na árvore, a vasculhar a nossa rede-despensa e a atirar coisas cá para baixo. A túnica de reserva do Rouxinol esvoaça pelo ar, aterra na água e começa a flutuar para longe. A única panela de cozinha que temos, que eu trouxe da nossa casa em Corisco, cai com grande estrépito e fica amolgada ao bater contra uma pedra da fogueira.

Em seguida, cai a guitarra do Rouxinol e aterra na lama. Um dos bogatires junto do Rouxinol pisa-a, esmagando-lhe o corpo de lata e quebrando-lhe o braço de madeira de ácer.

— Onde está o anel? — rosna ele na cara do Rouxinol, contudo, este limita-se a olhar para ele em silêncio. Sinto o estômago dolorosamente às voltas. *Os bogatires estão à procura do anel que eu roubei.* A culpa é toda minha.

Os meus músculos começam a tremer. Quero correr por ali abaixo e dizer-lhes que fui eu quem roubou o anel, quero entregar-lhes. Todavia, a mão do Rouxinol ainda tem a palma virada para baixo e eu sei que ele não quereria que eu fizesse isso.

Ouve-se algo a chapinhar no rio e volto-me na direção do ruído, em pânico. *A Bigodes!* Está a nadar em direção ao Rouxinol e aos bogatires. Abro a boca para a chamar de volta, mas depois tenho uma ideia, um desejo que arde em cada filamento do meu ser: conseguir cantar magia, cantar e evocar uma tempestade que lance os bogatires para muito longe daqui. *Se calhar desta vez a minha magia vai surgir...*

Os bogatires ainda estão com os elmos de ferro, mas acho que, se a minha magia for suficientemente poderosa, isso não teria importância. Se eu conseguisse cantar e evocar um vento que se transformasse num furacão, não haveria elmos que os protegessem.

Alguns dos cantos mágicos mais poderosos soam a canto de aves, por isso, fecho os olhos e começo a assobiar a melodia lenta e aflautada de um melro. Porém, não sinto nada. Tento o arrulho grave de um pombo, o trinado irregular de uma andorinha, o murmúrio melódico de uma felosa, o canto sonhador de uma tordoveia, o pio de uma coruja-das-torres...

— O que é aquilo? — O grito abafado por um elmo de um dos bogatires ressoa por entre as árvores. Paro de cantar e abro os olhos. Um dos bogatires está de olhos fixos na minha direção e o meu coração lateja com tanta força que parece que vai partir-me as costelas.

O bogatir que estava a vasculhar a nossa rede-despensa passou para a minha rede de dormir e atira o meu saco cá para baixo — aquele que teci com fibras de urtiga no ano passado.

— Olha só para isto — grita, e o bogatir que estava a olhar na minha direção debruça-se para o apanhar.

Os dedos do Rouxinol agitam-se com fervor. Quer que eu me vá embora. Mas eu não posso deixar que os bogatires destruam aquele pequenino pedaço de lar que ali temos e que levem o meu pai.

Fecho novamente os olhos e tento fazer o canto de um rouxinol, tentando desesperadamente sentir alguma vaga sensação de magia. Canto três rápidos assobios, três vezes, e depois o *trilo* que vibra na minha garganta. Uma levíssima brisa estremece as folhas à minha volta e o meu coração dispara… Será isto? Estarei a cantar magia? Poderei evocar uma tempestade com o meu canto?

Abro os olhos e a brisa esmorece. O meu coração contrai-se quando percebo que não há magia no ar. Era só eu a desejar muito. *Não tenho canto mágico.*

Esparrinhando subitamente na água, a Bigodes emerge e corre para o talude, grunhindo zangada. Um dos bogatires dá-lhe um pontapé e lança-a novamente para dentro de água. Sinto um aperto no peito ao ouvir o seu guincho de dor. O Grumo rasteja para fora do abrigo, adejando a sua perna-espada na direção dos bogatires e quase se deixa esmagar sob uma bota. Estou tão zangada que sinto a minha pele em chamas.

Inspiro lenta e profundamente, e canto uma só nota, tão alta e cristalina como a Lua, como a minha mãe costumava fazer quando cantava magia. Com as suas canções, a minha mãe não chamava apenas borboletas, mas também abelhas e outros polinizadores. Se eu conseguisse cantar magia como ela, podia criar um enxame de insetos à volta dos bogatires que os afugentasse dali para fora.

Porém, não vêm insetos nenhuns. E os bogatires continuam a destruir tudo o que é meu e do Rouxinol, enquanto a Bigodes se aninha cheia de medo dentro de água e o Grumo bate relutantemente em retirada para o seu refúgio. Então, um dos bogatires ata as mãos do Rouxinol atrás das costas. A minha canção de uma nota só esmorece num queixume sussurrado e a minha visão torna-se desfocada com as lágrimas. Sinto-me tão tonta, que abraço o ramo com mais força para não cair por ali abaixo.

Os bogatires puxam o Rouxinol para longe da casa na árvore e eu acompanho-o com o olhar. Culpa e arrependimento por ter roubado o anel retorcem-se dentro do meu estômago e formam um nó pequeno e duro e os meus músculos paralisam-se de medo diante do que poderá vir a acontecer.

A mão esquerda do Rouxinol, apesar de amarrada, continua esticada de uma forma estranha, de palma para baixo — *fica escondida.* Mas tenho de fazer alguma coisa. Não posso deixar os bogatires levarem o Rouxinol. Estaria perdida sem ele e ele estaria perdido sem mim. Precisamos um do outro. Subitamente, sinto-me mais só do que alguma vez senti. Cerro os dentes e franzo o sobrolho. Tenho de arranjar uma forma de o libertar.

CAPÍTULO 7

BOGATIRES

O Rouxinol e os três bogatires que o levam desaparecem no meio da folhagem e entro imediatamente em ação. Desço dos ramos onde estava escondida e corro a toda a brida pelo trilho até alcançar a devastação que rodeia a casa na árvore.

Não me importam as redes de dormir ou as taças, nem o saco que fiz, nem a panela para cozinhar, nem as mantas que trouxemos da nossa casa em Corisco. O meu olhar até passa ao lado da guitarra de lata do Rouxinol toda amarfanhada e partida. Tudo o que quero é ter o meu pai de volta.

Os bogatires vão levar o Rouxinol para a estrada que circunda a orla sotavento do pântano e, daí, será levado para o Forte. O Rouxinol disse-me que nunca fosse atrás dele se isto acontecesse, no entanto, a sensação que tenho é que há um elo que nos liga e que não há outra coisa que eu possa fazer. Pode ser que haja uma oportunidade de ele fugir antes de ser tirado do pântano e, nesse caso, quero estar por perto para nos podermos encontrar um ao outro.

Agacho-me ao lado do Grumo e chamo a Bigodes com alguns grunhidos breves. Há formigas vermelhas enormes espalhadas pelo chão e olho para elas com um ar confuso, porque nunca antes vi formigas como aquelas. Vêm de todo o lado e invadem o que restou dos nossos pertences. A língua comprida do Grumo salta cá para fora, agarra numa das formigas e puxa-a para dentro da boca. Engole-a e depois levanta os olhos para mim, coaxando de tristeza.

— Não devias ter tentado atacar os bogatires, Grumo. — Abano a cabeça, lembrando-me dele a ameaçá-los com a sua perna-espada. — Podias ter-te magoado. E o mesmo para ti, Bigodes. — Afago as bochechas da Bigodes quando esta surge a meu lado. — Estás bem? Inspeciono-lhe o corpo, em busca de sinais de ferimentos, mas, felizmente, parece estar ilesa. Até se saracoteia um bocadinho para me mostrar que não está magoada. — Vamos lá, vamos trazer o Rouxinol de volta — digo eu, tomada por uma súbita determinação.

O Grumo rasteja para cima da cabeça da Bigodes e partimos na direção em que os bogatires seguiram. O pântano é demasiado denso para cavalos e carroças, por isso, os bogatires terão deixado o transporte na estrada e estarão a avançar a pé. Os humanos caminham sempre muito ruidosamente no pântano e estes bogatires fazem tanto barulho que os conseguiria ouvir lá longe dos lodaçais.

Além das passadas desajeitadas e da armadura estrepitante, vão a conversar e a rir-se. Como é possível rirem-se quando estão a levar o meu pai para o Forte, um lugar onde as pessoas são presas e nunca mais ninguém as vê?

Sinto subir dentro de mim uma grande fúria contra os bogatires, além da fúria contra o capitão Ilya e todos os humanos que o ajudam. O capitão Ilya tem agora centenas de bogatires a garantir o cumprimento das suas regras e deve haver mais centenas de humanos que o ajudam de outras formas — cumprindo as suas ordens ou simplesmente não fazendo nada e fingindo que não sabem o que está a acontecer aos alconostes.

Não compreendo por que motivo tantos humanos estão dispostos a ver Moróvia dividida e a ver os alconostes serem banidos para o pântano e mandados para o Forte. Não admira que a Eco e o Rouxinol tenham perdido a esperança. Enquanto os humanos permitirem que esta crueldade aconteça, como pode haver união entre nós?

De repente, sinto-me uma tonta por alguma vez ter pensado que podia ter resolvido alguma coisa em Moróvia. Devia ter dado ouvidos ao Rouxinol e saído com ele desta ilha logo que ele o sugeriu. Agora tenho de arranjar maneira de o libertar, e depois podemos partir, juntos, tal como ele queria.

Entre aqui e a estrada há um extenso matagal emaranhado de árvores de pau-brasil e decido trepar lá acima e avançar por entre as árvores, para assim me poder aproximar mais do Rouxinol e dos bogatires sem ser vista.

— Fiquem escondidos — sussurro à Bigodes e ao Grumo, agarrando depois num ramo para me baloiçar para cima das árvores.

Muitas vezes, consigo deslocar-me mais depressa de ramo em ramo do que no chão lamacento e estriado de ribeiros do pântano. Com o passar dos anos, aprendi a identificar os ramos que sustentam o meu peso, os que vão oscilar ou ranger e os que se vão partir. Os aglomerados de folhas mantêm-me oculta e, passados alguns minutos, desloco-me mesmo em cima dos bogatires. Segue um de cada lado do Rouxinol e o terceiro caminha atrás dele. Vão todos a queixar-se de que hoje, que é Dia-Ninho, era o seu dia de folga e de que preferiam tê-lo passado na taberna de Corisco, e não no pântano húmido e escuro.

O Rouxinol estremece vários dedos. Sabe que estou aqui e dá-me a indicação de voltar para trás. No entanto, eu continuo a segui-lo, tentando desesperadamente ter uma ideia de como o salvar. Começo a cantar baixinho algumas das canções da minha mãe, algumas das canções do Rouxinol e algumas das canções de todos os outros alconostes que alguma vez ouvi. Canto, até, uma parte da canção que o Gaio usou para atrair a Bigodes ontem à noite. Mas nada funciona.

Tento outra vez o canto dos pássaros: o trilo de uma trinca-nozes, o chilreio de um pardal-dos-campos, o trémulo fluido de uma cotovia. E, apesar de já ter tentado milhões de vezes antes, canto o pipilar ondulante de um pintarroxo. *Nada*. Retenho um grunhido de frustração e arde-me a garganta com o esforço. Os meus olhos inundam-se de lágrimas, mas não posso desistir. Tem de haver alguma coisa que eu possa fazer…

Uma vez, a minha mãe disse-me que o canto mágico é apenas uma forma de converter os pensamentos, os sentimentos e os desejos em realidade e que, muitas vezes, nem sequer é a melhor forma. Disse que, mesmo quando a minha magia se revelasse, eu deveria sempre ponderar todas as diferentes formas de alcançar alguma coisa.

Então, apesar de ainda sentir que me falta algo que seria a parte mais poderosa de mim, deixo de tentar cantar magia e procuro engendrar outro plano.

Estamos quase a chegar à estrada. Por entre as árvores, vejo uma carroça-prisão, como a que nos trouxe de Corisco. Sinto a cabeça a andar à roda e o sangue corre-me gelado nas veias. A carroça está atrelada a um cavalo e há outro cavalo por perto. À volta da carroça há pelo menos dez jovens bogatires. Usam peles de veado e pequenos elmos de ferro a tapar-lhes os ouvidos, mas não os rostos. Parecem ser todos da minha idade ou pouco mais velhos, por isso, devem ser bogatires em formação.

Reparo num homem alto e espadaúdo que usa chapas de armadura sobre as peles de veado e um elmo muito maior, com uma pena comprida e dourada. Não é uma pena verdadeira, mas sim esculpida num metal duro e hirto.

O capitão Ilya. O líder dos bogatires e a causa de toda a divisão em Moróvia. Já o vi antes, a patrulhar as orlas do pântano, e o Rouxinol disse-me quem ele era. Sinto a cólera a subir-me ao peito, tão depressa que a minha pele formiga de calor.

O Rouxinol disse-me sempre para não odiar, porque o ódio pode ensombrar a bondade que temos dentro de nós e ser usado por pessoas como o capitão Ilya para gerar conflitos. Todavia, naquele momento, a olhar para o capitão Ilya, é difícil não sentir algo como o ódio a revolver-se no estômago e um sabor amargo na língua. É por causa dele que eu e o Rouxinol, e todos os alconostes, perdemos as nossas casas, as nossas vidas e os nossos amigos; e é por causa dele que agora vivemos sozinhos no pântano, desconfiando de toda a gente. Sinto-me vagamente aliviada ao perceber que, ainda assim, não odeio verdadeiramente o capitão Ilya. O que sinto é revolta, por toda a injustiça e sofrimento que ele causou.

Os bogatires levam o meu pai até ao capitão Ilya e ele olha para o Rouxinol lá do alto com um insolente sorriso escarninho. O elmo do capitão Ilya desce bem fundo a cobrir-lhe a testa e tem uma placa larga no nariz que se estende até à boca. De cada lado do elmo pende também uma malha de cota, tapando-lhe o pescoço. A pouca pele do capitão Ilya que consigo ver é como se tivesse sido queimada pelo sol, vermelha como as tenazes de uma lagosta. Os olhos são cinzento-ferro, como a armadura, e o olhar revela uma cólera cortante.

— Ponham-no na carroça — rosna o capitão Ilya, empurrando rudemente o Rouxinol na direção dos jovens bogatires.

O Rouxinol atrapalha-se e tropeça, caindo na estrada de terra, por ter ainda as mãos atadas atrás das costas. Cerro a mandíbula para me impedir de soltar um grito. Vários dos jovens bogatires riem-se e eu fervo de fúria contra eles. Uma vez mais, penso na minha ingenuidade ao acreditar que podia haver união quando tantos humanos são tão cruéis.

Mas depois, um dos jovens bogatires agacha-se e ergue devagarinho o Rouxinol, pondo-o novamente de pé. O meu coração para, depois incha e começa a latejar cada vez mais alto, até me encher o peito de calor e ruído.

Reconheço aquele jovem bogatir.

Passaram três anos desde a última vez que a vi e está agora mais alta e mais larga, contudo, a sua pose é a mesma de sempre: direita e altiva, as mãos fortes sempre dispostas a ajudar quem precise. O cabelo continua comprido e brilhante e preso com uma trança que se estende pelas costas abaixo. E tem o mesmo olhar penetrante que nos faz sentir que vê tudo o que se passa à nossa volta, e também os nossos pensamentos.

Hero.

A minha melhor amiga. Ou a minha ex-melhor amiga, consoante a forma como encare a situação.

Fixo os olhos na Hero, de boca aberta, o choque e a fúria e a saudade todos em luta dentro de mim. Sonhei com este momento, em que a voltaria a ver, porém, nunca desta forma. A Hero está amavelmente a ajudar o Rouxinol a caminhar, mas na direção de uma carroça-prisão que o levará para o Forte.

Como pode ela fazer isto? De certeza que se lembra do Rouxinol, de comermos juntos na praia e de cantarmos todos em minha casa.

O Rouxinol mexe um dos pés de forma estranha, sem o pousar totalmente no chão, e o meu semblante fecha-se diante da ideia de ele ter sido ferido. Os ossos dos alconostes são leves como madeira flutuante e é muito fácil um humano grande e bruto como o capitão Ilya parti-los. Como era possível a Hero trabalhar para uma pessoa tão brutal?

Sou tomada pela desilusão. Depois, o desespero põe-me o coração a bater depressa e aos solavancos, quando constato que não há nada que eu possa fazer para impedir que isto aconteça. A Hero ajuda o Rouxinol a subir para a carroça e outro bogatir tranca-o lá dentro.

— Levem-no para o Forte — ordena o capitão Ilya, balançando-se para cima de um cavalo junto a ele. — Ponham-no numa cela até aos julgamentos do Dia-Bando. — O capitão Ilya afasta-se a trote em cima do seu cavalo, na dianteira dos outros.

Um dos bogatires que capturaram o Rouxinol sobe para a dianteira da carroça e sacode as rédeas, e o cavalo começa a subir lentamente a estrada. À medida que as rodas da carroça rodam e raspam na estrada de terra, sinto que me estão a esmagar a mim.

Os outros dois bogatires que capturaram o Rouxinol e o grupo de bogatires mais novos, incluindo a Hero, seguem atrás da carroça a pé. Fixo os olhos no Rouxinol sentado na gaiola, o meu coração a martelar contra o peito como se se quisesse soltar e ir atrás dele.

O Rouxinol não olha na minha direção, mas tem ainda a palma da mão virada para baixo — sabe que estou a observar e quer que eu me mantenha escondida.

Contudo, dou por mim a continuar a rastejar em cima do ramo, para fora da cobertura das folhas, para poder continuar a ver o meu pai. Os meus pensamentos são de pânico; ainda estou desesperadamente a tentar pensar nalguma coisa que eu possa fazer para o libertar. A minha mãe estava enganada: o canto mágico é a *única* forma que eu teria de impedir que isto acontecesse, e eu não tenho nada.

De repente, a Hero volta-se e olha diretamente para mim com os seus olhos sagazes e penetrantes. Nem consigo respirar. Devolvo-lhe o olhar, sentindo que, sobre ela, sei tudo e não sei nada. Interrogo-me se vai dizer aos outros bogatires onde estou e o medo aperta o cerco à minha volta, como quando fiquei presa em algas zosteras enquanto nadava. Não poderei ajudar o Rouxinol se também for capturada.

A expressão da Hero é hirta e imperscrutável. Mas então acena quase impercetivelmente, enfia a mão no bolso e tira para fora um objeto pequeno e brilhante. Atira-o ao ar e a luz incide sobre ele conforme rodopia. É uma moeda de cobre, como aquela que deu início à nossa amizade há seis anos. A Hero apanha a moeda, vira as costas e continua a caminhar.

Volto a respirar. *A Hero viu-me.* Não revelou aos outros bogatires onde eu estava e mostrou-me uma moeda de cobre. Significa isto que ela ainda sente o elo da nossa amizade? Pergunto-me se não estará a trabalhar para o capitão Ilya apenas por não ter outra opção. Nesse momento, ocorre-me um pensamento desesperado e impossível: pergunto-me se, de algum modo, ela me ajudaria a libertar o Rouxinol.

A minha cabeça enche-se de um rodopio de dúvidas e confusão, mas o meu coração corre acelerado, movido pela esperança; não apenas a Hero talvez me possa ajudar a libertar o meu pai, como talvez afinal haja esperança para a união entre os alconostes e os humanos. Porque, se há alguma hipótese de a minha amizade com a Hero ser sanada, então talvez também Moróvia possa ser sanada.

Penso na moeda de cobre a rodopiar no ar. O capitão Ilya mudou muita coisa em Moróvia, no entanto, não mudou as moedas.

Continuam todas a apresentar o símbolo da união: o alconoste e o humano, unidos num abraço apertado.

Lembro-me de como a nossa vida era antes, todos os nossos amigos alconostes e humanos e a bondade que reinava entre nós, e sei, no fundo do coração, que isso é mais forte do que a crueldade que demonstram o capitão Ilya e os que o apoiam. Quem sabe alguns dos meus outros amigos me ajudassem, além da Hero. Amigos que conheci e em quem confiei a vida inteira. Os meus pensamentos voltam-se para a Flor, o Barro e o Prata.

Em todo o tempo que vivemos em Corisco, era como se fôssemos uma grande família, unida pelo amor, e não tanto pelo sangue. Tenho milhares de recordações felizes do tempo que passávamos juntos, embora haja uma que assoma à superfície mais vezes do que todas as outras: o dia em que o Prata me levou à oficina do tio Barro e fiquei a conhecer outros tipos de magia…

O dia em que visitei a oficina do tio Barro

Há quatro anos, quando eu tinha nove anos, numa tarde fria no início do inverno, uma chaminé da minha escola incendiou-se. Ninguém se magoou, mas pediram-nos que fôssemos para casa, enquanto apagavam o fogo e inspecionavam a chaminé.

O Rouxinol estava a trabalhar no hospital e a minha mãe tinha um espetáculo no teatro. Por isso, caminhei com o Prata para casa dele, que era o que me tinham dito que fizesse se alguma vez houvesse uma emergência.

Ia-se rapidamente a pé entre a minha escola e a casa do Prata, da Flor e do Barro, que ficava perto do centro de Corisco. A sala da frente da sua casa era o boticário da Flor, onde vendia remédios naturais que fazia com as plantas que cultivava no telhado.

Eu sentia-me abatida naquele dia e levava os olhos postos nos pés enquanto caminhava ao lado do Prata. O teste de ortografia não me tinha corrido bem, apesar de ter feito exercícios na noite anterior. Não tinha conseguido ficar com o papel que queria na peça de teatro do solstício de inverno e, o pior de tudo, três alconostes da minha

turma tinham aparecido lá com o seu canto mágico novinho em folha, ao passo que o meu não dava sinais de vida.

Eu era agora o único alconoste da turma sem magia, apesar de ter praticado o canto mais do que qualquer outro e de desejar a chegada da minha magia mais do que qualquer outra coisa. Sem a magia, sentia-me incompleta e, de certa forma, menos válida.

O Prata deve ter reparado que eu estava cabisbaixa, mas não disse nada. O Prata nunca dizia grande coisa. Preferia sempre fazer a dizer coisas. Quando os nossos pais se visitavam mutuamente, eu e o Prata brincávamos e ele trazia sempre uma caixinha de madeira cheia de ferramentas pequeninas e relógios estragados. Sentávamo-nos em silêncio, a tentar arranjá-los. Eu gostava de desmontar os relógios, mas nunca tive a habilidade nem a paciência para os conseguir voltar a montar. Porém, o Prata não se importava e qualquer coisa que eu desmanchasse voltava a aparecer toda montada na vez seguinte em que eu via a caixa.

Quando só nos faltava uma rua para chegarmos à casa do Prata, ele parou e olhou para mim, pensativo.

— Gostavas de ver a oficina do meu pai? — perguntou.

Olhei para ele. Apesar de ser humano e dois anos mais velho, o Prata não era muito mais alto do que eu e andava muitas vezes com a cabeça descaída, o que o fazia parecer ainda mais baixo. A sua pele castanho-clara tinha um laivo de rosa, por isso, ele parecia estar sempre corado de timidez. Tinha olhos grandes, um sorriso nervoso e o cabelo castanho-acinzentado aos caracóis levantava-se e balançava à volta da sua cabeça com o mais ínfimo movimento.

— Está bem — respondi, pensando que a oficina do tio Barro me poderia distrair dos meus deprimidos pensamentos. Eu sabia que o Barro era oleiro, no entanto, nunca o tinha visto a trabalhar.

Não é incomum, em Moróvia, conhecermos pessoas cujos nomes correspondem às profissões, já que muitos humanos também seguem a tradição ancestral de batizar os filhos usando o canto mágico. É possível recorrer a alconostes que usam as suas canções para vislumbrar o futuro de uma criança e sugerir um nome apropriado. Assim, fazia sentido que a Flor trabalhasse com plantas, o Barro com barro, e eu imaginava que, um dia, o Prata se tornaria num relojoeiro e criaria os mais sofisticados relógios de prata.

Era originalmente uma tradição alconoste, evidentemente, usada para dar aos bebés alconostes um nome apropriado relacionado com o mundo das aves. Apesar de o destino não fornecer visões perfeitas sobre o futuro de uma criança, apenas pistas do que poderá vir a ser, sob a forma de imagens simples, como um tipo de pássaro ou de flor. Isto significa que as profecias dos nomes podem ser interpretadas de diversas formas. Quando me deram o nome de Pintarroxo, a minha mãe disse que se calhar era porque eu, quando crescesse, ia ter um canto muito mais poderoso do que se esperaria com o meu tamanho, ou talvez viesse a trabalhar com tecidos, uma vez que os pintarroxos adoram as sementes da planta com que se tece o linho.

Foi o Rouxinol quem sugeriu que eu poderia ajudar as pessoas a colaborarem umas com as outras, porque o número de pintarroxos na ilha prosperou quando os alconostes e os humanos trabalharam juntos para criar as quintas do Sotavento. E eu senti sempre, no fundo do meu coração, que esta é a verdadeira profecia do meu nome. Contudo, naquele dia, tudo em que eu conseguia pensar era que nunca conseguiria ter uma canção poderosa, nem fazer nada importante, sem que tivesse o meu canto mágico.

O Prata seguiu à minha frente até chegarmos a uma ampla cabana de tábuas na orla barlavento de Corisco. Estava calor no seu interior e cheirava a barro cozido e a café de bolota. O tio Barro estava sentado num canto, em cima de um banco alto, em frente de uma grande roda que girava. Um dos pés mexia-se para trás e para a frente, empurrando uma barra de madeira que fazia o disco girar. Em cima da roda que girava estava um pedaço de barro e, sob as mãos do Barro, transformava-se lentamente -se numa torre lisa e cilíndrica.

O Barro estava debruçado sobre a torre, profundamente concentrado. O seu rosto branco estava raiado de barro cinzento já seco, combinando com o tom cinza do cabelo que lhe cobria a cabeça como sementes de dente-de-leão. Os óculos grandes e redondos, empoleirados na ponta do nariz, davam-lhe um ar vagamente parecido com uma coruja.

Fiquei a observar, em transe, a torre de barro a tornar-se cada vez mais alta, e depois o Barro pousou o polegar no topo e, ainda a girar, a torre abriu-se como uma flor. Formava-se uma espécie de taça dentro das suas mãos e era lindíssimo.

O Prata foi até outro canto da sala, onde começou a aquecer água num pequeno fogão e a dispor em fileira uns encantadores cálices redondos, com a forma de pequenos caldeirões. Eu sentei-me num banco em frente ao Barro e fiquei a vê-lo trabalhar, maravilhada ao ver que os seus mais ínfimos movimentos causavam alterações tão grandes na forma do barro.

Por fim, a roda parou de girar e ali estava a taça, esplêndida e acabada. O Barro olhou para mim e sorriu.

— Minha pequena Pintarroxo — disse. — A que devo eu o prazer desta visita?

— Houve um incêndio na chaminé da escola, por isso, mandaram-nos para casa. — Suspirei, lembrando-me de todas as outras coisas desoladoras que me tinham acontecido nessa manhã.

— E foi esse incêndio que te pôs assim triste? — O tio Barro ergueu as sobrancelhas, o que o fazia parecer-se ainda mais com uma coruja, e eu sorri.

— Não. Todos os outros alconostes da minha turma agora já têm o canto mágico, mas o meu ainda não veio. — Voltei a suspirar, esperando do Barro a mesma resposta que recebia sempre dos meus pais quando eu me queixava de não ter o canto mágico. *A tua magia há de vir. Só tens nove anos. Tens de ter paciência.* Mas o Barro não disse nada disso. Limitou-se a acenar com a cabeça e depois pôs-se de pé.

— Vem aqui. — O Barro apontou para o banco alto em que antes estava sentado. — Experimenta um tipo de magia diferente.

— A sério? — Senti uma euforia a percorrer-me o corpo só de pensar em usar a maravilhosa roda giratória para moldar barro sob as minhas próprias mãos.

O Barro assentiu, tirou o avental, pô-lo em mim e atou-o nas costas. Em seguida, mostrou-me como se punha a roda a girar e atirou um pedaço de barro húmido lá para cima. Momentos depois, o facto de não ter canto mágico ficou esquecido, bem como todas as outras desilusões do dia, e concentrei-me unicamente no barro.

No princípio, o barro não se comportava da forma que eu queria. Começou a formar uma bonita torre, porém, depois distorceu-se todo, perdeu a forma e colapsou. Não me importei. Era uma sensação tão macia nas mãos e quanto mais eu experimentava, mais aprendia a controlá-lo.

O Barro deu-me alguns conselhos e o Prata juntou-se a mim com canecas fumegantes de café de bolota, ficando a ver uma pequena torre a transformar-se numa taça larga e baixa dentro das minhas mãos. Quando me dei por satisfeita com a minha taça, parei para a admirar. Era perfeitamente simétrica e macia como seda.

— Posso ficar com ela? — perguntei. — Posso pintá-la? Adoraria dá-la aos meus pais como presente de solstício de inverno.

— Podes fazer tudo isso, mas vai demorar algum tempo — respondeu o Barro. — Primeiro, a tua taça tem de secar durante pelo menos uma semana. Depois, tem de ser cozida naquele grande forno ali adiante, o que demora mais um dia. — O Barro apontou com a cabeça para um grande forno em forma de cúpula ao fundo da sala, com uma pequena abertura curva na base, da qual emanava um lindo clarão cor de laranja. — Quando a tua taça tiver arrefecido, podes vidrá-la com diferentes cores, mas depois vais ter de a cozer de novo.

Os meus ombros curvaram-se um pouco com a ideia de tanta espera, apesar disso, também sorri ao pensar que iria voltar à oficina do Barro para fazer tudo o que havia a fazer, especialmente o vidrado com muitas cores.

Enquanto bebia o café de bolota, ia olhando para todas as coisas maravilhosas que o Barro tinha criado na sua oficina. Havia copos, taças, canecas e outros objetos práticos, como também ornamentos muito bonitos, como jarras abraçadas por tentáculos de polvo e porta-lápis com forma de peixe.

O tio Barro era por norma uma pessoa calada, como o Prata, então, não falámos muito, mas, às vezes, ele dava-me uma coisa para eu ver ou apontava para uma característica interessante de um modelo, como as chaleiras com tampas antigravidade e portinholas integradas para coar as folhas de chá.

Quando acabámos de beber o café, caminhámos juntos para a casa do Prata e do Barro. Chegámos no momento em que a tia Flor estava a fechar o boticário, por isso, ela empurrou-nos lá para dentro e deu-nos um caloroso abraço.

A Flor era uma senhora baixinha — não muito mais alta do que eu, mesmo aos nove anos —, de pele castanho-escura e cabelo negro comprido, o mais das vezes penteado com um sem-fim de tranças e apanhado na cabeça com uma fita grossa de tecido. Naquele dia, o tecido era cor de laranja e azul e combinava com o seu vestido comprido, que seguia um dos estilos tradicionais dos humanos.

Sentámo-nos à volta da grande mesa que havia na pequena cozinha atrás da loja, a beber chá de camomila e a comer torradas com mel, enquanto falávamos de como tinham sido os nossos dias. Embora o Barro e o Prata estivessem normalmente muito calados, a Flor tinha jeito para pôr toda a gente a falar. O Prata mostrou-nos

alguns esboços de um relógio, desenhados na escola quando estaria supostamente a estudar história, depois tirou a caixa de madeira dos relógios estragados e começou a desmanchar alguns deles para fazer outra coisa nova com as peças.

O Barro falou sobre as taças que fez, que percebi fazerem parte de uma grande encomenda do Complexo Palaciano de Pero, e eu falei da taça que tinha feito na oficina do Barro. A Flor contou-nos acerca de um remédio desintoxicante que tinha estado a criar com base em raízes de dente-de-leão, e depois os seus olhos iluminaram-se quando nos falou das aplicações de outras partes dos dentes-de-leão e como achava espantoso que uma planta tão vulgar tivesse tantas propriedades incríveis.

O tempo passou a voar e logo chegou o entardecer, que era quando o meu pai regressava do trabalho no hospital. A tia Flor envolveu-nos às duas com o seu xaile enquanto caminhávamos de braço dado até minha casa, continuando a revelar-me factos sobre os dentes-de-leão.

Quando eu e a Flor nos aconchegámos uma na outra para nos protegermos do ar frio da noite, lembro-me de pensar nos relógios do Prata e na roda de oleiro do Barro e nos remédios da Flor. Achei que o Barro tinha razão: que havia diferentes tipos de magia.

Agora que o Rouxinol me está a ser tirado, percebo que vou precisar de um tipo de diferente de magia para o libertar.

CAPÍTULO 8

CORISCO

Fico a ver o Rouxinol a desaparecer para lá de uma curva da estrada, enjaulado na carroça e vigiado por todos os bogatires, incluindo a Hero. Sinto que estou prestes a perder o equilíbrio e os meus pensamentos rodopiam ao acaso, como anões sob um feixe de raios de sol.

Tenho de ir atrás do meu pai e arranjar forma de o libertar. Contudo, sozinha, contra todos aqueles bogatires, não tenho grande hipótese. Mesmo que a Hero ajudasse, e não tenho bem a certeza de que ela o faria, não seria suficiente.

Desço da árvore onde tenho estado escondida, a barriga a retorcer-se com a culpa por ter roubado o anel e às voltas de preocupação com o Rouxinol. Tenho de pensar rápido, para o salvar. A ideia de trancarem o meu pai dentro das altas paredes de pedra do Forte e de nunca mais o voltar a ver contrai-me as penas de medo.

Quando os meus pés encontram o chão, agacho-me ao lado da Bigodes. Está sentada no meio das raízes da árvore, a choramingar pesarosamente, de olhos postos na direção para onde o Rouxinol foi levado. O Grumo, empoleirado em cima da sua cabeça, está a guinchar de aflição e a acenar freneticamente com a sua perna-espada.

— Está tudo bem, eu vou trazê-lo de volta — coço as bochechas da Bigodes e faço um aceno de cabeça para o Grumo. Os meus olhos vagueiam na direção de Corisco. Continuo a pensar na Flor, no Barro e no Prata e penso que pedir-lhes ajuda é a minha melhor hipótese.

Já não é permitida a entrada de alconostes em Corisco e, se lá forem apanhados, são mandados para o Forte. É por isso que nem eu, nem o Rouxinol lá voltámos desde que nos obrigaram a sair. Mas eu podia ter muito cuidado. Tornei-me muito boa a deslocar-me silenciosamente e a esconder-me nas sombras. Ainda assim, sinto o sangue a gelar-me só de pensar em ser capturada. Não poderei libertar o Rouxinol se também for mandada para o Forte.

Olho para trás, para a relativa segurança do pântano, de rosto franzido. Em vez disso, podia ir até ao esconderijo da Eco e pedir-lhe ajuda a ela, mas o Movimento da União — mesmo antes de se desintegrar — nunca libertou ninguém do Forte. E a ideia de entrar novamente sozinha no pântano dá-me náuseas. Já estou farta de me esconder ali.

Para libertar o Rouxinol, tenho de pensar de maneira diferente e agir de maneira diferente. Chegou a altura de sair do pântano e correr o risco de pedir ajuda aos nossos amigos humanos. Ponho-me de pé e tento reunir coragem suficiente para me afastar do Rouxinol, rumo a Corisco.

Tenho a cabeça zonza de não ter dormido a noite toda e inspiro fundo para sacudir o cansaço. O Sol levantou-se apenas há uma hora, mas já os seus raios queimam ardentemente e estou cheia de sede e de fome. Porém, Corisco fica apenas a uma hora de distância a pé.

Interrogo-me até que ponto a cidade terá mudado e nasce em mim a apreensão de que a Flor, o Barro e o Prata possam já nem sequer lá estar. Contudo, a única forma de saber é ir lá e ver com os meus próprios olhos. Olho para baixo, para a Bigodes e o Grumo, e mordo o lábio.

— Vou para ali, para Corisco. — Aponto com a cabeça na direção da cidade. A Bigodes e o Grumo ficam a olhar para mim, na expectativa. — Vocês os dois devem ficar no pântano…

O Grumo interrompe-me com um ruidoso «Hum!» e a Bigodes chega-se mais perto das minhas pernas. Suspiro. Preferia que eles ficassem em segurança no pântano, no entanto, sei que não me vão abandonar, especialmente agora que o Rouxinol não está.

— Está bem, mas temos de ser muito silenciosos e manter-nos fora da vista.

Num esforço para me assemelhar mais a um humano, caso alguém me veja, desato o triângulo de tecido de urtiga que tenho usado para proteger o pescoço das queimaduras do sol, ponho-o na cabeça e ato-o atrás. O tecido tapa as penas da cabeça, mas o facto de estar tão cheia de lama, vestida com roupas muito finas de tão puídas e que me servem tão mal, acompanhada de um sapo sentado em cima de uma ratazana-do-pântano, não deixa margem para dúvidas de que sou uma alconoste do pântano. Ainda assim, é o melhor que consigo. Volto a inspirar fundo e faço-me ao caminho.

Inspeciono cuidadosamente a estrada de terra e aguço os ouvidos, à escuta de eventuais carroças, antes de a atravessar. Desço para uma vala junto à entrada, para podermos avançar sem que ninguém nos veja. À medida que progredimos na direção de Corisco, vou buscar todas as memórias que guardo da cidade: a disposição das ruas e ruelas, a localização das lojas e da taberna, as zonas mais movimentadas e as mais tranquilas. Lentamente, engendro a forma mais segura de me aproximar da casa da Flor, do Barro e do Prata.

Vivem numa rua movimentada perto do centro de Corisco, porém, as traseiras da casa são bastante abrigadas. Eu podia dar a volta à cidade e esgueirar-me por esse lado. E como é Dia-Ninho, a maioria das ruas deve estar bastante vazia.

O meu estômago ronca de fome e os meus pensamentos voltam-se para o Rouxinol, engaiolado na carroça. Também não terá tomado o pequeno-almoço e pergunto-me se os bogatires lhe darão alguma coisa de comer durante a viagem até ao Forte, que demora uma grande parte do dia.

As minhas preocupações transformam-se em fúria quando me questiono como os bogatires sabiam onde encontrar o Rouxinol. Estou zangada comigo mesma, porque sinto a contorcerem-se dentro de mim suspeitas acerca dos rapazes que conheci ontem à noite. Eu disse ao Gaio e ao Francelho onde ficava a nossa casa na árvore. Será possível que, logo que nos separámos, os rapazes tenham desatado a correr a contar aos bogatires onde podiam encontrar o Rouxinol, em troca de alguma comida? Não quero pensar tal coisa, no entanto, não o consigo evitar.

Vasculho a minha mente, tentando encontrar outra explicação. Os bogatires sabiam do anel, mas o Gaio e o Francelho não podiam ter sabido nada disso. Solto um suspiro de alívio ao sentir a minha desconfiança a esmorecer. Todavia, ainda não consigo perceber como os bogatires encontraram a nossa casa na árvore. E agora a culpa por ter roubado o anel e ter causado todo este sarilho retorce-se novamente dentro do meu estômago.

A Bigodes dá-me um toque na perna e grunhe com nervosismo. Olho para cima e os meus olhos arregalam-se ao ver Corisco lá adiante. Parece que passou uma eternidade desde que vi aquele aglomerado, em forma de lua crescente, de casas quadradas e coloridas, com jardins cheios de folhas a erguerem-se dos seus telhados planos. A cidade como que abraça a extensão curva de areia macia e dourada que a separa das águas cintilantes da baía. Hoje, as águas apresentam-se num tom azul-claro e estão quase tão calmas como as de um lago. Moróvia deve estar a deslocar-se em cima de um dos mares tropicais de pouca profundidade que existem no mundo. As gaivotas, que normalmente passam os dias a soltar gritos agudos e a mergulhar, são agora pontos de calmaria ao longo da areia, provavelmente a alisar as penas ao sol.

Sinto algo a aumentar de tamanho dentro da garganta. Se calhar é a nostalgia de que o Rouxinol costuma falar: a saudade da felicidade do passado. A minha vida em Corisco era totalmente despreocupada. Tinha os meus pais, os nossos amigos, a Hero e dias compridos passados a brincar na areia e a chapinhar nas ondas. Engulo para dentro o alto na garganta e sacudo as memórias para longe. Neste momento, para ter alguma hipótese de reclamar de volta tudo isso, tenho de me concentrar em entrar em Corisco sem ser vista e em encontrar ajuda.

Continuo a andar, fazendo mentalmente pactos silenciosos com o Destino: *Se conseguir trazer o Rouxinol de volta, nunca mais roubo das mãos de um cortesão, nem abandono o meu pai durante a noite.*

Os meus olhos deambulam até aos Penhascos Púrpura de Eldóvia, há anos que não a via flutuar tão perto. Sinto um aperto no peito ao pensar que, se me tivesse ido simplesmente deitar ontem à noite e eu e o Rouxinol tivéssemos partido antes do amanhecer rumo à Colónia dos Pescadores, ele nunca teria sido capturado. Para reparar toda esta situação, tenho de arranjar uma forma de o libertar. E depois podemos decidir o que fazer a seguir, juntos.

— Fiquem perto de mim. — Dou uma palmada na perna ao ver que a Bigodes se deixa ficar para trás. Ela saltita para me alcançar e continuamos a caminhar dentro da vala, até chegarmos à orla da cidade. Há vários bogatires de guarda na estrada e faço-lhes uma carranca oculta nas sombras. Quando eu vivia em Corisco, a estrada nunca estava vigiada.

Rastejo silenciosamente para fora da vala e subo para um trilho poeirento e ladeado de sebes que circunda as traseiras da cidade. Para lá da sebe do lado esquerdo, há campos verde-garridos e tenho tanta fome que me ocorre a ideia de entrar num deles às escondidas e roubar algumas folhas de couve ou uma das cebolinhas cujo aroma paira no ar. Porém, pode haver agricultores nos campos e não posso arriscar ser apanhada, por isso, fico escondida atrás das sebes até que alcançamos as ruelas sombrias da orla alto-vento da cidade.

Há aqui outros bogatires, estão de guarda nas esquinas das ruas. Vê-los põe-me o coração a bater de medo e confunde-me totalmente as ideias. Não percebo bem por que razão o capitão Ilya mantém Corisco tão bem guardada. Todos os alconostes estão demasiado assustados para sair do pântano, quanto mais vir aqui.

Evito os bogatires, esgueirando-me por entre as sombras das ruelas mais calmas, mas sinto a sua presença mesmo quando não nos veem. Corisco transmite uma sensação de perigo e nada acolhedora, murmurante e mordaz como uma nuvem de vespas. Totalmente diferente da atmosfera amistosa que recordo.

Apesar de tudo, o lugar em si, é-me familiar, como um sonho de outrora que já há muito aceitámos ter-se desvanecido: os solavancos nas pedras da calçada, o cheiro a terra seca dos tijolos das casas de argila e o aroma doce das flores a crescer em cestos pendurados nas paredes e em vasos nos jardins dos telhados.

Com exceção dos bogatires, as ruas estão vazias, o que é estranho. Apesar de ser Dia-Ninho, pensei que haveria algumas pessoas cá fora; a visitar amigos, sentadas ao sol nos pátios traseiros ou a tagarelar junto aos portões das casas. Mas os humanos devem estar todos dentro de casa.

Agacho-me ao passar pelas janelas e escondo-me atrás das paredes baixas que separam os pátios traseiros, até que, por fim, alcanço a casa da Flor, do Barro e do Prata. Fica a meio de uma fileira de cerca de vinte casas com terraço, cada uma compondo um pequeno quadrado de sol que se cola à casa seguinte, como uma fila de ovas de sapo. Dói-me o coração quando penso como ainda deve ser bom viver com vizinhos tão próximos.

Empurro suavemente o portão que dá para o pátio traseiro, na esperança de que não esteja trancado. Abre-se com um rangido. Salto lá para dentro com a Bigodes e o Grumo, e depois fecho o portão, agacho-me atrás dele e respiro um suspiro de alívio.

O aroma das ervas que a Flor cultiva no telhado enche o pátio, é simultaneamente doce e amargo. Lembro-me de brincar lá em cima com o Prata e de a Flor explicar que plantas usava para fazer diferentes remédios. O meu coração acelera com a ideia de poder estar tão perto dos meus amigos, depois de tanto tempo separados.

Rastejo para me aproximar da janela da cozinha e espreito cautelosamente. Não há sinais de vida lá dentro e sinto o desespero a crescer dentro de mim. *Preciso* que os meus amigos lá estejam. Corri o risco de ser capturada ao vir aqui à procura deles…

Um calafrio gelado percorre-me o corpo quando, subitamente, dou conta do mais que coloquei em risco. A Flor, o Barro e o Prata, todos podem arranjar sarilhos se alguém me vir aqui. Podem ser acusados de ser uma ameaça para a segurança, ou de trabalhar com o Movimento da União, pelo simples facto de falarem comigo. E também podem ser mandados para o Forte.

Estava tão concentrada em pedir que me ajudassem a libertar o Rouxinol, que não refleti o suficiente sobre a segurança *deles*. Podem não querer ver-me, nem me ajudar, devido ao perigo em que eu os poria. Asfixio um gemido. Não devia ter vindo aqui. Muito embora eu precise de ajuda para libertar o Rouxinol, não quero pôr os meus amigos em perigo por causa disso. Os ombros descaem-me e abano a cabeça com tristeza.

— Vamos, Bigodes, Grumo — sussurro, rastejando de volta para o portão. Todavia, nesse momento, a porta da cozinha abre-se e ouço passos a precipitar-se na minha direção.

CAPÍTULO 9

FLOR

Volto-me mesmo a tempo de a tia Flor me engolir num abraço. Quase me levanta do chão e aperta-me com tanta força que não consigo falar.

— Pintarroxo, o que acontec… — Flor cala-se de repente, afasta-se de mim e, com nervosismo, varre com os olhos, para cima e para baixo, a fileira de casas com terraço. — Vem para dentro. — Agarra-me na mão e conduz-me para a sombra fresca da cozinha.

A Bigodes e o Grumo seguem perto, no meu encalço, e, quando já todos passámos a porta, a Flor fecha-a e tranca-a, puxando em seguida as cortinas.

— É tão bom ver-te! — exclama. São palavras comuns, mas parecem-me estranhas, já que não ouvia nada assim há anos. E a sua voz é familiar, embora também hesitante, e as lágrimas que lhe cintilam nos olhos recordam-me como foi errado não nos termos visto durante tanto tempo.

— Também é bom ver-te a ti, tia Flor. — Sorrio, piscando os olhos para conter também as minhas lágrimas. A Flor está exatamente como me lembro dela. As suas longas tranças apanhadas em cima da cabeça com uma fita de tecido verde-escuro a combinar com o comprido vestido verde. Baixo os olhos para a minha roupa cheia de lama e, de repente, sinto-me completamente deslocada dentro da sua casa tão limpa. Confrangida, deslizo o triângulo de tecido de urtiga e tiro-o da cabeça.

Sob os meus pés descalços, o chão de pedra é frio e liso, diferente de tudo o que havia no pântano, e as paredes à minha volta fazem-me sentir encurralada e com dificuldade em respirar.

— Mas eu não devia ter vindo aqui. — Remexo-me, desconfortável. — Não quero que tu, o tio Barro e o Prata arranjem sarilhos.

A Flor assente com a cabeça.

— Compreendo. Mas parece-me que não terias vindo se não precisasses mesmo e vejo que não tens o teu pai contigo… — A Flor inspira fundo e esfrega os olhos com os dedos a tremer. — Senta-te, Pintarroxo. Agora estás a aqui e, por ora, estás segura. Vou fazer chá e então contas-me o que aconteceu. Há alguma coisa que possa oferecer a estes dois? — A Flor olha para baixo, para a Bigodes e o Grumo.

A Bigodes está tão firmemente encostada à minha perna que o seu áspero pelo castanho me arranha a pele. Vai alternando o peso de uma pata para a outra, os olhos movimentam-se a tentar perceber a cozinha e o seu meio-sorriso emite baixinho um choramingo agudo. O Grumo, sentado na cabeça da Bigodes, acena na direção da Flor com a sua perna-espada, estreitando os seus olhos salientes.

— Para já, eu seguro neles, até se habituarem a estar dentro de casa. — Debruço-me e tomo a Bigodes nos braços, com o Grumo ainda na sua cabeça. — Mas são capazes de querer beber água quando se acalmarem um pouco, por favor — Sento-me na cadeira mais próxima. Tal como o chão, a cadeira parece-me demasiado plana e demasiado lisa, e o som que faz ao raspar no chão de pedra parece-me demasiado alto. — Esta é a Bigodes. — Afago-lhe suavemente a cabeça. — É uma ratazana-do-pântano. Está comigo desde que era apenas uma cria. E este é o Grumo. — Pisco o olho ao Grumo. — São muito chegados. Somos todos.

— Vou buscar alguma coisa para pôr água. — A Flor vira-se e começa a remexer dentro de um armário cheio de taças.

— Estou aqui porque o Rouxinol… — As palavras ficam-me coladas na garganta ao visualizar mentalmente os bogatires a levarem o meu pai.

— Foi capturado? — A Flor põe duas tacinhas pequenas com água em cima da mesa para a Bigodes e o Grumo, mas a Bigodes continua a agarrar-se a mim com força e o Grumo permanece firmemente assente na sua cabeça, a olhar desconfiado para tudo.

Aquiesço com a cabeça.

— Não sabia o que fazer. Pensei que talvez vocês pudessem ajudar, mas agora que aqui estou parece-me uma ideia disparatada que vos pode arranjar problemas. Eu devia voltar para o pântano e procurar ajuda por lá.

A Flor volta as costas à chaleira que pôs a aquecer no fogão e senta-se à minha frente.

— Foste muito corajosa em vir aqui, Pintarroxo. E ainda bem que o fizeste. Fizeste-me lembrar que todos devemos ser assim corajosos. Especialmente agora, com o Movimento da União a desintegrar-se.

— Sabes do Movimento da União? — pergunto.

A Flor acena que sim.

— Eu e o Prata trabalhamos muitas vezes para o Movimento. Fazemos tudo o que podemos para ajudar a mandar aprovisionamentos para o pântano e lutar por uma mudança.

Sinto os olhos a arder. Eu devia ter sabido que a Flor estaria a tentar ajudar.

— Mas tantos de nós foram capturados nestas últimas luas, que as pessoas agora têm medo de fazer seja o que for. — A Flor abana a cabeça com tristeza. — Está a tornar-se impossível.

O meu desespero deve ter-me ficado estampado no rosto, porque a Flor cala-se e tenta fazer um sorriso tranquilizador.

— Tenta não te preocupares, Pintarroxo. Juntas, vamos perceber a melhor forma de agir. — A chaleira apita. A Flor levanta-se de novo e verte água em três chávenas. O aroma da camomila, doce e a ervas, ascende no ar e eu sinto-me um pouco mais calma. A Flor põe uma chávena à minha frente e volta a sentar-se, com uma das outras na mão.

— O Prata está a dormir lá em cima — explica a Flor quando me vê a olhar para a terceira chávena, ainda à espera junto à chaleira. — Ficou a trabalhar até tarde; ele agora é aprendiz do Circadiano, o relojoeiro, e muitas vezes traz trabalho para casa. Mas não tarda a descer.

— E o tio Barro? — pergunto. — Está na oficina?

— O Barro morreu há dois anos — diz a Flor. Baixa os olhos na direção da chávena, inala lentamente, e depois volta a olhar para mim com lágrimas a escorrer-lhe dos olhos. — Foi apanhado a trabalhar para o Movimento da União, mandaram-no para o Forte e morreu lá dentro pouco depois.

As palavras da Flor atingiram-me o coração como pedras e tomba sobre mim um nevoeiro asfixiante. Abano a cabeça, incrédula, enquanto tento recuperar o fôlego e recentrar-me.

A Flor inclina-se para a frente e pousa a mão no meu braço.

— Lamento tanto, Pintarroxo. Deve ser um choque para ti.

— Eu… — Fico a olhar para a Flor, sem saber o que dizer ou fazer. Algo dentro de mim desabou e engoliu-me a voz. Imagens do Barro correm aceleradas pela minha mente. Vejo-o a trabalhar na sua roda de oleiro, profundamente concentrado, o rosto salpicado de barro, os óculos redondos empoleirados na ponta do nariz. — Não pode ser — digo firmemente. — Tem de ser um engano.

— Já ouviste falar da pedreira que há dentro do Forte? — pergunta a Flor e eu abano a cabeça. — Todos os que são mandados para o Forte trabalham numa pedreira, a extrair ferro de rochedos cheios de pó. Utilizam o minério para fazer as armaduras à prova de magia que os bogatires usam. O capitão Ilya quer extrair quantidade suficiente para fazer com que áreas enormes da ilha se tornem à prova de magia. — A Flor cala-se e bebe um gole de chá. — Mais ou menos uma lua depois de o Barro ter sido enviado para o Forte, houve um acidente na pedreira. — Lágrimas escorrem-lhe pelas faces abaixo e a sala começa a rodopiar à minha volta. Regressa aquela sensação murmurante e mordaz de quando estava a entrar em Corisco, mas ainda mais intensa. É tudo tão pior do que eu pensava. Não consigo acreditar que o Barro morreu. Tenho de tirar o Rouxinol do Forte imediatamente.

— Tia Flor, lamento tanto. — Encontro, por fim, a voz, apesar de não parecer a minha. Seguro na Bigodes com força e contenho as lágrimas, piscando os olhos. — Eu não sabia... o Rouxinol sabia? — pergunto.

A Flor abana a cabeça.

— É difícil e perigoso enviar mensagens daqui para o pântano. As regras do capitão Ilya limitam tanto o movimento dos humanos como dos alconostes. Qualquer pessoa que saia de Corisco sem autorização corre o risco de ser mandada para o Forte.

Franzo o rosto. Presumi que os bogatires guardavam Corisco para impedir os alconostes de aqui vir, não para impedir os humanos de sair.

— As coisas estão agrestes neste momento. — A Flor bebe mais um pouco de chá. — Mas ainda tenho fé de que uma mudança virá. E agora mais ainda, vendo-te aqui comigo. Sentimos a vossa falta, Pintarroxo, e de todos os alconostes. E a grande maioria das pessoas em Corisco também sente a vossa falta.

— A sério? — pergunto, em dúvida. — Para o capitão Ilya ter conseguido manter-se no poder tanto tempo, e para fazer tudo isto, tem de ter muitos apoiantes.

A Flor suspira e olha para mim com tristeza.

— Peço desculpa, Pintarroxo. Ainda penso em ti como se fosses uma criança e não devia tentar proteger-te da terrível verdade. Tens razão, há muitos humanos que apoiam o capitão Ilya e que querem controlar o canto mágico. E os discursos do capitão Ilya só vieram agravar isso.

O meu sobrolho afunda-se tanto que me começa a doer a cabeça e tiro uma mão de cima da Bigodes para esfregar a minha testa. O Grumo levanta os olhos para mim e coaxa, pesaroso.

— Mas — continua a Flor —, também há muitos humanos que acreditam que, quer o canto mágico tenha ou não causado a tragédia, não é correto culpar todos os alconostes. Muitos de nós temos saudades dos nossos amigos alconostes e desejamos desesperadamente a união. Além disso… — A Flor debruça-se para a frente com uma pequena centelha nos olhos. — Acho que há cada vez mais humanos a começar a duvidar do capitão Ilya. Com o passar dos anos, até aquelas pessoas que desconfiavam dos alconostes já viram como as nossas vidas se tornaram muito mais difíceis sem todos vocês e sem o canto mágico.

— Que queres dizer? — pergunto.

A Flor aponta com a cabeça para a janela, onde a resplandecente luz do sol força a entrada por entre a estreita frecha entre as cortinas.

— Esta onda de calor, por exemplo. Normalmente, um grupo de alconostes com magia climática cantava para evocar o vento ou a chuva que arrefeciam a ilha. Os alconostes sempre mantiveram a estabilidade do clima de Moróvia, afastavam os estados do tempo mais agrestes e regulavam as épocas do ano, independentemente da direção em que a ilha se deslocasse. E depois há a agricultura e a pesca. Tradicionalmente, os humanos foram sempre melhores agricultores e pescadores e garantiam que toda a gente na ilha tinha mais do que suficiente para comer. Mas o canto mágico era usado para reforçar as colheitas nas quintas do Sotavento e para ajudar os pescadores a encontrarem as águas mais abundantes. As doenças curam-se melhor com uma mistura de medicina e magia e a vida selvagem da ilha prospera melhor quando é protegida por todos nós… — A voz da Flor esmorece e ela toma mais um gole de chá antes de prosseguir. — Moróvia precisa de humanos e alconostes a trabalharem em conjunto, a partilharem as suas mais-valias e competências para proporcionarem uma vida melhor a todos e eu acho que os humanos que apoiaram o capitão Ilya começam a perceber isso. No entanto, neste momento, estão demasiado assustados para lhe fazer oposição.

— Se as pessoas estão demasiado assustadas para se oporem a ele, então, nada vai mudar. — Abano a cabeça, frustrada. — Moróvia só se vai unir quando os alconostes e os humanos colaborarem para tirar o capitão Ilya do poder.

— Concordo — acena Flor. — E, se não o fizermos, vamos acabar a viver para sempre com medo. Por isso… — A Flor ergue as sobrancelhas. — Vamos começar pelo Rouxinol. Conta-me o que aconteceu. Quando foi capturado?

— Esta manhã. — Abraço a Bigodes com mais força quando tudo me inunda outra vez. — Os bogatires estão a levá-lo neste momento para o Forte. O que podemos fazer para o libertar? — Os meus pensamentos correm acelerados, em desespero, só de pensar no Rouxinol em tal perigo e, de repente, lembro-me da bolsa de moedas que trago à cintura. — Tenho tesouros! Poderão ajudar? — Vasculho por baixo da Bigodes e consigo desatar a bolsa, apesar de o Grumo tentar afastar-me o braço com a perna-espada e resmungar, aborrecido. — Tenho aqui algumas moedas e o maior anel de diamante que alguma vez vi. — Pouso a bolsa na mesa, à frente da Flor. — Foram roubados — acrescento, baixinho, sentindo o calor a subir-me às faces, apesar de ter a certeza de que a Flor já o teria adivinhado.

— Podem ajudar — a Flor assente. — Há vários cortesãos e bogatires que se sabe terem ajudado o movimento em troca de moedas ou objetos valiosos. Mas será extremamente perigoso pedir ajuda a seja quem for.

O meu coração acelera em pânico. A nossa hipótese de salvar o Rouxinol parece-me tão frágil e vulnerável como uma carcaça de ouriço-do-mar numa praia rochosa.

A Flor pousa a mão no meu ombro.

— Vou fazer tudo o que puder para nos manter a todos seguros, Pintarroxo, incluindo o Rouxinol. Só quero ter a certeza de que compreendes os riscos.

— Compreendo — assinto. — Mas preciso do Rouxinol. Precisamos um do outro. Por isso, tenho de tentar libertá-lo. Só que se tu ou o Prata fossem capturados por minha causa…

— Cabe-nos a nós decidir se queremos correr esse risco — interrompe a Flor rapidamente. Ela olha para mim, todas as lágrimas que tinha nos olhos substituídas agora por pura determinação. — Voltar a ver-te fez-me perceber onde vamos buscar a coragem para assumir riscos e porque precisamos de o fazer.

Olho para a Flor, confusa, mas depois abro muito os meus olhos, ao compreender o que quer dizer.

— O amor — digo. — Foi o que me deu a coragem de que precisava para vir até aqui, amor ao Rouxinol, e a ti e ao tio Barro e ao Prata.

A Flor sorri e, nesse momento, sinto que tenho em mim amor suficiente para a coragem de que preciso para libertar o meu pai e, quem sabe, o suficiente para libertar também Moróvia inteira. Porém, ter coragem não basta. Preciso de um plano, um plano que leve a melhor sobre o capitão Ilya e as centenas de bogatires de armadura que guardam um Forte altamente protegido. E, neste momento, não tenho ideia nenhuma de como vou fazer isso.

CAPÍTULO 10

PRATA

Consigo beber um gole do meu chá de camomila, apesar de o Grumo se pôr a adejar a sua perna-espada na direção da chávena que seguro na mão. A Flor olha para lá do meu ombro quando ouve passos nas escadas. Viro a cabeça e vejo o Prata.

Cresceu tanto, está mais alto e mais largo do que muitos humanos adultos. Também tem o cabelo mais comprido, penteado com grossos torcidos que lhe tombam até ao queixo. Mas mantém ainda os seus traços suaves e infantis, os olhos grandes e o sorriso tímido.

— Olá, Prata. — Sorrio ao vê-lo de novo, embora esteja cheia de tristeza por dentro. Dói-me o coração por saber que, desde a última vez que vi o Prata, ele perdeu o pai, e dói-me também por tudo o que perdemos das vidas uns dos outros. Ter visto o Prata e a Hero hoje fez-me perceber quanto cresceram sem mim. E suponho que também eu tenha crescido sem eles.

Baixo os olhos para me ver a mim mesma. Estou maior, mais forte, bastante mais suja, tenho sardas castanhas e verdes e as minhas penas agora também são castanhas e verdes. Por dentro, sinto-me uma pessoa totalmente diferente. Costumava preocupar-me com testes de ortografia e gostava de *kickball* e de construir castelos de areia na praia. Contudo, desde então, a minha vida tem estado focada em encontrar comida para sobreviver, roubar para o Movimento da União e evitar ser capturada por bogatires.

— Pintarroxo. — A voz do Prata é mais grave do que eu recordava. — Nem acredito que estás aqui. — Debruça-se e dá-me um abraço, algo desajeitado, porque ainda tenho a Bigodes e o Grumo no colo. O Prata afasta-se rapidamente quando a Bigodes resmunga defensivamente e o Grumo investe contra ele com um sobrolho zangado.

— O Prata é amigo — sussurro ao Grumo e à Bigodes, olhando depois para o Prata. — Desculpa, só estão nervosos por estarem dentro de casa.

— Onde está o Rouxinol? — As sobrancelhas do Prata cerram-se de preocupação.

— Foi capturado. — Sinto a fúria a subir dentro de mim quando profiro estas palavras.

— Oh, não. — O Prata empalidece e olha para a Flor. — Temos de fazer alguma coisa — diz, com sentido de urgência.

A Flor bebe de um trago o que restava do chá, pega na bolsa de moedas e tira o anel lá de dentro. Luz incide sobre o diamante e os olhos de ambos arregalam-se com a mesma expressão de espanto. — A Pintarroxo trouxe isto e vou trocá-lo por moedas. Depois, vamos subornar alguns bogatires ou cortesãos para nos ajudarem. — A Flor levanta-se, tira uma pequena sacola de cabedal das costas da sua cadeira e lança-a a tiracolo.

— Tem cuidado — diz o Prata, a preocupação estampada no rosto.

— Sempre — confirma a Flor acenando com a cabeça.

— Os bogatires estavam à procura desse anel quando capturaram o Rouxinol — aviso.

— Vou levá-lo a uma pessoa em quem confio. — A Flor aperta-me o ombro e depois volta a pôr a bolsa de moedas em cima da mesa. — Ficas com a Pintarroxo? — pergunta a Flor ao Prata, e ele aquiesce uma vez mais.

A Flor põe-se em bicos de pés para lhe dar um beijo.

— Pus ali de lado chá para ti. — Inclina-se para me pousar um beijo também na minha testa. — Volto daqui a uma ou duas horas. — A Flor desliza para fora da cozinha, passando por uma cortina de contas feita com centenas de pequeníssimas conchas, que separa a loja do resto da casa.

O Prata vai atrás dela e ouço-o a trancar a porta depois de a Flor sair. Quando volta, pega no seu chá e faz uma careta.

— Bah. Camomila. Não queres antes um chocolate quente?

— Sim, por favor. — Mudo suavemente a Bigodes de posição para poder voltar a atar a bolsa à cintura.

— É bom voltar a ver-te, Pintarroxo. — O Prata faz o seu sorriso tímido que tão bem conheço. — Lamento muito tudo o que aconteceu. Depois de tu e o Rouxinol terem sido levados de Corisco, eu e os meus pais, e muitos outros humanos, tentámos impedir o capitão Ilya e os bogatires dele. Mas eles tinham armaduras e armas e qualquer pessoa que se lhes opusesse era mandada para o Forte. Estes últimos anos foram horríveis.

O Prata abre uma caixa de pão de madeira, tira lá de dentro um pão enorme e põe-no em cima da mesa, e o meu estômago começa a rugir só de olhar para ele.

— Tenho tantas saudades de pão — digo sem pensar.

— Desculpa-me. — O Prata fica com as faces muito coradas. — Estou para aqui a falar de como foi horrível aqui, mas pelo menos tivemos comida e deixaram-nos ficar nas nossas casas. — Acaba de fazer o chocolate quente e pousa na mesa duas canecas cheias, bem como um frasco de mel. E a seguir começa a cortar fatias de pão. — Como é que são as coisas no pântano? — pergunta.

— Molhadas e cheias de lama. — Agora que já se acalmou um pouco, ofereço à Bigodes a taça com água que a Flor pôs na mesa e ela lambe alguma com a sua pequenina língua cor-de-rosa. Depois, recosta-se, com os bigodes, agora molhados, a pingar para cima de mim. Coço-lhe a bochecha e sorrio. — Porém, o pântano também é exuberante e bonito. Gosto muito, de muitas formas, mas tenho saudades de Corisco e dos meus velhos amigos... — Olho para o Prata e, uma vez mais, nem acredito quanto ele cresceu. Enquanto eu e o Rouxinol vivíamos um dia de cada vez, os anos iam passando.

— Também tive saudades tuas. — O Prata entrega-me uma grossa fatia de pão a escorrer de mel. Vem num prato bonito, com flores amarelas pintadas no bordo. Sinto um aperto no coração ao reconhecer uma coisa feita pelo tio Barro.

— Prata, lamento tanto o que aconteceu ao teu pai. A tia Flor contou-me — sussurro. — Ainda não acredito.

O Prata aquiesce e a sua boca transforma-se numa linha apertada. Apesar do seu tamanho, de repente parece muito jovem e vulnerável.

Esfrego os olhos com as costas da mão para secar as lágrimas.

— Sabes, ontem à noite, o Rouxinol sugeriu que fôssemos falar com os pescadores sobre a possibilidade de sairmos de Moróvia. Mas eu não queria, por isso escapuli-me. Se lhe tivesse dado ouvidos e tivéssemos ido à Colónia dos Pescadores esta manhã, ele não teria sido capturado.

— Não te culpes, Pintarroxo. — O Prata abana a cabeça. — A culpa de tudo isto é do capitão Ilya, não é tua. Moróvia é a casa de todos e nenhum de nós devia ter de pensar em sair daqui.

— Eu não quero — admito. — Mas devia ter conversado mais com o Rouxinol sobre isso. Deixei-o sozinho... — Franzo a testa ao lembrar-me e a minha voz esmorece quando começo novamente a negociar mentalmente com o Destino. O chocolate fez-me sono e as pálpebras descaem, as minhas pestanas de penas geram um padrão sobre a minha visão que se assemelha à cortina de musgo em torno da casa na árvore.

O Prata baixa os olhos na direção da Bigodes, que, entretanto, adormeceu no colo, resmungando e sacudindo-se aqui e ali nos seus sonhos. — Queres que faça uma cama para a...

— Bigodes. — Digo que sim com a cabeça. — Ela ia gostar disso. E se tiveres uma caixinha para o Grumo, ele é capaz de se acalmar e também dormir. — Olho para o Grumo, ainda de semblante carregado e a adejar a perna-espada para o interior da casa em geral.

O Prata faz um ninho com mantas velhas para a Bigodes e traz uma caixa cheia de folhas para o Grumo aí fazer o seu refúgio. Depois sentamo-nos e esperamos que a Flor regresse, o nosso receio por ela a fazer o tempo andar tão devagar como um caracol preso em areia seca. O Prata fala um pouco sobre a sua aprendizagem com o Circadiano: que está a aprender sobre relógios de pulso, relógios de mesa e de parede, e também fechaduras. No entanto, diz que os relógios de pulso continuam a ser os seus preferidos e que o seu sonho, quando Moróvia voltar a unir-se, é abrir a sua própria oficina de relojoaria.

Devo ter adormecido a dada altura durante o tempo em que o Prata estava a falar e ele teve de me transportar, porque acordo numa cadeira maior e mais confortável, junto ao ninho da Bigodes. Pela pequena fresta entre as cortinas vejo o crepúsculo nascer, espesso e de um profundo azul-cinza.

— Onde está a Flor? — franzo a testa, confusa, quando olho para o Prata. Ele está junto à cortina de contas, de olhos postos na loja e na rua mais adiante.

— Ainda não voltou. — O Prata vira-se para mim, cheio de preocupação no rosto.

Ponho-me de pé e avanço na direção do Prata, as minhas penas a puxarem-me o escalpe. A tia Flor já devia ter voltado. A ideia de lhe ter acontecido alguma coisa pôs-me enjoada.

— O que podemos fazer? Sabes aonde foi? — pergunto.

Calamo-nos os dois quando, na rua, ouvimos ressoar o lento cloc-cloc de cascos, a vir na nossa direção. O cavalo para do lado de fora da loja, ouvem-se murmúrios de vozes e, então, eu e o Prata damos um salto quando três pancadas ruidosas sacodem a porta da frente. A Bigodes salta de susto e o Grumo emite um alto «Hum!».

Afasto-me da cortina de contas, o Prata espreita entre as filas de conchas pequeninas.

— São três bogatires — cochicha. — Jovens. Mas têm uma carroça atrás deles e não consigo ver se há lá mais bogatires.

— Tenho de me esconder — sussurro, com o coração a bater acelerado, olhando em volta da pequena cozinha, em busca do melhor lugar. Se for apanhada aqui, mandam-me imediatamente para o Forte — e o Prata muito provavelmente também, por dar abrigo a um alconoste. A Bigodes corre para mim, com o Grumo precariamente pendurado numa das suas patas traseiras.

O Prata abre o armário maior e arrasta uma saca de farinha lá de dentro. Tento enfiar-me no espaço que ele abriu e estremeço com mais uma pancada, ainda mais ruidosa do que as três primeiras. A porta da frente cede e ouço-a a abrir-se e esbarrar contra uma parede. Passos pesados invadem a loja e, antes que eu ou o Prata tenhamos tempo para fechar o armário, a cortina de contas é deitada abaixo. Conchas pequeninas caem e rolam por todo o chão de pedra quando dois bogatires, um pouco mais velhos do que o Prata, irrompem pela cozinha adentro, esmagando as conchas sob as suas botas pesadas. O sentimento de culpa trespassa-me quando vejo o medo nos olhos do Prata — a culpa é toda minha.

Todavia, os bogatires não deviam estar à espera de ali encontrar um alconoste, já que usam peles de veado, mas não têm armadura nem elmos. Uma vez mais, desejei ter algum canto mágico para os expulsar da cozinha e os lançar para bem longe de nós.

O Prata grita de dor quando o maior dos bogatires o agarra pelos dois braços, os torce atrás das costas e o atira contra a parede.

— Estás a ser acusado de conspirar para vender bens roubados e…

— Não! — Sem pensar, avanço na direção do bogatir. A Bigodes continua agarrada à minha perna e o Grumo — que agora já conseguiu chegar ao cocuruto da cabeça da Bigodes — guincha furiosamente contra os bogatires. — O Prata não fez nada de mal! — grito.

O outro bogatir investe contra mim, baloiçando um comprido bastão de madeira, como se me fosse golpear com ele. Estou encurralada entre a parede, a cadeira e dois bogatires e ouço um terceiro bogatir a aproximar-se, vindo da loja. Não tenho por onde fugir e o bastão está a ser arremessado na minha direção. Tudo o que posso fazer é agachar-me ainda mais, fechar os olhos e levantar as mãos para me proteger do golpe iminente.

O tempo abranda e a única coisa que me preenche o pensamento é o desejo, com todo o meu ser, de conseguir cantar algum tipo de magia para me salvar a mim e ao Prata. Se formos enviados para o Forte, não haverá ninguém para salvar o Rouxinol, nem ninguém para nos salvar a nós.

CAPÍTULO 11

HERO

Sinto a parede de encontro às minhas costas e o pelo da Bigodes contra os tornozelos. Tenho os olhos bem fechados e conto com um golpe do bastão de madeira a qualquer momento. Mas o golpe não vem.

— O que estão a fazer? — grita o bogatir que está à minha frente e eu abro os olhos só um bocadinho para entrever o bastão a ser arrancado das suas mãos, pelo bogatir que surgiu atrás dele. Os meus olhos abrem-se muito quando olho para o rosto dela e vejo um olhar penetrante que me é familiar.

— Hero — sussurro no momento em que, com um movimento ágil, ela passa o bastão sob as pernas do bogatir e este cai com estrondo no chão. *A Hero está a defender-me.* Corre-me pelo corpo uma sensação de alívio como uma onda fresca.

O bogatir que está a agarrar no Prata solta-o e, ao invés, começa a ameaçar a Hero com o seu bastão. A Hero rodopia, tirando velozmente outro bastão que trazia às costas e fustigando-lhe as pernas, ao que ele também cai ao chão, esmagando uma caixa onde estavam alguns dos remédios da Flor. Frascos de vidro envoltos em protetoras redes de palha tombam e rolam pelo chão. O rótulo num deles chama-me a atenção: *Elixir do sono.*

— Espera! — brado na direção da Hero, que está agora debruçada sobre os dois bogatires vencidos, com um bastão em cada uma das mãos, preparada para atacar. Debruço-me, agarro no frasco e abro-o. Depois, cobrindo a boca com uma mão, estendo o braço e verto uma gota da clara poção azul-esverdeada sob o nariz de cada bogatir.

Os olhos dos bogatires arregalam-se por um instante e de seguida fecham-se, os seus corpos afrouxam. Suspiro de alívio.

— Quanto tempo dura o elixir do sono? — pergunto ao Prata.

— Mais ou menos uma hora — responde o Prata. — Temos de decidir rapidamente o que fazer.

A Hero olha para o frasco que tenho nas mãos.

— Posso usar? Há outro bogatir do lado de fora, a vigiar a carroça. Vou pô-lo a dormir, enquanto tu e o Prata vão buscar as vossas coisas, e também as da Flor. — A Hero olha para o Prata. — A tua mãe foi capturada com bens roubados e está lá fora na carroça. Posso ajudar-vos a todos a fugir para o pântano, mas temos de ir já embora. Tragam só o que precisam e partam do princípio de que não vão voltar. — A Hero sai da cozinha e eu volto-me para o Prata, sentindo o corpo a esvaziar-se de todo o calor.

Abro a boca para pedir desculpa por ter causado este problema, mas vejo duas mochilas penduradas num cabide na parede e percebo que é mais importante arrumar as coisas. Agarro nas mochilas e passo uma ao Prata.

— Traz mantas e roupa. Depressa.

O Prata corre até ao andar de cima e eu ando de um lado para o outro na cozinha, enfiando comida num saco, bem como uma panela e alguns utensílios. Encurrala-me um sentimento de tristeza durante aquela demasiado conhecida atividade de arrumar coisas à pressa, a par da consciência de que o meu plano se desmoronou e de que vou voltar para o pântano sem o Rouxinol. Como vou poder libertá-lo agora? Tento reconfortar-me com o pensamento de que, pelo menos, tenho a ajuda do Prata, da Flor e da Hero, porém, preocupa-me também o facto de que estou apenas a colocar em perigo ainda mais pessoas de quem gosto.

Agacho-me e apanho as mantas que a Bigodes estava a usar como ninho. Ela aninhou-se às minhas pernas, rosnando com nervosismo ao olhar para os bogatires adormecidos no chão. O Grumo está empoleirado lá em cima, entre as suas orelhas, dirigindo uma furiosa carranca aos bogatires.

O Prata volta com a mochila a abarrotar, no preciso momento em que a Hero se precipita de novo para dentro da loja, trazendo atrás de si um bogatir enorme inconsciente.

— Ajudem-me! — roga, com dificuldade em arrastar o bogatir pelo chão. Eu e o Prata corremos para ela, agarramos nos braços do bogatir e ajudamos a arrastá-lo para dentro da cozinha, onde o abandonamos junto aos outros.

Levanto os olhos e olho para a Hero, de sorriso no rosto apesar do perigo que zumbe no ar.

— Hero — digo, a minha cara inundada de calor. — Que bom voltar a ver-te.

— Não há tempo para falar. — O rosto da Hero está rígido e sério. — Temos de sair de Corisco o mais depressa possível. Vocês os dois vão ter de entrar na gaiola da carroça com a Flor, para não levantarmos suspeitas e eu liberto-vos a todos quando chegarmos ao pântano.

— Porque nos estás a ajudar? — pergunta o Prata. — Vais arranjar montes de problemas com isto, não vais?

— Falamos mais tarde — diz a Hero. — Se quiserem que vos ajude a fugir, venham agora.

O Prata vira-se para mim.

— Pronta?

Levanto a mochila que enchi e confirmo que a Bigodes e o Grumo ainda estão a meu lado.

— Peço desculpa, Prata — sussurro quando atravessamos a parte da sua casa ocupada pela loja.

O Prata pousa a mão no meu braço.

— Isto é tudo culpa do capitão Ilya, não tua.

Assinto com a cabeça, a ferver de cólera ao perceber que ninguém nem nenhum sítio de Moróvia está seguro sob o seu domínio. Qualquer pessoa — alconoste ou humana, no pântano ou em Corisco — poderá ter de fugir da sua casa na árvore ou da sua casa de um momento para o outro.

Passamos pela porta arrancada da casa da Flor e do Prata e saímos para a rua escura. Entretanto, a noite já engoliu o crepúsculo e os edifícios da cidade ocultam a Lua e quase todas as estrelas. A Hero faz sinal para subirmos para a carroça e abre a gaiola de barras. A Flor está lá dentro e os olhos enchem-se-lhe de emoção quando nos vê. O Prata precipita-se lá para dentro e abraça-a. — Estamos a ser ajudados — sussurra.

Eu pego na Bigodes e no Grumo e obrigo-me a subir também, apesar de ficar maldisposta diante das barras que nos vão fechar lá dentro.

— Fiquem sentados e em silêncio — murmura a Hero ao fechar a gaiola. Desliza um cadeado pelo ferrolho, mas não o fecha. Em seguida, contorna a carroça até à dianteira, sobe, sacode as rédeas e o cavalo começa a avançar lentamente, arrastando-nos consigo.

Ardem-me os olhos com as lágrimas. Sei que o Prata disse que a culpa era do capitão Ilya, mas ainda sinto que é minha. Porque eu vim até aqui, a Flor e o Prata perderam a sua casa. E a Hero colocou-se em situação de grande perigo ao trair os bogatires. O anel de diamante foi-se e estou a rolar de volta para o pântano, sem fazer ideia nenhuma de como libertar o Rouxinol.

A carroça abranda e para não muito longe do ácer vermelho onde eu e o Rouxinol costumávamos ficar de atalaia nos dias em que íamos à procura de tesouros para roubar. A Hero desce da carroça ao mesmo tempo que o Prata abre a porta de barras e nós descemos para a estrada poeirenta. O céu brilha repleto de estrelas e a lua crescente cintila a baixa altura sobre o pântano, banhando tudo numa luz suave e nacarada.

A Flor aperta a Hero num abraço.

— Obrigada. Sendo tu uma velha amiga da Pintarroxo, sabia que terias um coração generoso algures sob essas peles de veado de bogatir. Mas ajudar-nos hoje foi mesmo muito corajoso. Que vais fazer agora?

A Hero levanta os olhos para o céu estrelado e, em seguida, olha para todos nós.

— Não sei — diz simplesmente. — Agora não posso voltar para os bogatires.

— Vem connosco para o pântano — proponho. — Pelo menos até decidires o que queres fazer a seguir. Eu vou tentar libertar o Rouxinol. Mas posso mostrar-te alguns sítios onde podes acampar em segurança.

— Eu podia ajudar-te a libertar o Rouxinol — diz a Hero. — Conheço bem o Forte. Seria difícil, mas se trabalhássemos juntos, acho que poderíamos conseguir.

— A sério? — Arregalo os olhos e toda eu sou atravessada por um grande entusiasmo.

A Hero caminha para a dianteira da carroça e pega no seu bastão e num saco que, reconheço, é a sacola de cabedal da Flor. Em seguida, a Hero dá um sacão nas rédeas do cavalo para que comece a trotar por ali fora sozinho.

— Para que os bogatires não saibam exatamente em que sítio fugimos para dentro do pântano — explica a Hero enquanto volta para junto de nós e entrega a sacola à Flor.

O Prata põe aos ombros uma das mochilas que trouxemos e dá a outra à Hero.

— Nos últimos três anos, foste um bogatir e trabalhaste para o capitão Ilya. Porque te viras contra ele agora?

Olho para a Hero, uma sombra de suspeita a esgueirar-se no meu interior. Contudo, depois lembro-me do afeto da nossa antiga amizade: os castelos de areia que construímos, a canção que inventámos juntas, as esperanças e os sonhos que partilhávamos, e como sabíamos o que a outra pensava sem ter de dizer uma palavra.

— Amizade — sussurro. —A Hero faz isto por amizade.

A Hero olha para mim e, apesar de manter o semblante solene, vislumbro a centelha de um sorriso nos cantos da sua boca.

— Por amizade. — Dirige-me um curto aceno com a cabeça e iça a mochila para as costas. — E porque quero fazer o que é melhor para Moróvia.

Sinto um sorriso a recurvar-se também nos meus lábios quando olho da Hero para a Flor e para o Prata.

— Vamos sair desta estrada. Os bogatires do capitão Ilya já devem andar à nossa procura. — Decido seguir à frente para passarmos primeiro pela casa na árvore e para recolher o que restou das minhas coisas e do Rouxinol. Quando os meus pés descalços assentam na água lamacenta que enche quase até aos joelhos a vala que acompanha a estrada, olho para os sapatos dos meus amigos e franzo o sobrolho. — Provavelmente, é melhor tirá-los e andarem descalços. Vou conduzir-nos por canais de águas rasas para não deixarmos rasto.

A Flor confirma com a cabeça e descalça os sapatos; a Hero e o Prata agacham-se para desapertar as botas. Inspiro fundo e sinto, bem no meu interior, que a maré está baixa. *Agradece ao Destino,* penso, porque isso significa que haverá mais canais do pântano com água suficientemente rasa para os podermos atravessar a vau. A Flor põe os sapatos dentro de uma das mochilas e depois ata todas as botas pelos atacadores à outra mochila. Partimos então para dentro das escuras sombras noturnas do pântano.

A Bigodes saltita ao meu lado, feliz por estar em casa, e o Grumo está quase a sorrir, sentado bem alto entre as orelhas da Bigodes, a olhar em frente. O Prata, a Flor e a Hero seguem tão próximos atrás de mim que lhes sinto o calor.

É estranho estar de novo com humanos, contudo, é bom. Sinto a esperança a borbulhar dentro de mim a cada passo que dou —

não apenas podemos libertar o Rouxinol, como também, quem sabe, se *nós* conseguirmos trabalhar juntos, possivelmente *mais* alconostes e humanos poderão cooperar também.

Quase nem ouso pensar na ideia que esvoaça no limiar da minha consciência: que este é o primeiro passo, não só para libertar o Rouxinol, como também para trazer a união a toda Moróvia.

Memórias felizes inundam-me os pensamentos — de alconostes e humanos juntos a conversar, a divertir-se... Surge então uma memória agridoce da última vez em que ouvi alconostes e humanos a cantar juntos...

A última vez que alconostes e humanos cantaram juntos

Há três anos, acordei e estava uma linda manhã. O sol de verão derramava-se através da janela e pela varanda entrava o doce aroma das flores de couve-do-mar. Era o Dia da União, o mais importante feriado de Moróvia, e eu sabia que seria um dia maravilhoso de celebrações, como acontecia todos os anos.

A minha mãe tinha saído de casa antes do amanhecer, como sempre fazia no Dia da União, para ir cantar com a orquestra real. Gosto de pensar que ela entrava sorrateiramente no meu quarto e que me dava um beijo na bochecha antes de sair.

As duas rainhas de Moróvia davam sempre a volta à ilha no navio *Alegria* no âmbito das festividades, com a sua orquestra de alconostes e humanos a tocar e a minha mãe a cantar. Era uma tradição que simbolizava que a ilha estava rodeada de um círculo de amizade e canto. O *Alegria* voltava então durante a tarde e, nessa altura, todas as pessoas a bordo se juntavam à festa no Palácio de Pero ou na praia de Corisco.

A Hero celebrava sempre no Palácio de Pero com a família e eu celebrava sempre na praia, com a minha. Mas tínhamos prometido uma à outra que, um ano, haveríamos de arranjar forma de celebrar juntas.

Saltei da cama, pus o meu vestido novo de seda vermelha que combinava na perfeição com as minhas penas da cabeça e saí à procura do Rouxinol. Ele estava de pé, na nossa varanda, a olhar para o largo, para o mar cintilante, com um sorriso no rosto e as penas da cabeça vermelho-acastanhadas iridescentes sob a luz. Debruçou-se, encostou a testa à minha e disse-me que eu estava bonita. Fomos a correr para a praia, para nos juntarmos às celebrações.

Apesar de ainda ser cedo, centenas de pessoas já se tinham juntado no areal. Alconostes e humanos lado a lado, de braço dado, a conversar e a rir, até a dançar uns com os outros, apesar de os músicos que salpicavam a praia estarem apenas a afinar os instrumentos ou a tocar músicas de aquecimento que embatiam umas nas outras como os gemidos das gaivotas no ar.

Estavam todos vestidos com a sua melhor roupa. Os humanos tinham penteado e arranjado o cabelo das mais diversas e bonitas formas, e as penas dos alconostes tinham sido lavadas e alisadas e brilhavam com mil cores diferentes. Ainda assim, os sorrisos nos rostos de toda a gente eram o mais glorioso de tudo.

O entusiasmo que se sentia na praia era tão intenso que o céu ficava mais luminoso, o mar, mais cintilante e a areia, mais dourada. Eu e o Rouxinol encontrámos a Flor, o Barro e o Prata e, juntos, caminhámos pela praia, cumprimentando toda a gente, parando para conversar com amigos e aceitando a comida e a bebida que nos ofereciam nos enormes piqueniques para os quais toda a gente tinha contribuído. Havia fruta fresca e bolos de sementes, peixe fumado e pães doces, bebidas geladas de frutos vermelhos e saladas de verão.

Depois de comermos um pouco de tudo, eu e o Prata deixámo-los para jogar um enorme jogo de *kickball* com quase toda a gente da escola. Corremos atrás da bola de uma ponta a outra da praia, até ficarmos completamente sem fôlego. A seguir, voltámos a encontrar as nossas famílias e sentámo-nos na areia a ouvir os discursos.

Havia sempre discursos no Dia da União, seguidos de uma apresentação por algumas das crianças e, depois, canções que toda a gente na praia acompanhava a cantar. Este ano, o primeiro discurso foi o de um idoso chamado Maçarico, que tinha penas castanhas e beges sarapintadas e pele a combinar. Falaram sobre o belo tempo que fazia naquele ano, as colheitas abundantes, a apanha de marisco nos lodaçais e na construção do novo museu da agricultura e da pesca nos arrabaldes de Corisco. Eu estava a ouvir, mas o meu olhar sentia a atração do mar, na esperança de vislumbrar o navio *Alegria*, e sonhava acordada com o que a minha mãe estaria a cantar naquele momento.

Eu nunca tinha estado no *Alegria*. Estava reservado às famílias reais, aos seus cortesãos e a convidados especiais. Costumava imaginá-lo cheio de morovianos ricos e elegantes, vestidos com finas sedas e joias cintilantes, a conversar baixinho enquanto mordiscavam frutos a brilhar vindos das estufas do palácio. Contudo, nesse dia, pensei que os morovianos no navio não eram provavelmente muito diferentes dos morovianos que estavam na praia. Imaginei-os a sorrir e a rir-se juntos, como nós.

Uma senhora, chamada Violeta, proferiu o discurso seguinte. Tinha pintado o cabelo com a cor do seu nome e também tinha pintado pequeníssimas flores violetas na cara. A Violeta chamou, uma a uma, várias pessoas a subir ao palco — que, na verdade, era um monte de areia que ali tinha sido acumulado para as celebrações. Em pouco tempo, viam-se quase trinta pessoas — alconostes e humanos — compactadas em cima do palco, de faces sorridentes e coradas.

Sempre adorei esta parte do dia, mas naquele ano era ainda mais especial. Todas as pessoas chamadas ao palco tinham sido nomeadas por voto anónimo para receber uma pena de ave marinha banhada a ouro, como sinal de gratidão e reconhecimento por um ato de bondade de que tivessem sido protagonistas. E o Rouxinol estava em cima do palco: eu tinha-o nomeado por alguma coisa que ele tinha feito.

A Violeta entregou as penas douradas e descreveu cada ato de bondade. Alguns eram atos pequenos e simples, como carregar as compras do mercado até casa, levar uma bebida quente a um desconhecido com as mãos frias ou entregar uma refeição pronta a um vizinho que tivesse tido um dia difícil. Outros atos eram ofertas generosas de dinheiro, aprovisionamentos ou trabalho voluntário a pessoas ou lugares que precisavam.

Alguns dos atos de bondade mais comoventes eram de pessoas que paravam simplesmente para conversar com alguém que parecia sentir-se só ou que ofereciam um abraço a uma pessoa que parecesse triste, porque eram estas ações aparentemente pequenas que tinham um maior impacto.

Quando o Rouxinol recebeu a sua pena, eu fiquei inchada de orgulho a ouvir a Violeta a descrever como ele usara o canto mágico para acalmar um bebé recém-nascido com dores de barriga, tendo depois ido visitar o bebé, do outro lado de Corisco, todas as noites, durante cinco luas, pois as suas canções eram a única coisa que acalmava o bebé para conseguir adormecer.

Depois da entrega das penas douradas, veio a apresentação das crianças. Este ano, atuavam algumas das crianças mais pequenas da minha escola, ainda que a história fosse sempre a mesma: a história do Dia da União, que descreve como os humanos chegaram a Moróvia.

No início, havia em Moróvia apenas o ancestral povo-pássaro. A ilha navegava pelos oceanos, a par das outras duas Ilhas Flutuantes, sem que fossem vistas pelos humanos que viviam em Terra Firme.

Ninguém sabe muito bem por que razão as Ilhas Flutuantes flutuam, assim separadas da Terra Firme do mundo. Há uma antiga lenda alconoste que diz que as ilhas são tartarugas gigantes — três irmãs — que andam à procura da mãe. Hoje em dia, muitas pessoas acreditam que as raízes das ilhas são feitas de uma rocha flutuante rara que explodiu das profundezas do ventre da Terra. Mas isso não explica por que razão as ilhas costumam ficar juntas como uma família e porque dançam em torno umas das outras, mesmo contra as correntes, ou porque se cobrem com névoa quando se aproxima a Terra Firme. Qualquer que seja a verdade, o antigo povo-pássaro confiava que, por algum motivo, o Destino teria feito Moróvia assim e eram autossuficientes e viviam satisfeitos.

Contudo, num dia de verão, há milhares de anos, um navio naufragou junto à costa de Moróvia. Foi a primeira e única vez que humanos vieram à ilha. Normalmente, a ilha mudava de direção para evitar os navios que ali passassem, por isso, muitos dos membros do povo-pássaro acreditaram que o Destino teria um bom motivo para trazer os humanos.

Alguns dos humanos não sobreviveram ao naufrágio e os restantes estavam muito fracos. O antigo povo-pássaro acolheu os humanos sob as suas penas, braços e asas e cuidou deles até recuperarem.

Algumas pessoas-pássaro estavam inquietas e queriam que os humanos se fossem embora e alguns humanos também estavam muito desconfiados das pessoas-pássaro. Mas Gamayun cantou uma canção que os fez mudar de ideias — a Canção da União.

Diz-se que Gamayun foi o alconoste mais parecido com uma ave que alguma vez existiu. É descrita como uma ave lindíssima, de penas preto-azuladas e dourado-fogo e um rosto amável e sábio. O seu canto mágico é lendário e diz-se que era capaz de comunicar com a própria ilha e fazer profecias acerca do futuro.

Gamayun cantou sobre um futuro em que alconostes e humanos viviam em união; em que se ajudavam e protegiam uns aos outros e eram amigos e família uns dos outros. Gamayun cantou que podíamos enriquecer as vidas uns dos outros e trazer grande alegria a Moróvia. Nalgumas versões da história, Gamayun também teria cantado acerca de períodos tempestuosos, mas que o amor e a bondade construiriam pontes que nos uniriam e jangadas que nos permitiriam cavalgar as ondas mais indomáveis.

Depois de ouvirem a canção de Gamayun, os alconostes concordaram em convidar os humanos a permanecerem em Moróvia e, quando estavam totalmente recuperados, os humanos aceitaram. A capitã do navio, uma senhora chamada Danu, mudou-se para o Palácio de Pero, onde vivia Gamayun. A tripulação de Danu, composta por exploradores de todos os cantos da Terra Firme, mudou-se para o Complexo Palaciano de Pero e para Corisco, criando-se assim um bonito mosaico de culturas e crenças em toda a ilha.

Os alconostes e os humanos viviam e trabalhavam juntos; partilhavam os seus conhecimentos, mais-valias e competências, e o canto mágico era usado para benefício de todos. Exatamente cem anos depois do naufrágio, Moróvia era uma terra onde reinava a alegria e em que as vidas de todos eram mais ricas, tal como Gamayun profetizara.

Foram coroadas duas rainhas para assinalar a ocasião e, nos séculos que se seguiram, Moróvia foi sempre governada conjuntamente por uma rainha alconoste e uma rainha humana — em honra de Gamayun e Danu, que criaram inicialmente uma Moróvia unida. E todos os anos, no aniversário do dia em que os humanos chegaram a Moróvia, todos celebravam o Dia da União.

A apresentação das crianças encenava esta história com um guarda-roupa de cores garridas. Os alconostes usavam as tradicionais sedas com conchas e os humanos usavam peles de veado, rasgadas e esfarrapadas pelo naufrágio imaginado. Algumas das crianças mais velhas seguravam cenários de fundo pintados, mostrando cenas de diferentes períodos da história da ilha, ao mesmo tempo que as mais novas atuavam. A criança que desempenhava o papel de Gamayun — sempre o papel mais apreciado — usava um fato muito bonito feito de milhares de penas de ave apanhadas em toda a ilha.

Uma vez, eu fiz o papel de Gamayun, aos sete anos, e foi um dos dias mais orgulhosos da minha vida. O Rouxinol fez uma pintura em que me desenhou a usar o fato de penas e pendurou-o na parede em cima da minha cama. Muitas vezes, quando não conseguia dormir, ficava a olhar para o quadro e cantava a letra da Canção da União, tal como tinha feito na minha atuação.

Quem quer que representasse o papel de Gamayun acabava sempre a apresentação começando a entoar a Canção da União, e toda a gente na praia — alconostes e humanos — se juntava e cantava também, todos de braço dado. Pensa-se que parte da letra da canção terá sido transmitida ao longo dos séculos pela própria Gamayun, a partir da canção original que profetizava o nosso futuro partilhado.

Em areias douradas naufragadas, perdidas
Na espuma das ondas, mãos estendidas
Sobre as ondas leves almas voam
Do túmulo oceano, corações se elevam.
Bondade, o voo das aves procuro
Mapa de estrelas da noite no escuro

Minhas penas, tuas mãos
Enchem-se de canto e futuros sãos.
Segura-te a mim
Flutuamos em mares salgados sem fim
Nadamos lado a lado
Ascendemos ao límpido céu sonhado.

O Rouxinol estava ao meu lado quando cantámos naquele dia, o seu braço a envolver-me os ombros. E no outro lado estava a Flor, a apertar a minha mão com força e a sorrir o seu lindo sorriso.

Novos mundos de terras de outrora
Novas amizades, o orgulho de agora
Frutos gémeos de árvores entrelaçadas
Duas alegres canções assim combinadas.

Uma casa quente de bondade
Refúgio da tempestade
Minhas penas, tuas mãos
Enchem-se de canto e futuros sãos.

Não te afastes de mim tão cedo
Protege-me das marés vagas de medo
Lado a lado nadamos
Para céus primaveris flutuamos.

Dois corações sinceros e bons
Nossas vozes alto e bom som
Cantam como uma só de bom grado
Sob um grande sol dourado.

Quando o refrão final ascendeu ao céu azul resplandecente, olhei em volta e vi centenas de alconostes e humanos a cantarem juntos e o meu coração inchou tanto de alegria que me doía o peito. Senti-me parte de algo especial.

Nesta noite, finalmente com alguns dos meus amigos, voltou um pouco desse sentimento. Percebo que o que sinto é amor por todos os morovianos e que tenho de o usar para ir buscar a força de que preciso — não apenas para libertar o Rouxinol, mas também para trazer a união à ilha que é a nossa casa, para que possa voltar a haver bondade, música e felicidade.

CAPÍTULO 12

FORMIGAS

Sigo à frente enquanto penetramos no negrume da noite do pântano através de um túnel de árvores emaranhadas. Os nossos pés descalços entram e saem de águas tépidas e espessas com algas. Todos avançam lentamente, tentando não fazer barulho, porque andarão com certeza bogatires à nossa procura.

Os murmúrios do pântano fecham-se sobre nós — uma rede de milhares de sons em baixo volume que se ouvem mais alto quanto mais nos pomos à escuta. Água escorre sobre raízes viscosas, bolhas de lama onde se agitam criaturas enterradas, patinhas minúsculas sussurram em cima do musgo e aves restolham penas sonolentas.

A Bigodes e o Grumo seguem a meu lado. De início, estavam muito empolgados por estar de volta ao pântano: a Bigodes não parava de chapinhar para cima e para baixo ao longo do canal de águas rasas, e o Grumo saltava repetidamente da cabeça da Bigodes para dentro de água, subindo de novo para, depois, saltar outra vez. Contudo, após lhes pedir algumas vezes que não fizessem barulho, perceberam a necessidade de se fazer silêncio e pararam.

A Flor e o Prata caminham atrás de mim um pouco inseguros, mas estão a ganhar confiança à medida que os olhos se vão ajustando ao escuro e se vão habituando ao fundo escorregadio do canal. A Flor deu um nó de lado no seu vestido comprido para o manter acima da água e o Prata enrolou as calças até aos joelhos.

A Hero vem atrás de todos, também de calças arregaçadas. Desloca-se com confiança e questiono-me quantas vezes já terá antes caminhado no pântano, como bogatir, à procura — e quem sabe a capturar — alconostes. Aquele pensamento é como cair de uma árvore e ser atingido pelos ramos no caminho até ao chão. Como era possível a minha melhor amiga ter trabalhado para o capitão Ilya? Para impedir a fúria de aumentar, concentro-me no facto de a Hero nos estar a ajudar agora. Vai apagando quaisquer vestígios da nossa passagem: alisa o ocasional torrão de lama que os nossos pés possam fazer saltar das águas rasas e rearranja os ramos que possam ser deitados abaixo pelas nossas cabeças, ombros ou mochilas.

Paramos cada vez que avançamos umas centenas de passos, à escuta dos bogatires, e quando o fazemos ouço o meu coração a bater tão alto que tenho dificuldade em ouvir outra coisa além do seu martelar rítmico dentro dos ouvidos.

Por fim, depois do que podia ser apenas uma hora ou várias, vejo o contorno alto e ramificado da casa na árvore a brotar do alargamento do canal mais adiante. A cortina de musgo que baloiça dos ramos mais baixos cintila sob o luar e o reflexo indistinto nas águas escuras é trémulo e está tingido de laranja. Olho para aquele panorama, confusa. Vejo chamas a bailar dentro do círculo da fogueira, na base da árvore, e as nossas redes de dormir e de despensa — que os bogatires tinham arrancado para o chão — foram novamente instaladas, embora mais abaixo.

Por instantes, o meu coração rejubila com a ideia de que o Rouxinol pudesse ter escapado e voltado ali, mas depois vejo as silhuetas de duas crianças baixinhas e magrinhas aninhadas uma na outra, envoltas numa manta à volta da fogueira. As compridas penas da cabeça azuis e brancas do Gaio e as penas castanho-alaranjadas do Francelho cintilam sob a luz da fogueira e lembro-me de que os tinha convidado para ali irem.

— Há dois rapazes no nosso acampamento — sussurro. — Podem esperar aqui enquanto falo com eles?

A Flor e o Prata assentem com a cabeça, no entanto, a Hero avança de bastão erguido.

— Eu vou contigo — diz ela.

Abano cabeça.

— Eu conheço-os e, sem querer ofender... — Olho para o bastão e para as peles de veado da Hero. — Mas ver um bogatir vai assustá-los.

A Hero franze o rosto, como que insultada, porém, acaba por aquiescer. Corro silenciosamente ao longo das raízes que serpenteiam em direção à casa na árvore.

— Gaio, Francelho — sussurro, quando me aproximo. Os dois voltam-se na minha direção e arregalam os olhos.

A Bigodes chapinha para fora da água, corre na direção do Gaio como se de um velho amigo se tratasse e deita-se de costas, como costuma fazer quando quer que lhe esfreguem a barriga. O Grumo, agarrado à orelha da Bigodes, é lançado para a lama e coaxa zangado.

— Bigodes! — O Gaio faz o seu grande sorriso desdentado, afagando a barriga redonda da Bigodes. — Sabes que tens um sapo na orelha?

— Chama-se Grumo, são amigos — sussurro. — Pode haver bogatires por perto, por isso temos de fazer pouco barulho.

As penas-sobrancelhas laranja do Francelho juntam-se com apreensão.

— Tu e o teu pai estão bem? — pergunta baixinho. — Achámos que tinham sido capturados...

— Porque pensaram isso? — interrompo, a suspeita a mordiscar-me de novo, enquanto me interrogo se, afinal, o Gaio e o Francelho sempre teriam contado aos bogatires sobre a casa na árvore onde eu e o Rouxinol vivíamos.

— Este sítio estava uma tal barafunda quando cá chegámos esta tarde, que tivemos a certeza de que tinham aqui estado bogatires — explica o Francelho. — Arrumámos tudo e reparámos o que conseguimos, e depois esperámos, na esperança de que vocês voltassem. E como isso não aconteceu, presumimos que teriam sido capturados. — O Francelho estica o pescoço para olhar para lá de mim. — Estás com o teu pai?

— Não. Ele foi capturado — digo, a minha voz titubeante de preocupação com o Rouxinol. Olho em volta, para a casa na árvore. O Gaio e o Francelho tornaram-na de novo aconchegante e até tentaram arranjar a guitarra do Rouxinol, muito embora nunca mais volte a ser a mesma. Fizeram uma fogueira quente, alisaram a amolgadela da panela e encheram-na com um caldo de caracol e sagitárias. Dói-me o peito de tristeza. O Rouxinol devia estar aqui e devíamos estar todos a saborear aquela refeição juntos.

— Lamento tanto, Pintarroxo — diz o Francelho amavelmente.

O Gaio segue o meu olhar até ao caldo.

— Queres comer alguma coisa?

— Não é seguro nenhum de nós ficar aqui. — Olho para trás, ao longo do canal de água. — Estou com três amigos e andam bogatires à nossa procura. Só aqui vim buscar as nossas coisas.

O Francelho põe-se de pé.

— Vamos apagar a fogueira e ajudar-te a arrumar as coisas. Eu e o Gaio temos um acampamento não muito longe daqui que nunca foi encontrado pelos bogatires. Se quiseres, podemos ir todos para lá.

— Ainda ninguém conseguiu passar as nossas defesas — diz o Gaio com orgulho. — Deviam vir.

— Está bem. Obrigada. — A ideia de chegar a um qualquer lugar seguro, descansar e traçar um plano para libertar o Rouxinol gera-me um pequeno sorriso no rosto. — Mas ao primeiro sinal de bogatires, vocês têm de me prometer que desatam a correr — acrescento, com seriedade, não querendo pôr mais ninguém em perigo.

— É o que fazemos sempre. — O Francelho tira a panela da fogueira e o Gaio para de afagar a Bigodes e põe-se de pé.

— Vou buscar os meus amigos. São humanos — digo, piscando o olho. O Gaio e o Francelho ficam os dois tensos. — Uma delas

é um bogatir — acrescento, piscando ainda mais acentuadamente o olho. — Mas ela está a ajudar-nos.

O Francelho assente cautelosamente e eu volto atrás, ao longo das raízes, com a Bigodes e o Grumo a saltitar ao meu lado. Quando volto com os meus amigos, o Gaio e o Francelho tiraram de cima da árvore as redes de dormir e de despensa e estão a apagar o fogo com água.

— Gaio, Francelho, estes são a Flor, o Prata e a Hero — sussurro.

A Flor sorri calorosamente e o Prata estende uma mão, numa saudação tímida. A Hero faz um aceno hirto com a cabeça. Num gesto protetor, o Francelho pousa o braço sobre o ombro do Gaio, enquanto este verte água sobre o que resta das chamas.

O fogo sibila ao extinguir-se e a escuridão tomba sobre nós, mas, nesse mesmo instante, vemos quadrados amarelos brilhantes — mais ou menos do tamanho de bagas de espinheiro-marítimo — a subir, incandescentes, do chão. Movimentam-se de um lado para o outro e são tão brilhantes que nos iluminam os rostos enquanto os observamos, de olhos postos no chão. O Grumo guincha, deliciado, salta da cabeça da Bigodes e começa a devorá-los.

— O que são? — cochicha a Flor.

— Formigas — diz o Francelho, enquanto ele e o Gaio, com os pés, empurram lama para as brasas da fogueira. — Nunca as tínhamos visto antes no pântano, mas estavam por todo lado no acampamento quando aqui chegámos. São vermelhas e têm uma listra nas costas que se ilumina num tom de amarelo.

Lembro-me das formigas vermelhas gigantescas que vimos em todo lado no chão depois de o Rouxinol ter sido capturado e as minhas penas arrepanham-me a cabeça com força. Pressinto que alguma coisa não bate certo.

— São formigas batedoras. — A Hero analisa as formigas, que se aglomeram agora em volta de uma das pedras do círculo da fogueira. — Os bogatires usam-nas para encontrar ladrões. — A Hero levanta os olhos com um olhar acusador. — Deves ter roubado alguma coisa recentemente.

— Não desde ontem — disse eu, na defensiva. O meu coração dispara e olho em volta. Subitamente, toda e qualquer sombra da noite assume a forma de um bogatir e vejo pelo menos três capitães Ilyas a olhar para mim com o mesmo ar de desprezo com que olhou para o Rouxinol.

— Não compreendo porque é que tu e outros alconostes roubam. — Há tanta mágoa nos olhos da Hero, como se eu tivesse roubado alguma coisa que fosse pessoalmente preciosa para ela.

— Como é que não compreendes porque é que roubamos? — Olho a Hero nos olhos, incrédula. — O capitão Ilya e os seus bogatires tiraram-nos *tudo*! Só roubamos coisas muito pequeninas e usamo-las para financiar o Movimento da União — para lutar por voltarmos a ter as nossas vidas e ver os nossos amigos de novo.

— Roubar é errado, quaisquer que sejam os motivos. — A Hero desvia o olhar e volta a observar as formigas, como se tentasse perceber alguma coisa.

— Eu sei que é errado, mas… — franzo a cara, irritada. Uma das razões pelas quais eu gostava tanto da Hero como amiga era o facto de ela tentar sempre fazer o que estava certo, por isso, as palavras dela não me deviam surpreender. O que não quer dizer que não magoem. — Ficámos sem nada — digo eu com amargura. — Portanto, não temos outra opção.

A Hero continua de olhos postos nas formigas e instala-se entre nós um silêncio desconfortável. A minha amargura transforma-se em fúria quando me lembro novamente de que a Hero trabalhou para o capitão Ilya. Expiro lentamente e recordo que a Hero se ofereceu para ajudar a libertar o Rouxinol, pelo que agora as coisas são diferentes.

— Como é que as formigas sabem que a Pintarroxo roubou alguma coisa? — pergunta o Gaio, curioso.

— São criadas especialmente para seguir um cheiro. — A Hero agacha-se e levanta a pedra mais densamente coberta de formigas. Eu franzo a testa ao reconhecer a pedra que estava dentro do embrulho que roubei. A Hero leva a pedra para o canal de água e mergulha-a.

— Nas últimas luas, os bogatires têm andado a pintar pedras com esse cheiro, põem-nas dentro de embrulhos que se assemelham aos dos joalheiros e dão-nos aos cortesãos...

— Se os embrulhos forem roubados, as formigas conduzem-nos até aos ladrões! — interrompe o Gaio. Está claramente orgulhoso por ter descortinado, mas eu sinto um aperto no meu peito ao perceber que os bogatires encontraram a casa na árvore por causa do embrulho que eu roubei — e que acusaram o Rouxinol de roubar o anel, porque sabiam que tinha sido roubado ao mesmo tempo que o embrulho.

Vários grasnidos ruidosos atravessam a noite, a par do bater de grandes asas, e o meu coração tem um sobressalto. Os corvos que se costumam empoleirar no acipreste despido que não fica muito distante daqui foram perturbados.

— Temos de ir embora. *Já* — sussurro com urgência, agachando-me para atar as nossas redes de dormir e formar com elas uma mochila improvisada. A Bigodes baixa-se ao lado do Grumo para que este possa trepar para a sua cabeça. — Para que lado fica o vosso acampamento? — pergunto ao Francelho e ao Gaio. — Conseguimos lá chegar pelos canais de águas baixas? Não quero deixar rasto.

— Para barlavento, ao longo deste canal, para começar. — O Francelho pega na guitarra de lata do Rouxinol e o Gaio agarra na panela, que ainda está cheia de comida, e entram para dentro de água. — Venham, não fica longe.

Iço as redes a tiracolo e encorajo o Prata, a Flor e a Hero a seguirem o Gaio e o Francelho. Por fim, entro na água. Apesar de estar morna, atravessam-me calafrios de medo. O Rouxinol foi capturado e agora os meus amigos também estão em perigo, tudo por minha causa. Tenho de nos pôr a todos em segurança. Paro um momento, à escuta do pântano, e ouço o que tive esperança de não ouvir. A minha fica boca subitamente seca. É o ténue, mas inconfundível, ressoar de uma armadura de ferro, e está a vir na nossa direção.

CAPÍTULO 13

FINÓRIO

Deslocamo-nos rapidamente e em silêncio ao longo do canal de água. Paro constantemente, à escuta de bogatires. As orelhas redondas da Bigodes estão arrebitadas e o Grumo leva a perna-espada sempre erguida. Já não ouço o ressoar de armaduras e gostaria de pensar que isso significa que nos estamos a afastar do perigo, mas não posso descontrair. É possível que os bogatires que nos perseguem se desloquem agora mais silenciosamente ou então podemos estar a encaminhar-nos mesmo na direção de outra patrulha.

O Francelho conduz-nos para barlavento, depois seguimos por um ribeiro estreito para sotavento e, em seguida, por outro canal, no sentido de barlavento. Este canal é mais largo e mais fundo — a água escura dá-nos pelos joelhos e vai ficando mais funda a cada passo. Mais adiante, a água estira-se num lago amplo e coberto de lentilhas-d'água, aqui e ali com cavalinha nas bordas. Ao longo das margens, alinham-se carvalhos gigantescos que se emaranham sobre as nossas cabeças, formando uma cobertura tão espessa que só a conseguem atravessar ténues feixes de luar ou de luz das estrelas, pelo que tenho de esforçar a vista para discernir as formas na escuridão.

Subitamente, o Prata escorrega e cai em águas que lhe dão pela cintura e a Hero ajuda-o a regressar a águas mais rasas.

— Temos de ir sempre pela borda do canal — sussurra o Francelho. — Partes deste lago são muito profundas. Estamos a ir para a outra ponta, para aquele carvalho com os ninhos de cegonha. — O Francelho aponta para a frente e, quando fixo os olhos, começo lentamente a distinguir vários ninhos gigantescos enfiados nos ramos de um dos carvalhos maiores.

A Flor para e aponta para alguma coisa na água.

— O que são? — pergunta, com nervosismo. Sigo o seu olhar e vejo o que parecem ser troncos irregulares cobertos de algas, no meio de lago. São enormes, têm o dobro do meu tamanho e são mais largos do que o capitão Ilya. Vejo-os na margem e os meus músculos contraem-se quando percebo o que são. Os seus olhos muito juntos cintilam, vermelhos, na noite e os seus sorrisos rasgados são preenchidos com dentes compridos e afiados. Um deles mexe-se na margem e desliza para dentro de água.

Debruço-me, pego na Bigodes e no Grumo e coloco-os nos meus braços.

— São crocodilos — sussurro, recuando um passo, sentindo o medo a latejar-me pelo corpo todo. — Francelho, porque nos trouxeste para um lago com crocodilos?

— São as nossas defesas! — diz o Gaio, radiante, enquanto abre audazmente caminho em direção às águas mais profundas.

O crocodilo que entrou na água nada na direção do Gaio, primeiro, lentamente, de seguida, acelerando até uma onda de água lhe rodear o focinho. Fico pasma, em choque, sentindo que deveria puxar o Gaio para trás, mas ele está a sorrir para o crocodilo como se fossem grandes amigos.

— Francelho, isto é seguro? — pergunta a Flor, agarrando no braço do Prata e puxando-o para mais perto dela. Seguro na Bigodes com mais força e certifico-me de que o Grumo está seguro em cima da sua cabeça. A Hero passa para a minha frente, de bastão erguido, como se estivesse a preparar-se para me proteger. Invade-me uma pequena onda de gratidão.

— O crocodilo que está a nadar até ao Gaio chama-se Finório e tem quase cem anos de idade. — O Francelho sorri. — O nosso pai, o Tarambola, sabe usar o canto mágico para falar com os animais. Tornou-se amigo dos crocodilos e pediu-lhes que guardassem o nosso acampamento.

— O Tarambola está aqui? — A Flor tem os olhos fixos no Finório, que agora nada a toda a velocidade na direção do Gaio. O Finório abre a boca à medida que se aproxima, e a Flor atira-se para a frente, tentando agarrar no Gaio. — Gaio, volta para aqui! — grita, com pânico na voz.

O Finório para mesmo em frente do Gaio e o Gaio lança os braços à volta do seu grosso pescoço para lhe dar um abraço.

— O Tarambola não está aqui. — O Francelho pega na mão da Flor e aperta-a. — Mas juro-te que os crocodilos não nos fazem mal.

O Gaio trepou para o dorso do Finório e deslizam agora os dois pelo lago fora, em direção aos carvalhos na outra ponta. O Gaio leva ainda a panela cheia de caldo numa mão e pousa a outra no pescoço rugoso do Finório.

— Venham. — O Francelho impele a Flor para que avance. — Vamos caminhar pela orla.

A Flor expira alto e bom som, assente e vai atrás do Francelho, com o Prata a seu lado.

Vou ter com a Hero. Tem os olhos arregalados e a boca aberta.

— Estás bem? — pergunto, batendo levemente com o meu ombro no dela, como costumava fazer quando éramos melhores amigas.

A Hero olha para mim, lá do alto — cresceu tanto que agora é quase uma cabeça mais alta do que eu — e assente devagarinho.

— Acho que sim — murmura. — Achas mesmo que estamos protegidos dos crocodilos?

Olho para o Gaio a cavalgar alegremente o Finório e aceno com a cabeça.

— Sim, acho. E acho que os crocodilos nos vão proteger dos bogatires. Anda. — Agarro na mão da Hero e puxo-a para seguirmos atrás dos outros.

Quando chegamos à outra ponta do lago, o Gaio trepou para cima do carvalho e está sentado num ramo ao lado de um dos ninhos de cegonha, chamando-nos para subirmos também.

— O nosso acampamento é em cima da árvore — explica o Francelho. — Fizemo-lo de modo que imitasse ninhos de cegonha. Vou mostrar-vos a melhor forma de subir. — O Francelho guia a Flor e o Prata até ao lugar onde está o Gaio, eu e a Hero vamos a seguir. Não dá muito jeito trepar com a Bigodes e o Grumo num dos braços, mas já o fiz antes, por isso, lá consigo.

Quando alcançamos o Gaio, dou conta de que, na verdade, está sentado numa plataforma feita de ramos cortados, atada com trepadeiras e equilibrada numa bifurcação da árvore. Pôs a panela mesmo no meio, estendeu algumas mantas para nos sentarmos e sorri orgulhosamente.

— Podemos finalmente comer juntos — diz. — Estou esfomeado.

— Podes pôr a Bigodes e o Grumo naquele ninho, se quiseres. — O Francelho aponta para o ninho mais perto de nós e eu caminho ao longo de um ramo grosso para chegar até lá, esticando um dos braços para me equilibrar. O ninho está revestido de fetos e musgo e tem mantas lá dentro. Pouso a Bigodes e o Grumo no seu interior, coço o queixo da Bigodes e pisco o olho ao Grumo.

— Vamos passar aqui esta noite — sussurro. O Grumo pisca-me o olho e a Bigodes grunhe a sua aprovação, aninhando-se em seguida na manta mais próxima. Quando volto à plataforma, dou com toda a gente sentada à volta da panela e o Prata está a distribuir pedaços de pão que tirou da mochila que preparei em Corisco.

A cobertura de folhas que nos rodeia é densa, mas pedaços de céu estrelado brilham entre os ramos mais finos no topo. Muito lá em baixo, distingo os crocodilos a flutuar no lago escuro.

— As vossas defesas são fantásticas. — Sorrio para o Gaio e para o Francelho, sentando-me ao lado da Hero.

— Sim, obrigado por nos trazerem para aqui. — O Prata acena com a cabeça enquanto passa ao Gaio um naco de pão. — Importas-te que te pergunte onde está o teu pai, o Tarambola?

— Os nossos pais foram capturados por bogatires. — O Francelho pousa o braço à volta do ombro do Gaio.

— Isso é terrível. — O Prata franze a testa. — Quando ajudarmos o Rouxinol, também os devíamos ajudar a eles a fugir. — Olha de relance para a Hero.

— Há quanto tempo foram capturados os vossos pais? —pergunta a Hero.

— Há três luas. — As penas do Gaio levantam-se de entusiasmo. — Vocês vão ajudar o Rouxinol a fugir do Forte? Também temos de tirar de lá os nossos pais!

— Se os vossos pais estão assim há tanto tempo no Forte, isso quer dizer que estão na pedreira, de onde é impossível fugir — diz a Hero com solenidade. — O único motivo por que acho que poderemos libertar o Rouxinol é porque vai estar nas celas de detenção até ao julgamento e essas são de acesso mais fácil.

As penas do Gaio voltam a baixar-se e o Francelho franze o rosto.

— Nós ainda não fizemos um plano como deve ser — digo eu, mergulhando na panela de caldo o pão que o Prata me deu. — Quando fizermos, vamos fazer o melhor que pudermos para pensar numa forma de chegar também aos vossos pais. Já que vamos entrar no Forte, acho que devíamos tentar libertar o máximo de pessoas possível.

— Também acho. — Assente a Flor, inclinando-se para a frente para tirar um pouco de caldo.

A Hero olha para o caldo com um ar desconfiado e dá uma dentada no pão a seco. Estou cheia de vontade de me meter com ela por não experimentar a comida — como nos costumávamos meter amavelmente uma com a outra quando éramos melhores amigas.

Mas ela está tão rígida e direita, e a sua expressão é tão séria, que não digo nada.

Eu pensava que, quando eu e a Hero nos voltássemos a juntar, seria tudo abraços e risos, contudo, a Hero agora parece-me diferente. Quando antes era calorosa e simpática, agora parece fria e reservada. E apesar de estarmos sentadas muito próximas, parece que está noutra ilha, a flutuar muito longe daqui. Não compreendo por que razão a Hero tem estado a trabalhar para o capitão Ilya e não sei o que ela está a pensar ou a sentir neste momento. Tenho um milhão de perguntas a arder-me no peito, mas uma é muito mais urgente do que todas as outras.

— Como vamos entrar no Forte? — pergunto.

— Podemos ajudar? — balbucia o Gaio, com a boca cheia de pão.

— Quais são as vossas competências? — pergunta a Hero, como se estivesse a entrevistar recrutas bogatires.

— Eu consigo usar o canto mágico para atrair animais — responde o Gaio. — Mas nem sempre funciona. Na verdade, corre mal bastantes vezes e depois os animais fogem de mim. Os caranguejos, em particular, detestam a minha magia, o que é uma pena, porque adoro bolos de caranguejo.

A Bigodes choraminga no ninho ao ouvir falar em caranguejos.

— Na verdade, isso pode ser útil — a Hero acena com a cabeça, pensativamente.

— Como assim? — o Prata ergue as sobrancelhas.

— Há um fosso na base do Forte que está cheio de caranguejos gigantes — diz a Hero, ao que a Bigodes choraminga mais alto. — São criados especialmente para ali estarem, como as formigas batedoras. Defendem o Forte.

— Eu podia cantar magia para os afugentar — assente o Gaio com orgulho.

— Mas o canto mágico não funciona nas Montanhas Desencantadas, que é onde fica o Forte — digo eu, franzindo a testa.

— O fosso fica no sopé das montanhas, longe das rochas cheias do ferro que impedem a magia de funcionar — diz a Hero. — É por causa disso que os caranguejos estão no fosso, são uma defesa adicional. Mas a magia do Gaio deve funcionar lá. Contudo, a verdade é que, mal estejamos dentro do Forte, já não vai funcionar a magia de ninguém. O edifício está todo construído sobre as rochas de ferro e, além disso, os bogatires que lá estão usam sempre armadura de ferro.

— O meu canto mágico, de qualquer modo, não teria utilidade nenhuma. — O Francelho abana a cabeça. — Torna os animais maiores, o que *nunca* é útil, para dizer a verdade. Nem me lembro da última vez que o usei. — Abana outra vez a cabeça e reconheço a expressão dos seus olhos. É uma mistura de frustração, desapontamento e a mesma impotência que eu sinto por não ter magia nenhuma.

— A minha magia também não seria útil. — Estremeço diante desta meia-verdade, porém, não quero admitir que não tenho canto mágico de todo. Dizê-lo em voz alta só me faria sentir ainda mais vulnerável e, neste momento, preciso de me sentir suficientemente forte para enfrentar o capitão Ilya e os seus bogatires. — Mas desloco-me rápida e silenciosamente — digo. — Sou uma excelente trepadora e sei tecer cordas e escadas; vamos precisar disso para subir as paredes altas do Forte.

— Eu tenho as minhas ferramentas comigo. — O Prata sorri. — E posso usá-las para abrir qualquer fechadura de Moróvia.

— Eu sei fazer mais do que apenas remédios. — Os olhos da Flor cintilam, travessos. — Tenho na minha sacola alguns pós que posso usar para fazer explosões, podem ser uma boa distração.

A Hero assente.

— É um bom começo. Mas vai ser difícil e perigoso entrar e sair do Forte. Acho que vão ser precisas mais pessoas do que só nós os seis. Há mais alguém a quem possamos pedir ajuda?

— Há a Eco — digo eu, sem pensar, arrependendo-me imediatamente, porque ela é conhecida e procurada pelo capitão Ilya e tem de se manter segura.

— Eu conheço a Eco, só que já não a vejo há anos. — A Flor boceja e estica os braços no ar. — Tem um canto mágico poderoso, não tem? Uma vez, ela partilhou uma memória comigo, de uma das pessoas-pássaro ancestrais que usava plantas para curar. Aprendi mais com essa memória do que com anos de estudo.

Assinto, lembrando-me da memória que a Eco partilhou comigo no dia em que nos conhecemos, das Três Ilhas Flutuantes muito juntas diante de uma tempestade.

— Ela tem realmente uma magia poderosa — sussurro, pensando que a Eco seria útil num plano para libertar o Rouxinol, não apenas devido à sua magia, mas porque, como líder do Movimento da União, é também quem tem mais experiência no planeamento de missões.

— Ela está longe daqui? — pergunta a Hero.

— Bom, está no pântano, como todos os alconostes — respondo, sentindo subitamente a necessidade de proteger a Eco. — Tirando os que os bogatires levaram para o Forte, é claro — acrescento, num tom mais acusador do que era minha intenção.

— Porque não descansam um pouco? — a Flor sugere. — Depois podíamos ir ter com a Eco, ao raiar do dia, e fazer aí um plano como deve ser — Olha para os ninhos à nossa volta. — Imagino que estes sejam para dormir? — pergunta ao Francelho e ao Gaio.

O Francelho assente e aponta para um ninho acima de nós.

— Eu e o Gaio vamos dormir naquele. A Pintarroxo pode dormir no ninho da Bigodes e do Grumo. A Hero pode partilhar com a Pintarroxo ou ficar com o ninho-despensa mesmo ao lado dela. E vocês, Flor e Prata, podem ficar com aquele. — O Francelho aponta com a cabeça para outro ninho atrás da Flor.

— Eu vou ficar de vigia, atenta a eventuais bogatires — diz a Hero.

— Não é preciso. O Finório avisa-nos se alguém se aproximar — diz o Gaio.

— Será bom dormir algumas horas — admito, pondo-me de pé. Fazer um plano para libertar o Rouxinol será decididamente mais fácil quando não tiver a cabeça tão zonza. — Boa noite a todos — digo, pousando o olhar na Hero. Os nossos olhos encontram-se e dói-me o coração, porque ela é tão familiar e tão diferente ao mesmo tempo. — Vens? — pergunto.

A Hero responde com um aceno de cabeça e o meu coração descompassa. Se calhar teremos oportunidade de conversar sozinhas no ninho e a Hero poderá suavizar a sua atitude e tornar-se na amiga de que me lembro.

Viro-me e caminho pelo ramo até ao ninho onde a Bigodes e o Grumo estão aconchegados. A Hero segue-me, mas, quando eu entro no ninho, ela continua a andar e opta pela despensa. Deita-se de costas para mim e a desilusão desce sobre mim diante da constatação de que a Hero não vai dizer mais nada.

— Boa noite — digo baixinho enquanto me aconchego à volta da Bigodes e do Grumo. — Obrigada por me ajudares hoje. E por te ofereceres para ajudar a libertar o Rouxinol.

O silêncio preenche o espaço entre nós e interrogo-me sobre o que a Hero estará a pensar. Antigamente, eu sentia-lhe os pensamentos como canções silenciosas no ar, mas já não. Sentirá a falta dos seus amigos bogatires? Estará arrependida de ter oferecido ajuda?

— Pintarroxo — sussurra a Hero tão baixinho que mal a consigo ouvir.

— Sim? — Levanto a cabeça e vejo o rosto ensombrado da Hero a devolver-me o olhar lá do seu ninho. Os seus olhos são lagos de lágrimas. — Estás bem? — pergunto, preocupada.

— Quero pedir desculpa — cochicha a Hero. — Na última vez em que te vi, no dia depois de o *Alegria* afundar, eu não devia ter gritado contigo. Estava com a cabeça perdida e tão envolvida na minha própria dor que só mais tarde me lembrei de que a tua mãe estava a cantar no *Alegria*. Estava zangada com o que tinha acontecido e tudo doía tanto, porque os meus pais… — A Hero para e engole um soluço.

— Também estavam no *Alegria*. — Termino a frase da Hero em vez dela, com um aperto de dor no coração. — Achei que sim, que alguém que te era próximo teria estado no barco e que era por essa razão que estavas tão zangada. Mas não sabia que eram os teus dois pais. Lamento tanto, Hero. — Estendo-lhe uma mão, agora os seus olhos estão fechados com força e ela tem os músculos tão tensos que tremem. Deixo cair de novo a mão, percebendo que não a sei consolar.

Penso no Rouxinol e no seu manto de dor, lembro-me de que tudo o que fez durante semanas após o naufrágio do *Alegria* foi olhar para o mar, como perdeu a voz durante muitas luas e como — ainda agora — os seus olhos e o seu sorriso são distantes e cheios de tristeza. A rigidez da Hero deve ser a sua forma de expressar a dor, ainda trancada dentro dela.

— É tão difícil — digo, pensando agora na minha mãe e na pena amarela dentro do saquinho que trago à volta do pescoço e que me tira a respiração quando lhe toco.

— Mas vai ficando mais fácil — sussurro. — De algum modo, vai-se tornando menos intenso. Como águas a correr contra a areia e a tornarem-se águas subterrâneas mais calmas.

A Hero abre um pouquinho os olhos e debruça-se um pouco mais para fora do ninho. O seu rosto escapa às sombras e brilha sob a luz das estrelas.

— Tive saudades tuas, Pintarroxo — sussurra.

Quem me dera apertá-la num abraço, mas ela ainda parece tão contida que não tenho a certeza de que o quereria.

— Também tive saudades tuas — digo, ao invés. A minha mão desloca-se até ao saquinho que me envolve o pescoço, onde os colares, o meu e o da Hero, parecem estar a saltitar, ansiosos por ser libertos.

— Que pena ter sido necessário as coisas serem como são — diz a Hero baixinho.

A minha mão tomba do saquinho de cabedal.

— Necessário? — pergunto, confusa, mas a Hero voltou a enrolar-se no seu ninho e não responde. Franzo a cara sentindo a apreensão relativamente à Hero a penetrar sorrateiramente nos meus pensamentos.

Que quis ela dizer? Quero confiar nela, mas e se ela estiver a esconder alguma coisa? Envolvo cuidadosamente a Bigodes com o braço, fecho os olhos e tento dormir. Contudo, apesar de estar cansada, não consigo. As palavras da Hero não me saem da cabeça. Se ela estiver a esconder alguma coisa, isso pode pôr em risco qualquer plano que fizermos. Todavia, sinto que não há tempo suficiente para tentar perceber a Hero. Tenho de libertar o meu pai antes que seja enviado para a pedreira. Depois de saber o que aconteceu ao Barro, sei que a pedreira é perigosa, da pior forma possível. E — segundo a Hero — também é impenetrável. No entanto, quando olho para cima, para as estrelas distantes a cintilar através da cobertura, sei que, independentemente do que a Hero ou qualquer outra pessoa disser, eu vou fazer tudo o que puder para ter o meu pai de volta e em segurança.

CAPÍTULO 14

O SOM DAS ARMADURAS

Desperto com o coro matinal. Pássaros a assobiar, a chilrear e a piar por todo o lado. A Bigodes está aninhada no meu peito e o Grumo enfiou-se debaixo do meu queixo. Por instantes, interrogo-me onde estou, mas depois tudo regressa numa torrente, pelo que me sento depressa. Hoje, tenho de arranjar uma forma de libertar o meu pai.

Desço do ninho onde dormi, ansiosa por chegar à casa da Eco e traçar um plano. Estou prestes a acordar a Hero quando vejo o Prata sentado na plataforma do ramo, a olhar para longe, para o pântano. Deixo a Bigodes e o Grumo a dormir no ninho e junto-me a ele.

— Estás bem, Prata? — pergunto, ao sentar-me. Ontem à noite, no escuro, não percebi até onde se conseguia ver lá de cima. Agora, com a luz da aurora, a vista é ampla e de cortar a respiração. O pântano estende-se por baixo de nós, um emaranhado denso de folhagens envoltas em névoa, alcançando os longínquos Lodaçais da Melancolia. Hoje o Sol está a erguer-se no lado do Baixo-Barlavento da ilha, fazendo a lama húmida cintilar numa tonalidade prateada brilhante.

— Não conseguia dormir, por isso, tenho estado a ver o Sol nascer — diz o Prata. O seu rosto, iluminado pelo Sol nascente, parece cansado.

— Lamento muito, Prata. Tu e a tia Flor deviam estar a acordar em Corisco, não aqui. E tu agora devias estar a preparar-te para ir trabalhar com o Circadiano, não a planear um assalto ao Forte.

— Devíamos estar todos a acordar em Corisco — diz o Prata com firmeza. — Ninguém devia estar no Forte. E também ninguém devia estar aqui no pântano. A menos que o queira, é claro. — O Prata olha por cima das copas das árvores e um pequeno sorriso ergue-se nos cantos da sua boca. — Tinhas razão sobre este sítio — diz.

— Molhado e cheio de lama? — ergo as minhas penas-sobrancelhas.

O Prata ri-se, baixando os olhos na direção da túnica e das calças, ambas manchadas de lama.

— Sim, mas também exuberante e bonito. Oh, olha! — Aponta para longe, para o mar, mesmo a barlavento do ponto em que o Sol ascende no céu. — Está ali Eldóvia.

Acompanho o olhar do Prata e, quando descubro os Penhascos Púrpura de Eldóvia a cintilar na luz, penso no plano do Rouxinol de irmos para lá.

— Alguma vez pensaste em sair de Moróvia? — pergunto.

O Prata abana a cabeça.

— Apesar de tudo o que aqui aconteceu, eu e a minha mãe nunca pusemos essa hipótese. Nem depois da morte do meu pai. — Baixa os olhos na direção do lago, onde crocodilos enormes vagueiam lentamente por entre as lentilhas-d'água e a cavalinha. — Moróvia é a nossa casa e eu adoro isto. Apesar de ser uma ilha pequena, há sempre coisas novas para descobrir. Os lugares, as pessoas e a magia aqui surpreendem-me todos os dias. O que eu quero, mais do que qualquer outra coisa, é ficar e ajudar a fazer da nossa ilha um lugar de bondade, para que todos a possamos apreciar. Tem de haver uma forma. — O Prata olha para mim por detrás dos cachos de cabelo que lhe caíram para a cara e vejo determinação a irradiar dos seus olhos. — Quando formos ao Forte, quero libertar o teu pai e todos os outros. Ninguém deve ficar trancado naquele lugar ou ser obrigado a trabalhar na pedreira.

Percebendo que o Prata está a pensar no pai, pego-lhe na mão e agarro-a, como costumávamos fazer quando éramos pequenos e remávamos juntos nas ondas da praia de Corisco.

— Tens razão. Devemos tentar libertar toda a gente. E devíamos também tentar ajudar Moróvia. Quem me dera saber como. Acreditei sempre que o meu canto mágico traria a união, mas ainda não veio, por isso, vou ter de pensar noutra forma de ajudar. — Inspiro fundo. — Vou fazer tudo o que tiver forças para fazer.

O Prata aperta-me a mão.

— A nossa força terá de vir do nosso sentido de união, em vez da magia.

Assinto e aperto também a mão do Prata.

— Bom dia. — A Flor senta-se ao lado do Prata e dá-lhe um beijo na face. Inclina-se para a frente e dá uma pancadinha nas nossas mãos, minha e do Prata, que ainda estão entrelaçadas. — O meu coração rejubila ao ver-vos os dois juntos de novo. Lembro-me de vos ver de mãos dadas quando eram bebés, quando começaram a andar, em crianças... — A Flor ri-se. — Depois, quando já estavam mais crescidos, ficavam os dois debruçados sobre aquela caixa de relógios estragados e passavam o dia tranquilos a fazer engenhocas.

Sorrio para o Prata, pensando como a nossa amizade sempre tinha sido forte. E como, apesar de o Prata ter crescido e mudado, ainda sinto que posso confiar nele. *Ao contrário da Hero.* A estranha observação que a Hero fez ontem à noite sobre as coisas terem de ser como são vem de novo à tona e eu franzo o rosto.

— Preocupa-me a ideia de levar a Hero até ao esconderijo da Eco — sussurro. — A Eco é procurada pelo capitão Ilya e não estou ainda totalmente segura de que possamos confiar na Hero.

— O que estamos a fazer é perigoso, portanto, é natural estarmos preocupados. — A Flor assente, pensativamente. — E se calhar estás a ter dificuldade em confiar na Hero, porque não é bem a Hero de que te lembras. Mas todos mudámos, com todas as nossas dificuldades. Se calhar agora, mais do que nunca, é que precisamos de ver uns nos outros o que cada um tem de melhor.

Mordo o lábio, lembrando-me de como a Hero estava transtornada ontem à noite a falar dos pais, pelo que o tal comentário pode não ter significado nada. Ela já nos ajudou e ainda precisamos da ajuda dela para entrar no Forte. Assim sendo, posso esforçar-me mais por confiar na Hero, pelo Rouxinol e também pela nossa amizade.

O Gaio e o Francelho descem do seu ninho mais acima.

— Estão prontos para ir ter com a Eco? — pergunta o Francelho. — Desculpem, não temos nada para vos oferecer como pequeno-almoço.

— Ainda há alguma comida nas mochilas, mas, por acaso, vi alguns rebentos de tabuas junto ao lago dos crocodilos — digo, pondo-me de pé. — Podíamos comê-los no caminho. Mas antes de irmos, podes ajudar-me a separar as cordas das redes de dormir, minha e do Rouxinol? Vamos levá-las connosco. Também podíamos levar alguma comida, mas se calhar deixamos o resto das coisas aqui e viajamos sem carga. — Ajoelho-me junto às redes que deixei na borda da plataforma e começo a soltar as cordas entrelaçadas que formam uma rede à superfície.

O Gaio e o Francelho agacham-se para ajudar e, com a Flor e o Prata a ajudar também, não demoramos muito a desemaranhar as cordas. Formamos dois rolos de corda que podemos transportar a tiracolo. O Francelho leva um e o Gaio insiste em levar o outro. A Flor põe alguma comida na sacola e deixamos tudo o resto num dos ninhos. Abandonamos até os sapatos da Flor e as botas do Prata e da Hero, já que é muito mais fácil avançar a vau no pântano se forem descalços.

Quando estamos prontos, a Hero está acordada e a Bigodes e o Grumo estão sentados muito direitos e ansiosos, à espera de serem tirados da árvore. Descemos cuidadosamente, depois o Gaio atravessa o lago dos crocodilos no dorso do Finório, enquanto o resto de nós avança pela borda. Já faz um calor abrasador, apesar de o Sol ainda agora se ter levantado. O ar está pesado e todas as criaturas com penas, pelo, escamas e viscosas do pântano fogem do calor, escondendo-se nas sombras. Salpico o rosto com água enquanto apanho algumas tabuas e depois mostro a todos como usar os polegares para partir o rebento e tirar para fora o núcleo, que é mais macio.

Os nervos crescem dentro de mim quando o Gaio diz adeus ao Finório e nos deslocamos para cada vez mais longe dos crocodilos. A Bigodes e o Grumo devem estar a pressentir o meu estado de espírito, porque a Bigodes caminha tão perto de mim que o seu pelo hirsuto me arranha constantemente as pernas e o Grumo tem a perna-espada erguida e a boca grande apertada numa linha fina.

— Agora temos de nos manter em silêncio e à escuta de bogatires — sussurro. — Esta manhã deve haver ainda mais patrulhas à nossa procura.

A meio do canal, deteto um trilho estreito de areia, usado por veados e que segue para cima, por isso, sugiro seguirmos por aí. O Prata e a Flor são os últimos da fila, apagando o nosso rasto. Seguimos o trilho por entre cedros altos e densamente compactos, de copas cheias de folhas que fragmentam a luz do sol em estilhaços. O calor é intenso. Ramos cobertos de musgo, que deveriam estar húmidos e a escorrer água, estão secos e quebradiços. Uma pomba arrulha com lassidão e um azulino responde com um trinado preguiçoso. Normalmente, eu cantar-lhes-ia algo em resposta, mas estou de ouvidos aguçados à escuta de bogatires.

Quando o trilho de veados desemboca noutro, percebo, com um estremecimento de entusiasmo, que sei exatamente onde estamos no pântano.

— O esconderijo da Eco já não fica longe — sussurro. — Seguimos por aquele trilho até darmos com um canal profundo e depois… — Estaco ao ouvir o agudo chamamento de alarme do Grumo, e depois ouço o som de armaduras, tão perto que o ar que respiro se congela dentro da garganta. Há bogatires a aproximar-se e vão ver-nos daqui a nada.

Olho em volta, em pânico, tentando engendrar um plano.

— Escondam-se todos naqueles fetos — digo, apontando para um arbusto denso ali perto. — Eu vou atrair os bogatires noutra direção. Quando já se tiverem ido embora, continuem em direção ao canal. Não posso explicar agora, mas quando entrarem na água, se tudo correr bem, a magia da Eco impede que qualquer outra pessoa vos veja ou ouça. Vou lá ter convosco em seguida.

— Eu vou contigo. — A Hero põe-se a meu lado. Abro a boca para dizer não, mas a Hero rapidamente continua. — Vou ajudar a fazer barulho para atrair os bogatires para outro lado e se ficares em sarilhos, eu defendo-te. A Hero tira

o bastão da bolsa que traz às costas e, como ontem à noite, quando se pôs entre mim e o Finório, sinto-me banhada por uma onda de gratidão. Naquele momento, o meu coração diz-me que posso confiar nela.

— Muito bem. Fica perto de mim. E vocês os dois… — Baixo os olhos, para a Bigodes e o Grumo. — Fiquem perto também. — A Bigodes grunhe uma resposta e o Grumo pisca o olho. A Flor conduz o Prata, o Gaio e o Francelho para os fetos, ao passo que eu e a Hero caminhamos mesmo na direção do som de armaduras.

Tenho um plano para encurralar estes bogatires, no entanto, sinto o medo a aumentar a cada passo; porque, se alguma coisa correr mal e acabarmos capturadas, vou perder a única hipótese que tenho de libertar o meu pai.

CAPÍTULO 15

LAMA VORAZ

Sinto o coração aos saltos à medida que eu e a Hero nos aproximamos dos bogatires. As suas armaduras tilintam metalicamente enquanto caminham na nossa direção e, então, vejo o cintilar de um elmo de ferro por entre as árvores.

— Bogatires! — sussurro, mas suficientemente alto para que ouçam, precipitando-me para dentro da folhagem a barlavento do trilho, esbarrando deliberadamente contra os ramos, para que percebam que estamos a correr.

— Vai sempre a pisar raízes — sussurro à Hero, quando o chão arenoso amolece e se transforma em lama. A Bigodes conhece este sítio, por isso, já está a seguir por um caminho seguro, disparando a correr ao longo da raiz grossa de um sicómoro. O chão vai ficando cada vez mais molhado e lamacento, as árvores, mais finas, e o céu surge em cima de nós, azul-vivo com um sol deslumbrante.

Em andamento, agacho-me e iço a Bigodes para os meus braços. O Grumo, empoleirado no cimo da sua cabeça, guincha quando os aperto contra o meu corpo. À nossa frente há um brejo, todo ele cheio de lama funda e voraz. Mas eu sei como fazer para o atravessar. Examino o chão, em busca do pequeno rebento de que preciso, e depois dou um salto para o lado. O meu pé afunda-se na lama preta e viscosa, mas, quando me chega aos tornozelos, sinto a raiz grossa que está enterrada sob a superfície.

— Põe os teus pés onde estou a pôr os meus. — Olho para trás, para a Hero, e vejo os elmos oscilantes a abrir caminho na nossa direção. Tento acelerar, mas a lama puxa-me os pés como se tivesse dedos, abrandando-me o passo. A Hero corre mesmo atrás de mim, os pés esborrachando também o lodo. Quando alcançamos o outro lado daquela lama que nos suga, salto da raiz para um outeiro de erva, caio ao chão e finjo gritar de dor.

— O meu tornozelo!

A Hero atira-se ao chão ao meu lado, o rosto contorcido de dor, e a Bigodes e o Grumo fitam-me, confusos. Pisco o olho.

— O meu tornozelo! — grito de novo. — Acho que o parti!

Três bogatires surgem de rompante através das árvores e um deles ri-se, ao mesmo tempo que abrandam e avançam a bater os pés na nossa direção.

— Isso veio facilitar-nos a tarefa — uma voz grave ressoa de dentro de um dos elmos.

— Eu achava que havia três humanos com a alconoste — diz outra bogatir, parando para olhar em volta. Os meus músculos contraem-se quando penso que ela não vai atravessar a lama atrás dos outros bogatires, mas, passado um instante, ela continua a andar e eu exalo um suspiro de alívio. Todos os três bogatires começam a atravessar a lama, afundando-se lentamente. A lama já lhes dá pelos tornozelos quando reparam que estão a ser sugados e, nessa altura, já é tarde demais. A lama tem-nos presos e, quanto mais se debatem, mais são sugados para o fundo — até às canelas, até aos joelhos. Os bogatires remexem-se e gemem com o esforço, mas não conseguem fugir.

Levanto-me, ainda com a Bigodes e o Grumo nos braços.

— Vamos. — Faço sinal à Hero para me seguir, enquanto faço menção de voltar para trás, contornando o lago de lama.

Porém, ela não consegue tirar os olhos dos bogatires, horrorizada.

— Não os podemos deixar assim — sussurra. — Vão afogar-se na lama.

— Não, não vão. — Chego-me perto dela e cochicho — A lama não lhes vai passar da cintura. Quando os pés atingirem o leito de rocha, vão conseguir sair. Mas vão precisar de uma eternidade para atravessar o lago — tempo mais do que suficiente para alcançarmos em segurança a casa da Eco.

A Hero franze o sobrolho.

— Tens a certeza?

Encaro a Hero nos olhos, desapontada por ela pensar que eu abandonaria alguém a sofrer.

— Juro-te que a lama não passa da cintura. E eles têm cantis e sombra, vão ficar bem.

O sobrolho da Hero descontrai-se conforme vamos caminhando por algum tempo, em redor do amplo lago de lama voraz e de volta ao trilho arenoso dos veados. Pouso a Bigodes e o Grumo no chão e corremos para o canal onde eu tinha dito que nos encontraríamos com os outros.

— Como é que sabes que a lama não passa da cintura? — pergunta a Hero.

— Eu e o Rouxinol ficámos lá presos uma vez. — O meu coração dispara ao lembrar-me do pânico que senti quando achei que o ia perder. De barriga para baixo, atravessei a superfície coberta de algas, agarrando-me a espinheiros afiados — porque era tudo o que podia fazer para evitar afundar-me —, a tentar alcançá-lo. Fiquei a vê-lo a ser sugado cada vez mais fundo pela lama e não fazia ideia nenhuma de como o ajudar. Então, os seus pés tocaram no fundo e rimo-nos tanto que fiquei com dores na cara e de estômago o resto do dia. Estávamos tão cobertos de uma massa pegajosa que também passámos o resto do dia a raspá-la.

— Deve ter sido assustador — diz a Hero e eu assinto. Chegámos, entretanto, ao canal e a Hero olha em volta, o rosto coberto de apreensão. — Os outros não estão aqui — diz. — Voltamos atrás para os procurar?

— Ainda não. — Olho para o amplo canal de água, para uma cortina espessa de musgo no outro lado. Nunca vi o que há para lá dela, mas sei, de seguir o Rouxinol, que é ali o esconderijo da Eco. Agacho-me e, com a mão em concha, tiro um pouco de água e salpico o rosto. Contudo, na verdade, estou a tentar sentir a magia da Eco.

Quando está no esconderijo, a Eco usa o canto mágico para ecoar pensamentos de serenidade e silêncio, para impedir que outros a vejam ou ouçam. Sei que, no passado, ela tentou usar esta magia para manter toda a gente do pântano em segurança, mas não é suficientemente forte para isso e há limites para aquilo que consegue esconder.

Os meus dedos fazem vibrar a água, enquanto o calor familiar da magia da Eco se espalha dentro de mim. Ela está aqui e, neste preciso momento, a sua magia estende-se sobre este canal. Isso significa que a Flor, o Prata, o Gaio e o Francelho também podem estar aqui, escondidos.

Ponho-me de pé e olho para a Hero. Ela encara-me de volta com o seu familiar olhar penetrante.

— Estás a pensar se será seguro levar-me para o esconderijo da Eco — sussurra a Hero.

Assinto, aliviada por a Hero me ter lido os pensamentos, como fazia antigamente, quando éramos amigas.

— Eu acabei de confiar em ti quando me disseste que não estavas a deixar aqueles bogatires em perigo — diz a Hero. — E acho que agora tu devias confiar em mim. Sabes bem que tudo o que sempre quis foi ajudar e proteger as pessoas de Moróvia. Todas elas.

Inspiro fundo, lembrando-me de, no dia em que nos conhecemos, ter observado a Hero a ajudar alconostes e humanos. Foi sempre esse o seu sonho e ela sempre o perseguiu. E era esse o motivo para ela querer tornar-se num bogatir — não por apoiar a divisão que o capitão Ilya criou.

A Hero enfia a mão no bolso e tira uma moeda de cobre. O símbolo da unidade — o alconoste e o humano num abraço apertado — cintila sob a luz.

— Sempre que olhava para esta moeda, pensava na nossa amizade, Pintarroxo. E interrogava-me como poderíamos criar a união. — A Hero pega-me na mão e põe a moeda dentro dela. — Acho que queremos a mesma coisa, mas temos andado a lutar por isso de formas diferentes. Se calhar, se trabalharmos juntas, poderíamos fazer realmente diferença.

Sorrio e deslizo a moeda para dentro do meu bolso, com o alívio e a esperança a fazer-me sentir subitamente mais leve, mas também mais forte e mais segura de que, juntas, podemos ser bem-sucedidas.

— Está bem. — Assinto. — Temos de atravessar este canal a nado. Logo que estejamos dentro de água, ninguém na margem vai conseguir ouvir ou ver-nos, visto que a Eco usa o canto mágico para esconder este lugar. É perfeitamente seguro — acrescento, sentindo o nervosismo da Hero a ouvir falar de magia. Agarro-lhe na mão e entro na água. — Anda.

A Hero inspira lentamente, puxa os ombros para trás e segue-me. A Bigodes salta para a água depois de nós; o seu corpo inteiro mergulha abaixo da superfície. O Grumo coaxa, zangado, e solta perdigotos para cima da sua cabeça. O Grumo não gosta de estar em águas profundas com a Bigodes, já que ela tem o hábito de mergulhar sem avisar. Por esse motivo, quando temos de atravessar um canal, o Grumo prefere sentar-se na minha cabeça.

— Espera — digo à Hero e agacho-me junto da Bigodes, estendendo a mão para que o Grumo trepe para cima dela. Nunca agarro no Grumo, poderia ferir a sua delicada pele de sapo, por isso, deixo-o sempre subir para a minha mão e pelo braço ao seu ritmo. Ele alcança o meu ombro, trepa pelo pescoço, passa pela orelha e, por fim, alcança as penas no topo da minha cabeça.

Com o Grumo já instalado, caminhamos para águas mais fundas e eu olho em volta, à procura dos meus amigos. Alguns passos adiante, eles saem de trás de uma névoa reluzente. Estão muito juntos, de pé, com água quase pela cintura.

— Pintarroxo! — A Flor leva a mão ao coração. — Oh, estou tão aliviada. Estamos seguros?

— Os bogatires estão presos e a magia da Eco está a esconder-
-nos aqui, por ora. O esconderijo dela fica no outro lado deste canal. Todos sabem nadar? — Olho em volta e recebo acenos de todos.

— Deixei a minha sacola escondida nos fetos do talude — diz a Flor. — É importante que os pós não se molhem.

— Voltamos cá a buscá-la — digo eu, soltando a mão da Hero quando entro na água e mergulho até ao queixo. É calma e sedosa, com pólen amarelo a flutuar na sua superfície verde e, apesar de ser morna, é uma sensação agradável depois do ar escaldante. A Flor suspira também ao entrar e o Prata sorri quando mergulha completamente abaixo da superfície.

O Gaio e o Francelho começam a soltar risadinhas e a borrifar-se um ao outro à medida que entram na água. A Bigodes grunhe de felicidade e corre para junto deles, onde começa a brincar na espuma que estão a fazer — tentando tocar-lhes com o nariz e dar-lhes pancadinhas com as patas dianteiras.

A Hero caminha para dentro de água, olhando para o Grumo de soslaio.

— Nunca tinha visto um sapo treinado como um animal de estimação — diz.

— Não é um animal de estimação. Somos amigos. — O fundo do canal torna-se íngreme e eu começo a nadar, à rã, na direção da cortina de musgo. Viro-me dentro de água para ver onde está a Bigodes, que continua a brincar com o Gaio e o Francelho. — Venham lá! — chamo, ao que todos começam a nadar na minha direção. O Gaio e o Francelho param constantemente para se borrifar um ao outro e riem-se.

O Prata surge novamente à tona e nada para lá da Flor. Ela observa-o com um olhar divertido e, depois, lança uma onda de água na sua direção. Esta esparrinha-lhe a cabeça toda e ele arqueja, em choque, mas logo se ri e tenta borrifar a Flor também, porém, ela mergulha abaixo da superfície e o Prata acaba por acertar no Gaio. O Gaio ri-se, volta-se e bate com as pernas na água para criar uma enorme onda que salpica toda a cara da Hero.

A Hero lança um olhar furioso ao Gaio e este fica muito quieto, a sua pele azul empalidece.

— Desculpa — diz ele, nervoso, e a Flor emerge ao lado da Hero e molha-a de novo.

Por instantes, a Hero tem cara de quem está prestes a dizer alguma coisa severa, mas depois suaviza-se e desata aos risinhos. Sinto como se o meu coração flutuasse em direção ao céu com o riso da Hero. Eu molho a Flor, para vingar a Hero, e num instante estamos todos a molharmo-nos uns aos outros e ficamos rodeados de gotículas cintilantes de água, à medida que continuamos a avançar ao longo do canal, em simultâneo, ouvem-se os sons reprovadores do Grumo.

É uma sensação maravilhosa ter deixado, por um momento, de me preocupar com a possibilidade de os bogatires nos capturarem e podermos divertirmo-nos juntos, como fazíamos antes em Corisco. Mas é sol de pouca dura. Quando alcançamos a cortina de musgo, todos abrandamos o ritmo, calamo-nos e olhamos para a cortina com uma expressão curiosa e nervosa. Compridos filamentos curvam-se e enrolam-se como símbolos antigos dos alconostes, tombando para dentro de água e cobrindo o que possa haver do outro lado.

— É por aqui que se vai para o esconderijo da Eco? — sussurra o Prata, e eu assinto, sentindo as penas a formigar. Apesar de sentir a magia da Eco, não faço ideia do que encontraremos atrás da cortina de musgo.

Atravesso devagarinho e com cuidado a nado para o outro lado, para que o Grumo não me caia da cabeça, e, quando emerjo no outro lado, contemplo, com espanto, a cena que tenho diante de mim… Até que um pelicano enorme desce a pique, com um bico tão comprido quanto o meu braço. A ave mergulha na direção do Grumo, que ainda está empoleirado na minha cabeça, e solto um grito.

CAPÍTULO 16

O ESCONDERIJO DA ECO

Submerjo abaixo da superfície e cubro o Grumo com o braço, para o proteger do pelicano que mergulha a pique sobre nós. O bico apunhala-me a mão e eu tento afugentá-lo com as mãos. Alguém põe um braço à volta do meu peito e puxa-me para trás, afastando-me do pássaro.

O Gaio começa a entoar uma canção rápida e aguda, pontuada por algo que se assemelha ao grito de uma águia, e o pelicano começa a bater as suas enormes asas, ergue-se no ar e voa para longe. O Gaio vira-se para mim, com um sorriso orgulhoso, já que a sua magia afugentou o pássaro.

— Obrigada, Gaio. — Olho para cima, para verificar se o Grumo está bem, e vejo-o todo zangado a adejar a sua perna-espada na direção do pelicano.

— E obrigada, Hero — digo, olhando para trás para ver quem me tinha puxado.

O pelicano voa para o outro lado do lago verde e tranquilo diante de nós. O lago está completamente rodeado de cortinas de musgo e, mesmo no centro, ergue-se uma casa alta e cilíndrica, apoiada em várias pernas compridas. O pelicano aterra no topo desta casa, abre completamente o bico e resmunga, zangado.

A casa foi esculpida no que restava de um enorme salgueiro morto — as pernas tinham sido em tempos raízes de sustentação e a casa em si era o tronco da árvore. As suas paredes são de cortiça estriada e os orifícios das janelas foram abertos nos seus nós. Cortinas de musgo tombam dos ramos desfolhados que se erguem no cimo da casa, curvando-se depois sobre ela como um fontanário. Praticamente invisível atrás do musgo, vemos uma pequena porta redonda, bem acima do nível da água.

Fico espantada ao ver que a Eco tem uma casa assim no pântano. Imagino que, se pudermos usar o canto mágico para esconder uma casa, teremos mais hipóteses de a transformar num lar do que as árvores entre as quais eu e o Rouxinol tínhamos de saltar a cada lua ou duas.

Nado em direção à casa e estou prestes a chamar o nome da Eco, quando a porta se abre e se vê a sua cabeça a espreitar cá para fora.

— Eco! — Fico radiante por voltar a vê-la. Está vestida de colete e calções tecidos com as fibras cinzento-esverdeadas do pântano e as fofas penas cinzento-acastanhadas que lhe cobrem a cabeça, o pescoço e os braços assumiram, entretanto, um tom esverdeado.

— Pintarroxo! — Espalha-se-lhe um sorriso no rosto redondo e amável e, enquanto me acena, atira uma escada de corda cá para baixo. — Espero que o Ranzinza não te tenha incomodado muito. — Aponta para cima, para o pelicano, que tem agora o bico tão aberto que o topo da cabeça está virado ao contrário, e emite o grunhido mais longo e mais ruidoso que alguma vez ouvi.

A escada chapinha na água e eu agarro-a com uma mão, puxando a Bigodes contra mim com a outra. Depois espero até que os meus amigos tenham subido. Mas a Hero está a deixar-se ficar para trás, com um ar nervoso.

— A Eco é uma das pessoas mais amáveis que alguma vez conheci — digo-lhe, para a tranquilizar. — Podes confiar nela e na sua magia.

A Hero ainda parece insegura, mas acaba por subir a escada.

Ergo as minhas penas-sobrancelhas, tentando ver o Grumo em cima da minha cabeça e ele desce a saltitar pela minha bochecha abaixo, salta para dentro de água e depois trepa para a cabeça da Bigodes.

— Venham lá, vocês os dois. É hora de conhecerem a Eco. — E subo a escada levando os dois debaixo de um braço.

— Que bom voltar a ver-te. — A Eco sorri enquanto me ajuda a entrar numa sala fresca e circular. — Muito embora os teus amigos me tenham dito que trazes notícias terríveis.

— O Rouxinol foi capturado — confirmo, acenando com a cabeça. — Mas estamos a planear libertá-lo. — Pouso a Bigodes e o Grumo no chão.

A Eco entrega-me uma manta para envolver o meu corpo a escorrer água e puxa-me para dentro de um abraço macio e cheio de penas. Fecho os olhos por instantes para saborear o seu calor.

— Por favor, senta-te. — A Eco conduz-me até um banquinho atarracado de madeira e entrega-me um copo de cortiça com *mors* — a bebida feita de bagas que ela sempre fazia quando vivíamos nos lodaçais. A Bigodes vem atrás de mim e senta-se em cima do meu pé. E o Grumo, em cima da sua cabeça, olha em volta da sala, de olhos esbugalhados e desconfiados. Os meus amigos sentaram-se todos com mantas a cobrir-lhes os ombros e também de copos de cortiça na mão.

— Já conheceste toda a gente? — pergunto.

— Sim, e disse que vos ajudo em tudo o que puder. — A Eco está sentada num banquinho ao meu lado. — Mas tens de saber que o Forte é extremamente bem fortificado, guardado por pelo menos cem bogatires e, por estar nas Montanhas Desencantadas, o canto mágico não funciona lá. Mesmo no auge da nossa força, o Movimento da União nunca ponderou tentar libertar fosse quem fosse que lá estivesse detido.

— Mas temos a Hero — digo. — Ela sabe como podemos entrar no Forte e tirar de lá o Rouxinol.

A Eco ergue uma pena-sobrancelha cinzento-esverdeada na direção da Hero.

— Sou toda ouvidos.

— Tens alguma coisa onde eu possa desenhar o Forte? — pergunta a Hero. — Seria útil se todos o pudessem imaginar claramente.

A Eco vai até ao que resta de uma pequena fogueira numa grande pedra plana sob uma janela, tira de lá um pau carbonizado e entrega-o à Hero.

— Podes desenhar no chão, não me importo.

A Hero debruça-se, desenha uma pequena cruz e marca as quatro direções da ilha: *AV* para Alto-Vento, *SV* para Sotavento, *BV* para Baixo-Vento e *BL* para Barlavento. Depois, começa a desenhar o que parece ser um grande quadrado. Bebo um gole da minha bebida, que é fresca e doce, mas com um travo ácido que me põe imediatamente alerta. Sinto em mim um formigueiro de expectativa nervosa. A cada linha que a Hero desenha, sinto o Rouxinol mais perto.

— Isso é a pedreira? — O Prata aponta para um círculo que a Hero desenhou e que preenche o lado alto-barlavento do quadrado.

A Hero assente.

— Temos de libertar o Rouxinol antes do julgamento. É certo e sabido que vai ser condenado e que o vão pôr a trabalhar na pedreira e, uma vez aí, não haverá forma de o libertar.

— Quem sabe, juntos, possamos arranjar uma maneira de libertar todas as pessoas que estão presas na pedreira — digo eu, olhando para o Gaio e o Francelho, mas a Hero devolve-me o olhar e abana a cabeça.

— Onde vai ser o julgamento do Rouxinol? — pergunta a Eco.

— Ouvi o capitão Ilya dizer que seria no Dia-Bando. Depois de amanhã — respondo.

— Eu estava a tentar saber quem seria o juiz quando fui capturada — explica a Flor. — Tinha a esperança de que fosse alguém que pudéssemos subornar.

— Eu sei quem vai ser o juiz e não há hipótese nenhuma de o subornar. — A Hero levanta os olhos do desenho. — Vai ser a Herdeira da Coroa Vasha.

A Eco arregala os olhos.

— O Movimento da União tentou durante anos contactar a Vasha. Mas o capitão Ilya tem-na mantido bem guardada e escondida no Palácio de Pero. Porque será que a põem agora na função de juiz?

— A Herdeira tem agora quase idade suficiente para governar e pediu para começar a desempenhar alguns deveres reais — explica a Hero.

— Se ao menos houvesse forma de a contactar e usar o meu canto mágico, poderíamos fazer muito mais do que só libertar o Rouxinol. — A Eco suspira.

— Que queres dizer? — pergunto, e as minhas penas erguem-se de curiosidade.

— A Vasha poderia tirar o capitão Ilya do poder — explica a Eco. — Se eu conseguisse usar o meu canto mágico no Forte, poderia convencê-la a fazer isso e a começar a trabalhar connosco para alcançarmos a união na ilha.

— Se há alguma possibilidade de conseguirmos a união em Moróvia, então, temos de tentar! — exclamo. Enrugo a minha sobrancelha enquanto tento engendrar uma forma de fazer que o canto mágico da Eco funcione dentro do Forte.

— Mesmo que o teu canto mágico funcionasse lá, como o poderias usar para convencer a Herdeira a fazer fosse o que fosse? — pergunta a Hero.

— A minha magia ecoa pensamentos para o ar, portanto, eu podia enviá-los à Vasha. — A Eco sorri.

— Mas isso é uma magia terrível! — Os olhos da Hero abrem-se, horrorizados. — Ninguém devia poder controlar as mentes dos outros dessa forma!

— Oh, não, estás a compreender-me mal. — A Eco ergue as mãos no ar, defensivamente. — É uma magia muito suave, uma forma de partilhar e comunicar pensamentos e sentimentos, não de controlar mentes. Eu acho que, se a Vasha pudesse sentir, por breves momentos, os pensamentos e sentimentos de um alconoste, poderia compreender-nos melhor e inspirar-se a ajudar-nos.

— Porque não falas simplesmente com a Vasha? — pergunta a Hero. — Não precisas de magia para fazer isso.

— O capitão Ilya nunca me deixaria falar com a Herdeira. — A Eco abana a cabeça. — Negou-nos todos os pedidos de audiência com a Vasha. Mas se eu pudesse usar o meu canto mágico, poderia comunicar muita coisa, muito rapidamente — o suficiente para convencer a Herdeira a falar connosco, a libertar todos os que foram injustamente detidos e a começarmos a trabalhar juntos.

— Há alguma forma de fazer a magia funcionar no Forte? — pergunta a Flor.

— O ferro contido nas rochas das Montanhas Desencantadas impede a magia de se deslocar no ar. — A Eco franze o sobrolho.

— Lembras-te do dia em que nos conhecemos, quando estávamos a ser levados de Corisco? — pergunto à Eco, ao que ela assente. — Tu cantaste magia para dentro de uma concha de mexilhão e, quando lhe toquei, senti a tua magia a fluir dentro de mim.

— A magia estava presa dentro da concha e depois deslocou-se para dentro de ti. — A Eco assente, pensativa. — Só que a magia nunca fica presa durante muito tempo.

— Conseguirias prender alguma coisa o tempo suficiente para a levares à Vasha? — pergunto.

— Possivelmente. — A Eco continua a acenar e, lentamente, os seus olhos iluminam-se. — Este esconderijo ainda está ocultado com magia, apesar de eu não estar neste momento a cantar. Quanto mais magia canto, mais tempo perdura. Assim sendo, se eu cantar magia suficiente para dentro de um objeto e continuar a acrescentar mais até chegarmos ao Forte, então, talvez até funcione.

Olho em volta da sala, questionando-me que objeto poderíamos usar. Os meus olhos pousam numa pena de ave marítima banhada a ouro, pendurada na parede com um pedaço de cordel. Ponho-me de pé num salto, fazendo as Bigodes saltar e o Grumo solta um «Hum!» indignado.

— Aquela é uma das penas oferecidas no Dia da União por atos de bondade, não é?

As faces da Eco enrubescem.

— Recebi-a quando era muito nova e tenho orgulho dela, daí tê-la trazido comigo quando nos tiraram de Corisco.

Hesito, não querendo perguntar à Eco se podemos usar a pena, quando claramente tem um grande significado para ela. Mas a Eco levanta-se e tira a pena da parede.

— É uma escolha perfeita, Pintarroxo. As barbas da pena vão conseguir prender ainda melhor a magia do que uma concha e estas penas douradas simbolizam a bondade, assim, se a oferecesse à Vasha como um gesto de paz, há boas hipóteses de ela a aceitar.

— Como é que te poderias aproximar o suficiente da Vasha para fazer isso? — pergunta o Prata.

— Vamos entrar no Forte às escondidas. Depois de termos libertado o Rouxinol e de todos vocês terem fugido, eu rendo-me aos bogatires. E quando for julgada pela Vasha, ofereço-lhe a pena.

— Mas se a Vasha não tocar na pena ou se a magia não funcionar, vais ficar presa no Forte! — Olho para a Eco, um calafrio percorre-me o corpo inteiro.

— Estou disposta a correr esse risco. — A Eco rodopia a pena dourada entre os seus dedos. — Ainda há momentos, Pintarroxo, tu disseste «Se há alguma possibilidade de conseguirmos a união em Moróvia, então, temos de tentar.». E tinhas razão.

Olho para os meus amigos, sinto a excitação a faiscar dentro de mim. A Flor sorri e o Prata assente. As penas do Gaio e do Francelho erguem-se avidamente. A Hero olha da pena dourada na mão da Eco e depois para mim. Vê-se uma ruga de apreensão a cravar-lhe a testa, no entanto, faz um aceno firme e continua a desenhar o mapa do Forte no chão da casa da Eco.

Também as minhas penas se levantam e formigam quando dou conta do que estamos prestes a planear: uma missão secreta, não apenas para libertar o meu pai, mas também para tirar o capitão Ilya do poder, libertar toda a gente no Forte e na pedreira e unir toda Moróvia. Quem sabe, daqui a poucos dias, eu e o Rouxinol estaremos de novo sentados na nossa varanda de Corisco, a olhar para a areia macia, as ondas salgadas e a vista que nunca se mantém igual. Ou talvez, penso, com um estremecimento, se tudo correr mal, quando este dia terminar possamos estar todos encarcerados no Forte, sem nunca mais voltarmos a ter hipótese alguma de fugir ou de conseguir a união.

Inspiro fundo para acalmar os nervos e recordar-me de que nada mudará se não corrermos riscos e que tenho dentro do meu coração amor suficiente para me dar a coragem de que preciso para fazer isto.

CAPÍTULO 17

PERCAS

O resto do dia no esconderijo da Eco decorre num frenesim de atividade. Debruçamo-nos sobre o mapa que a Hero desenhou do Forte e traçamos um plano para conseguirmos entrar, libertar o Rouxinol e, depois, voltar a sair. Analisamos várias vezes todos os pormenores. O nosso plano é perigoso e há muita coisa que pode correr mal, mas também há uma boa hipótese de funcionar, e é isso que me faz sentir a esperança a borbulhar por dentro.

Quando o Sol começa a descer no céu da tarde, a Eco diz que precisa de algum tempo sozinha para se concentrar em cantar magia para dentro da pena dourada. Empresta-nos uma pequena jangada feita de ramos para podermos ir buscar a sacola que a Flor deixou no meio dos fetos, no outro lado do canal.

Ainda faz um calor escaldante, por isso, entramos todos dentro de água e nadamos ao lado da jangada. O Gaio canta magia para impedir que o pelicano Ranzinza ataque o Grumo. Apanhamos a sacola em silêncio, sabendo que estamos no limiar da magia da Eco, mas logo que nos vemos novamente dentro de água, descontraímos um pouco.

De volta ao esconderijo da Eco, tecemos as cordas que tirámos das redes de dormir para fazer uma escada de corda que, diz a Hero, será suficientemente comprida para subir as muralhas do Forte, enquanto o Prata interroga a Hero sobre os tipos de fechaduras no Forte.

A Eco dá ao Gaio algumas lições de canto para o ajudar a compreender como controlar melhor a sua magia, uma vez que terá de afugentar os caranguejos gigantes para longe de nós com o seu canto quando chegarmos ao fosso. Tento ouvir os conselhos que lhe está a dar. Se eu conseguisse manifestar a minha magia, quem sabe poderia ter mais alguma coisa para oferecer. Mas eu sei que o meu papel — fazer com que toda a gente passe as muralhas do Forte — também é importante, bem como o facto de, todos juntos, termos a força necessária para que este plano funcione.

Quando o Sol desce no horizonte e o calor do dia dá tréguas, reunimo-nos numa pequena varanda nas traseiras da casa da Eco. O nosso plano consiste em percorrer o caminho traiçoeiro que conduz ao Forte na frescura e cobertura da noite. Depois, quando amanhecer, escondemo-nos e descansamos antes de avançarmos amanhã à noite. Contudo, antes de arrancarmos, temos de comer. Por isso, penduramos anzóis feitos de osso em linhas de pesca e lançamo-los à água, até termos capturado percas suficientes para toda a gente.

Eu e o Francelho levamos para a varanda a pedra de lareira plana da Eco e ateamos uma fogueira, para podermos assar o peixe em espetos nas chamas vivas, e a Eco coze algumas hastes verdes e carnudas de salicórnia para comermos a acompanhar.

A Hero espreita lá para baixo, para a água sob a varanda, ao mesmo tempo que mordisca um pedaço de carne branca de perca que se desfaz em lascas. Uma borboleta salpicada de castanho e laranja — uma fritilária — passa por nós a bailar e ficamos as duas a acompanhar o seu voo. Interrogo-me se a Hero se lembra de cantar comigo e com os meus pais e das borboletas que a magia da minha mãe evocava a esvoaçar à nossa volta.

A borboleta desaparece por entre as sombras do crepúsculo e a Hero vira-se para mim. Tem os olhos húmidos e, tal como quando éramos melhores amigas, eu sinto os seus pensamentos. Está cheia de desgosto e pesar por a minha mãe ter estado no *Alegria* e quer dizer alguma coisa, mas não sabe como. Dirijo-lhe um pequeno sorriso, na esperança de que ela também sinta os meus pensamentos — que eu sei e que compreendo.

A Eco ergue a pena dourada que atou à volta do pescoço e entoa baixinho mais magia para dentro dela.

— Está a funcionar? — pergunta o Francelho, e a Eco responde com um aceno de cabeça enquanto canta.

O Gaio empurra um caule de salicórnia entre os dentes para chegar à parte carnuda, depois suspira e baixa os olhos para as espinhas agora despidas da sua perca.

— Como consegues fazer que a tua magia fique num só lugar? — pergunta à Eco. — Se eu conseguisse fazer isso, mantinha todas as percas numa parte do pântano, para poder pôr a mão lá dentro e tirar uma sempre que estivesse com fome.

A Eco para de cantar e ri-se.

— Parece-me que não seria lá muito justo para as percas, mas se me prometeres usar a tua magia de forma responsável, ensino-te a fazer isso. No entanto, é precisa muita concentração e prática para fazer com que uma canção perdure como uma memória. E tens de estar sempre a refrescar a tua magia, senão acaba por se desvanecer — do mesmo modo que falar sobre as memórias as mantém vivas.

Sinto um aperto no peito ao pensar de novo na minha mãe. Adoro recordá-la, embora não fale muitas vezes das minhas memórias, porque me preocupa que possam empurrar ainda mais o Rouxinol para o passado, quando preciso dele aqui no presente.

Olho em volta, para os meus amigos, e percebo que, ali, poderia falar sobre a minha mãe sem essa preocupação. Por isso, inspiro fundo e digo, com o máximo de firmeza na voz que consigo:

— Lembro-me de cada uma das penas da minha mãe, como eram macias as azuis mais curtas junto às orelhas e como eram fortes as amarelas dos seus braços. E lembro-me de me sentir quente e segura quando ela me abraçava.

Falar desta memória em voz alta é como se alguma coisa presa dentro de mim tivesse sido libertada e lançada ao ar para voar em liberdade. Os meus olhos enchem-se de lágrimas, porém, sinto a minha mãe mais próxima de mim e isso dá-me conforto. De repente, percebo que quero fazer isto com o Rouxinol. Logo que esteja em liberdade, temos de nos sentar e falar, juntos, das nossas memórias da Alcíone. Mesmo que isso implique a sua queda para dentro do passado, pelo menos estaremos lá os dois juntos.

— Eu lembro-me das mãos do meu pai. — O Prata levanta os olhos do peixe que está a comer. — Como as fissuras e as rugas da sua pele estavam quase sempre preenchidas com barro e como as esfregava antes de uma refeição, deixando a pele limpa e rosada. E lembro-me de ele se levantar cedo no inverno para fazer uma fogueira para aquecer a casa antes de eu e a minha mãe nos levantarmos. Se eu o ouvisse, esgueirava-me para fora da cama para ajudar e ele envolvia-me no seu casaco de malha, e ficávamos os dois aconchegados lá dentro.

Lágrimas caem dos olhos da Flor, mas ela não as limpa.

— Lembro-me do Barro a descascar maçãs. Não sei porque é que esta memória é tão persistente. Acho que há pequenos pormenores que deixam grandes marcas. — A Flor ri-se, apesar de ainda ter lágrimas a escorrer-lhe pelo rosto. — Costumava usar uma faca pequena que era do pai e a casca saía toda numa só tira comprida e enrolada. Depois, cortava fatias grossas triangulares e dava-me sempre a primeira.

— Eu não tenho muitas memórias dos meus pais — diz a Hero baixinho, de olhos postos na água. — Estavam sempre ocupados. Mas isso não significa que não tenha saudades. Às vezes, quando penso neles, sinto falta das coisas que não fizemos, as coisas que eu tinha a esperança de um dia vir a fazer com eles. Prometeram-me que, num verão, arrendaríamos uma casa em Corisco, perto da praia. — A Hero olha para mim. — E que íamos fazer umas férias como deve ser todos juntos. Mas isso agora nunca vai acontecer.

Pergunto-me se deverei pôr o meu braço no ombro da Hero para a reconfortar, mas, uma vez mais, ela ostenta uma rigidez que me leva a pensar que poderá não desejar que eu o faça. Deve ter sido o desgosto que a transformou, assim, em vez disso, encosto-me um bocadinho mais a ela, esperando que a minha proximidade lhe ofereça algum consolo.

— A nossa casa fica em Corisco. — O Gaio olha para a Hero e sorri. Alguns caules de salicórnia verde-clara surgem-lhe espetados entre os dentes. — Não fica ao lado da praia, mas não fica muito longe a pé. Podes vir passar férias lá com a minha família quando estivermos todos juntos e pudermos voltar a casa.

O Francelho assente.

— Serias muito bem-vinda. Os nossos pais são muito simpáticos.

A Hero levanta os olhos.

— É generoso da vossa parte — diz ela. — Quem sabe um dia.

O Grumo, que está sentado perto do meu joelho, coaxa avidamente.

— Queres uma tarefa? — pergunto, enquanto tiro a bolsa das moedas que ainda tinha atada à cintura. Tiro uma moeda de cobre e ponho-a à frente do Grumo. — Podes dar isto à Hero, por favor? — Olho para a Hero ao meu lado, para que o Grumo saiba a quem me estou a referir. O Grumo pega na moeda com a boca, transporta-a ao longo da minha perna e passa para a perna da Hero, e eu enfio a bolsa numa cavidade de um nó do tronco — não vou precisar dela para entrar no Forte.

A Hero fica hirta quando o Grumo sobe para ela, mas, quando ele lhe põe a moeda no colo e rasteja outra vez dali para fora, ela descontrai-se.

— Obrigada, Grumo — diz ela, pega na moeda e observa o símbolo de união, o alconoste e o humano num abraço apertado. Os seus olhos humedecem-se quando olha para mim e, uma vez mais, sinto-lhe os pensamentos. Desta vez, dizem respeito à nossa amizade, perdida e reencontrada.

A Eco põe-se de pé e inspira fundo.

— Vamos pôr-nos a caminho? — pergunta, olhando para todos. Toda a gente já acabou de comer e o ar da noite é fresco e agradável.

As emoções perpassam-me como um bando de aves a levantar voo. Estou assustada, mas também cheia de esperança — não apenas de libertarmos o Rouxinol, como também de que possamos fazer algo incrível que nos ajude a todos e toda a gente de Moróvia a reclamar uma parte da felicidade do passado.

Quando me levanto, outra memória feliz preenche-me a mente — de um dos meus últimos dias em Corisco antes de o *Alegria* afundar —, do dia em que eu e a minha mãe caminhámos até para lá dos limoeiros…

O dia em que eu e a minha mãe caminhámos para lá dos limoeiros

Há três anos, na véspera do Dia da União, eu e a minha mãe saímos à aventura. Fazíamo-lo todos os anos e tinha acabado por se tornar numa tradição que era para mim tão empolgante como o Dia da União em si.

Partimos de manhã cedo, à mesma hora que o Rouxinol, para podermos ir a caminhar juntos pela praia, atravessando depois a cidade em direção ao hospital, que ficava para barlavento. Aí chegados, despedimo-nos do Rouxinol, que ia trabalhar, como sempre fazíamos, encostando-nos às testas uns dos outros. Logo que o Rouxinol se foi embora, a minha mãe virou-se para mim de olhos cintilantes.

— Aonde vamos? — perguntei, sentindo as penas a levantarem-se de excitação. Apesar de sempre termos vivido em Corisco, de algum modo, naqueles dias, a minha mãe achava um sítio para irmos onde eu nunca tinha estado.

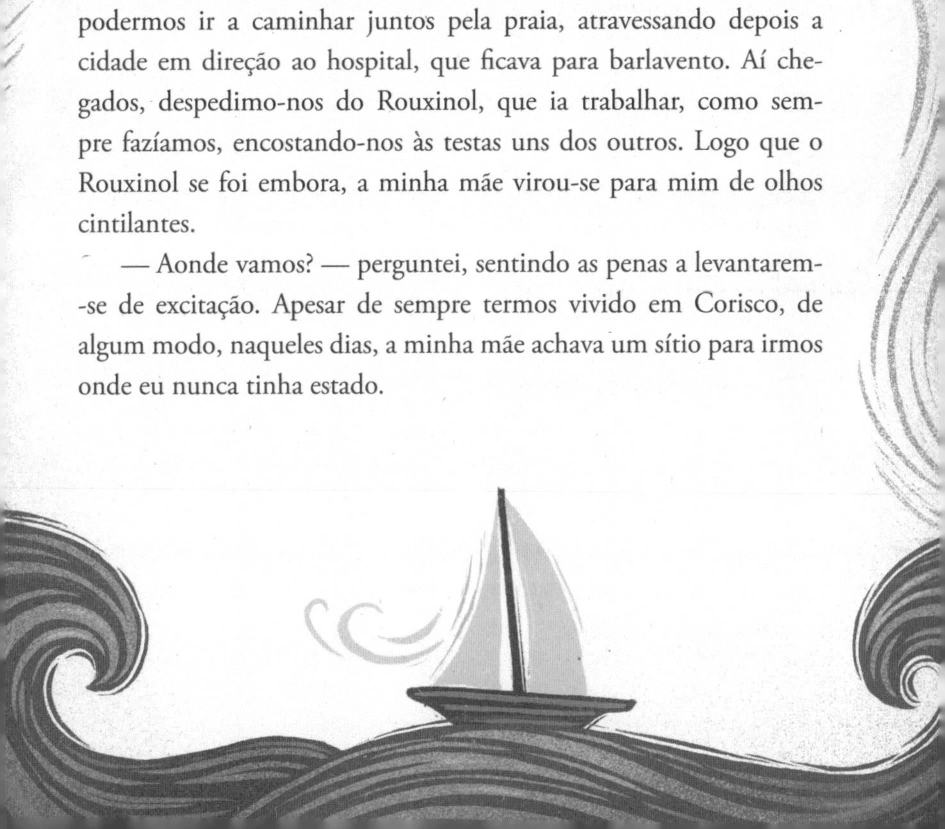

No ano anterior, a minha mãe convencera o bibliotecário da biblioteca de Corisco a levar-nos até à cave, onde eram guardados os livros mais antigos, mais preciosos, mais poeirentos e mais degradados, e passámos horas juntas a ver partituras. Eu sabia ler música — a minha mãe ensinou-me antes sequer de eu saber ler palavras — e sentámo-nos a entoar melodias uma para a outra, a cantar partes das letras de canções de que gostávamos e a minha mãe registou as suas preferidas num caderno.

No ano anterior à visita à biblioteca, caminhámos pela praia em direção a alto-vento, até alcançarmos uma minúscula fissura que dava para uma gruta, mais ou menos da minha altura e cuja largura mal chegava para eu e a minha mãe entrarmos muito apertadas. Cerca de vinte passos mais adiante, via-se claramente que a gruta era, na verdade, um túnel, e fomos sair na outra extremidade, que dava para uma pequena enseada escondida em forma de crescente, com uma praia de pedrinhas e escarpas altas listradas com estratos de rochas cinzentas e douradas. Passámos ali o dia inteiro, a procurar pedrinhas e a escolher o que a minha mãe dizia ser as «garras do Destino», pedras do tamanho de um dedo que se assemelhavam a garras encurvadas. Na verdade, eram conchas fossilizadas de um velho antepassado das ostras. Pus a minha favorita no parapeito da janela do meu quarto e as restantes dispus em fila perto das plantas de lavanda que tínhamos no jardim do telhado.

Levantei os olhos para a minha mãe, tentando imaginar se a nossa aventura naquele dia seria dentro ou fora de portas.

— É uma surpresa — disse a minha mãe, tomando a minha mão na sua. — Anda.

Caminhámos para alto-vento, por ruas estreitas ladeadas de casas quadradas com as cores do arco-íris. Estava um dia quente e soalheiro e o ar enchia-se do aroma de limões. Quando seguimos por um pequeno trilho cheio de ervas entre duas casas, percebi a razão de tal aroma: a minha mãe tinha-me levado até a um pomar cheio de limoeiros, com cerca de trinta árvores, e cada uma delas luzia com frutos amarelos maduros.

— Vamos apanhar limões? — perguntei, empolgada, mas a minha mãe riu-se e abanou a cabeça, conduzindo-me pelo meio do pomar.

Na outra ponta do pomar havia um ribeiro largo e raso que corria a borbulhar sobre pequenas pedrinhas. Seguimo-lo até dentro de um bosque que se inclinava e ascendia suavemente. O ribeiro estreitou-se e tornou-se mais ruidoso ao passar aceleradamente sobre grandes pedregulhos cinza-claros. Ocasionalmente, surgiam entre os pedregulhos pequenos lagos tranquilos, onde libélulas voavam rápido como setas e peixes minúsculos nadavam em cintilantes águas pouco profundas.

Passada uma hora de caminhada, dei conta de um troar contínuo e abafado que se ia ouvindo cada vez mais alto. As minhas penas formigaram.

— O que é aquele barulho? — perguntei, porém, a minha mãe sorriu e começou a andar mais depressa.

Não tardei a ver: uma pequena, mas linda queda de água. Espuma branca caía em cascata sobre uma escarpa coberta de fetos, com aproximadamente o dobro da minha altura, e mergulhava com estrondo num lago profundo e redondo com três lados íngremes.

A minha mãe pousou o saco no chão cheio de ervas na borda do lago.

— Queres vir nadar comigo? — perguntou.

— É claro que sim! — assenti, ao que a minha mãe tirou duas mantas de feltro do saco e estendeu-as ao sol em cima da erva. Despimos a roupa e entrámos na água. As minhas penas da cabeça arrepanharam-me o escalpe e as penas compridas dos braços da minha mãe agarraram-se umas às outras e à sua pele. Estava tão fria que os nossos músculos ficaram contraídos e os ombros ergueram-se até às orelhas, enquanto íamos avançando aos poucos, até que o nosso corpo se habituasse à temperatura.

Quando, por fim, mergulhámos, a minha mãe apontou com a cabeça para a impetuosa cascata.

— Anda ver — disse ela, e nadámos juntas ao longo da borda do lago, aproximando-nos da cascata pela lateral.

O ruído da água a cair era agora ensurdecedor e o ar estava repleto de gotículas pulverizadas, cobrindo-nos os rostos e as penas da cabeça com gotas reluzentes. Com uma mão, a minha mãe agarrou-se a uma saliência na rocha no lado esquerdo da cascata e, com a outra, puxou-me para perto de si, pelo que fiquei presa entre ela e as paredes macias da rocha. Depois, juntas, segurando-nos à saliência da rocha, baloiçámo-nos ao longo da parede, para trás da cascata.

Quando estávamos totalmente atrás da cascata, a minha mãe içou-me e colocou-me num ressalto suficientemente largo para eu me sentar, e depois içou-se a si mesma para se sentar ao meu lado.

Era de cortar a respiração. Uma cortina de água escorria a toda a velocidade à nossa frente, para cair com estrondo no lago sob os nossos pés a baloiçar. O banco de rocha em que estávamos sentadas tinha sido suavemente esculpido especialmente para nós. Com o ruído da cascata, não nos conseguíamos ouvir uma à outra, por isso, ficámos ali sentadas, sem dizer nada, lado a lado, a observar a água a cair aos trambolhões. Agarrei-me à minha mãe com força, os braços à volta do seu peito, por um lado assustada, por outro empolgada e, por outro ainda, maravilhada com a beleza de tudo aquilo.

Não sei bem quanto tempo ali permanecemos. Acho que, quando nos acontecem coisas maravilhosas, o tempo estica-se e oscila, pelo que nunca temos noção de quanto dura. Parecia não ter passado tempo suficiente quando a minha mãe se deixou escorregar novamente para dentro de água, me tirou e baixou para me juntar a ela, e depois nadámos de volta para a tranquilidade do lago profundo e, em seguida, para fora dele, para as ervas da margem.

Deitámo-nos nas nossas mantas aquecidas pelo sol, as nossas penas agora levantadas para secar ao ar quente, e rimo-nos na direção do céu.

— Como é que conhecias neste lugar? — perguntei.

— A minha mãe costumava trazer-me aqui — respondeu a minha mãe.

— Quem me dera tê-la conhecido. — Suspirei. — E que pudéssemos ter feito isto todas juntas.

— Ah, mas estamos mesmo a fazer isto juntas, Pintarroxo. — A minha mãe deitou-se de lado para olhar para mim e as tonalidades de azul e amarelo da sua pele brilharam sob o sol. — Nós trazemos connosco aqueles que amamos, no coração, sempre. — Virou-se de novo para cima e fechou os olhos. — Sinto-a sempre comigo. Especialmente quando canto. Lembras-te da canção de embalar que eu te costumava cantar quando eras pequena?

Assenti.

— Disseste-me que a tua mãe também a cantava para ti.

A minha mãe riu-se de novo.

— Desculpa, provavelmente já te contei isto muitas vezes.

— Podes contar quantas vezes quiseres. — Sorri.

— Quando canto essa canção de embalar, é como se a minha mãe estivesse mesmo ao meu lado. — A minha mãe sentou-se, abriu o saco e tirou lá de dentro uma garrafa, dois copos de madeira e um embrulho de papel. — E quando como bolachas de noz feitas com a receita dela, também a sinto.

— Bolachas de noz! — sentei-me.

Comemos as bolachas e bebemos o leite da garrafa, que estava fresco com cubos de gelo e com uma espessura cremosa. Depois, vestimo-nos e, de mãos dadas, caminhámos lentamente de volta a Corisco.

Parámos no mercado, como sempre fazíamos, para escolher vestidos para o Dia da União. Toda a gente usava sempre bonita roupa de seda para as celebrações, muitas vezes levada de empréstimo da banca de troca de roupa, que era montada uma vez por ano. A minha mãe tinha trazido no saco os nossos vestidos do ano passado e deixámo-los na banca. A minha mãe trocou-os por um vestido comprido cor de laranja para ela, ao passo que eu escolhi um vestido vermelho que dava pelo joelho e que combinava na perfeição com as minhas penas da cabeça vermelhas.

Caminhámos depois até à praia, mas, em vez de irmos logo para casa, passeámos em direção a barlavento, a acompanhar o Sol que se punha. Quando o ar arrefeceu, sentámo-nos as duas na areia, a olhar para as cores que desabrochavam como flores no horizonte, à medida que o Sol ia mergulhando no mar. Aconcheguei-me junto ao corpo da minha mãe e ela envolveu-me com os seus braços quentes e cheios de penas, entoando a canção de embalar de que tínhamos falado antes.

A música mais doce
de coração terno e indomado
uma mão-cheia de pássaros
traz este filho embalado
Em ombros feitos de penas
vêm à tona sonhos divinos
embalados no mais puro amor
suspiram notas de ouro como sinos.

O meu coração alegra-se
quando o teu bate junto ao meu
nos teus lábios o sorriso mais doce
oferecem alegria no seu apogeu
o teu riso do fundo do teu ser
que já antes das palavras vivi
harmonias celestiais
as mais puras que alguma vez ouvi.

A música mais doce
Em ti a encontrei
É nosso, de coração,
eterno e novo, um canto-rei.

— Amanhã, vou sentir a tua falta — sussurrei quando a minha mãe acabou de cantar. Sabia que a voltaria a ver à tarde, quando regressasse da sua breve viagem no *Alegria*, mas eu sentia sempre a sua falta quando não estava connosco nas celebrações que se faziam na praia pela manhã.

A minha mãe encostou a testa à minha.

— Carregamos sempre aqueles que amamos dentro do nosso coração, lembra-te disso — sussurrou-me de volta. Sorri e abracei a minha mãe com força até o Sol desaparecer e a escuridão cobrir a praia. Caminhámos juntas para casa, de mãos dadas.

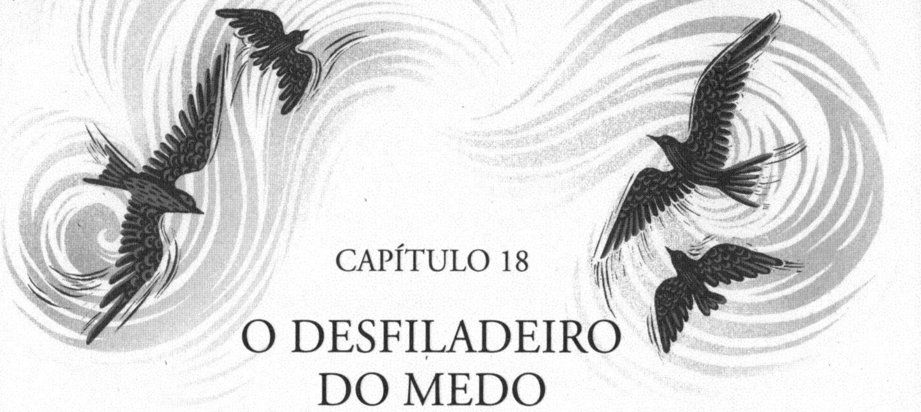

CAPÍTULO 18

O DESFILADEIRO DO MEDO

Deixamos o esconderijo da Eco ao pôr do Sol e atravessamos o lago tranquilo e o canal a nado, até alcançarmos o talude. A Flor leva a sacola a flutuar em cima da jangada da Eco para manter os pós secos e eu levo o escadote de corda que fiz, enrolado à volta do peito.

Quando saímos da água, sinto o medo a invadir-me de mansinho. A Eco não pode usar a sua magia para nos manter escondidos no pântano, já que precisa dela para a pena dourada, e o nervosismo de estarmos agora a descoberto zumbe à nossa volta como os insetos no crepúsculo. Ainda assim, os rostos de todos dão provas de determinação, à medida que seguimos por um trilho à sombra rumo a alto-vento.

A Bigodes caminha no meu encalço, com o Grumo empoleirado no cocuruto da sua cabeça, e sinto que também eles estão inquietos. Nunca estivemos tanto tempo sem o Rouxinol. Foram dois dias, penso, e, além de sentirem a falta do Rouxinol, a Bigodes e o Grumo sentem falta do ritmo estável das nossas vidas. Eu, por mim, sinto. E sinto falta da sensação de ter o meu pai por perto; quando fazia pequenos ruídos para eu saber onde estava e os pequenos gestos com a mão para me guiar os movimentos em segurança.

A última réstia de luz é engolida pelas sombras cada vez maiores e, durante horas, caminhamos numa escuridão quase total; palpamos o caminho a seguir com as mãos esticadas, agachamo-nos sob ramos baixos de árvores gigantescas e equilibramo-nos em cima de raízes que serpenteiam através de águas negras, tão ricas de vida larvar que até borbulham.

Por fim, o pântano dispersa-se e o luar cai por entre a cobertura de árvores, tingindo tudo de prateado. As penas da cabeça do Francelho, do Gaio e da Eco cintilam conforme caminham à minha frente. A Hero, atrás de mim, está a ajudar a orientar a Flor e o Prata para os melhores sítios onde devem pousar os pés. Olho para trás, a ver se estão todos bem, e encho-me de afeto pela Hero. Agora, está como eu me lembro dela: as suas mãos fortes rápidas a ajudar, o seu olhar penetrante a reparar no que possa ser necessário. Afasta ramos para o lado para a Flor e o Prata passarem e verifica se os solos pantanosos são seguros, usando o bastão, antes de eles avançarem. A Hero vê-me a olhar para ela e sorri. Devolvo-lhe o sorriso e caminho em silêncio, sentindo que uma das peças que faltavam na minha vida acabou de se encaixar de novo no devido lugar.

A Eco, o Gaio e o Francelho param na orla de alto-vento do pântano. Diante de nós, vemos um pequeno outeiro coberto de ervas que se estende até ao Desfiladeiro do Medo — a garganta de faces íngremes que separa o Pântano da Tristeza do Paul Murmurante.

O desfiladeiro é uma cicatriz larga e funda, tão preenchida por uma sombra negra e uma névoa branca, que parece que uma faixa da noite se deitou no chão a descansar. Para lá do desfiladeiro fica o paul, raiado de ribeiros prateados. O paul é muito diferente do pântano. É um espaço aberto, sem árvores a bloquear a luz. Juncos altos oscilam sob um enorme céu estrelado — tão amplo como os céus sobre o mar reluzente. Uma onda de nostalgia abate-se sobre mim quando me lembro de estar sentada com os meus pais na nossa varanda de Corisco, à procura de constelações e estrelas.

— A ponte que atravessa o desfiladeiro fica a sotavento daqui — sussurro, avançando à frente para dentro do outeiro, mas mantendo-me sob a sombra do pântano. A paisagem é agora mais aberta e o perigo de sermos vistos eriça-me com força as penas da cabeça. A Bigodes chega-se mais perto de mim e os olhos do Grumo estreitam-se diante da mudança de panorama.

O silêncio cai sobre nós como um manto. O zumbido dos insetos que nos rodeava no pântano é agora mais ténue e os passos de todos são agora mais silenciosos na erva macia cheia de musgo. A minha respiração tornou-se demasiado ruidosa e tento acalmá-la.

O Desfiladeiro do Medo começa a encurvar-se em direção a alto-vento e somos obrigados a segui-lo e sair da cobertura de proteção do pântano. Sinto-me vulnerável, tal como quando penso no facto de não ter canto mágico. Disparo constantemente os olhos em volta em busca de bogatires. Está tudo tranquilo, mas sinto que um grupo deles poderá saltar da escuridão a qualquer momento.

Quando vemos a ponte, suspiro de alívio — quando tivermos atravessado o desfiladeiro, será mais fácil encontrar algum sítio para nos escondermos, entre os juncos altos do paul —, no entanto, o meu coração bate com força por receio do que virá a seguir. Vamos ter de atravessar a ponte suspensa sobre o Desfiladeiro do Medo, um lugar conhecido pelas suas névoas arrepiantes e misteriosos desaparecimentos.

Um dia, nos Lodaçais da Melancolia, alguém contou uma história sobre uma fonte gelada que borrifava a sua água com tanta força, lá de baixo, no rio, cá para cima, que conseguia atirar uma pessoa para fora da ponte. Disseram que as águas eram tão frias que, seguramente, vêm de muito fundo, abaixo das raízes da ilha, e que eram lançadas para cima através de uma fissura da própria Moróvia.

Nenhum de nós referiu tais coisas quando elaborámos o nosso plano, acho que não queríamos admitir que pudessem ser mais do que apenas histórias assustadoras. Contudo, neste momento, quando olho para a extensão da ponte, estes pensamentos gritam bem alto dentro da minha cabeça e o meu estômago revolve-se de preocupação.

A ponte estende-se para dentro da escuridão, pairando sobre o infinito negrume do desfiladeiro lá em baixo. Uma névoa cinza-pálida envolve a outra extremidade da ponte como um véu, por isso, não consigo perceber onde termina. Uma sensação fria infiltra-se nas barbas das minhas penas quando penso em caminhar sobre aquele abismo. Um passo em falso, uma queda e…

Tento engolir as minhas lágrimas e concentrar-me na tarefa que temos diante de nós. A ponte tem uma construção simples, é feita de tábuas de madeira e corda. Tem apenas a largura suficiente para caminharmos em fila indiana, agarrados aos corrimãos feitos de corda.

— Deveríamos atravessar um de cada vez? — sussurro, preocupada com a resistência da ponte.

— Acho que nos devemos manter juntos — diz a Hero. — Sei que os bogatires construíram a ponte com resistência suficiente para passarem várias pessoas ao mesmo tempo e podemos ajudar-nos uns aos outros se…

A Hero é interrompida por um borrifo ruidoso que ecoa até cá cima, vindo lá de baixo, do interior do desfiladeiro. Gotículas de água salpicam no ar e o Gaio dá um salto para trás, com o susto, as suas penas totalmente esticadas e os olhos arregalados. A Bigodes choraminga e o Grumo ergue a sua perna-espada tão alto que quase tomba para trás. Agacho-me, pego neles e ponho-os nos meus braços.

— O que foi aquilo? — pergunta o Francelho, com a voz trémula.

Olhamos todos uns para os outros, o medo patente nos olhos. Tem de ter sido algo grande — muito grande — lá em baixo no rio. A Eco abre a boca para dizer alguma coisa, mas não saem palavras nenhumas.

— Ouviram as histórias sobre pessoas que aqui desapareceram? — O Gaio olha para a Flor, tem a pele azul tão pálida como uma alforreca à noite.

A Flor envolve-o com um braço.

— Essas histórias são inventadas para assustar as pessoas. Não penses nelas agora, Gaio.

Eu também quero dizer alguma coisa que reconforte, contudo, o perigo zumbe-me nos ouvidos e acho que, se abrir a boca, todos vão perceber o medo na minha voz.

— Sê corajoso, Gaio — A Hero baixa os olhos para ele, numa expressão severa. — E se não conseguires ser corajoso, finge que és. Porque, na verdade, acaba por ser a mesma coisa. — A Hero desliza o bastão para fora da bolsa que traz a tiracolo. — Eu vou à frente certificar-me de que é seguro. — Entra na ponte antes que algum de nós consiga discordar.

A ponte range e balança conforme a Hero avança lentamente em cima das tábuas. Ela agarra-se ao corrimão de corda com uma mão e segura no bastão com a outra. Após alguns passos, volta-se para nós e tranquiliza-nos com um sorriso.

— É seguro. Venham.

A Eco dá um toque ao Gaio e ao Francelho para que vão atrás da Hero e segue-os de muito perto.

— A seguir vais tu, com a Bigodes e o Grumo, e eu e a minha mãe vamos no fim — diz o Prata.

— Está bem. — Seguro na Bigodes e no Grumo junto ao peito com um braço e agarro no corrimão de corda com a mão livre. Ponho o pé na primeira tábua e o meu estômago dá uma volta ao sentir o movimento da ponte, mas puxo os ombros para trás e dou mais alguns passos, olhando sempre em frente.

A cada passo, os meus pés descalços ficam cada vez mais frios. As tábuas estão húmidas e geladas, cobertas com uma espessa camada de gelo, e eu enrolo os dedos dos pés em torno das bordas para impedir que os meus pés deslizem.

O meu estômago revolve-se de novo quando a Flor e o Prata avançam atrás de mim, fazendo a ponte oscilar ainda mais. Seguro na Bigodes e no Grumo com mais força e sinto a Bigodes a tremer e o Grumo a dar frenéticas pancadinhas na sua cabeça, indicando que quer bater em retirada. Respiro devagar, tentando manter-me calma a cada passo que damos, até que estamos completamente envoltos na escuridão e suspensos dentro dela. As tábuas sob os nossos pés mexem-se e inclinam-se preocupantemente e as minhas penas puxam-me tanto o escalpe que me dói a cabeça.

Os meus olhos viram-se para baixo e o meu coração bate ainda mais alto. Sob os meus pés, a rodopiar lentamente no negrume, vejo longas madeixas de névoa gelada e branca. Mais outro borrifo ruidoso e repentino sobe até nós com estrondo, e gotículas geladas salpicam em toda a nossa volta. O Grumo guincha de susto e a Bigodes emite um lamento agudo ao mesmo tempo que se espreme contra o meu peito. Paramos todos e ficamos quietos.

— Continuem a andar — incita a Hero lá da frente. — Já consigo ver o outro lado. Já passámos metade.

Respiro fundo e dou mais um passo. De seguida, paro novamente, quando alguma coisa salta da escuridão no meu lado direito. O meu coração acelera quando a coisa acelera mesmo na minha direção. Agacho-me, pensando que está prestes a atingir-me, mas depois a coisa desvia-se e desliza dali para fora no último momento, e então percebo que é uma coruja — uma coruja enorme, com a envergadura dos meus braços esticados. Tento acompanhá-la com os olhos, de sobrolho cerrado a tentar discernir o que leva no dorso — parece que a coruja transporta uma pequena criatura, do mesmo modo que a Bigodes transporta o Grumo.

— Viram aquilo? — pergunta o Gaio, os olhos brilhantes de excitação nervosa.

— Sim. Vamos continuar a andar. — O Francelho dá um toque suave no Gaio para que avance.

Caminhamos mais alguns passos. Os dedos dos pés doem-me de frio, com exceção dos mindinhos, que estão completamente dormentes.

De repente, a coruja desce novamente a pique, desta vez pelo meu lado esquerdo. Voa tão perto que algumas das minhas penas da cabeça se separam e levantam. Depois, a coruja faz um círculo completo e voa por baixo da ponte. Ao olhar para baixo, entre as tábuas, vejo que a criatura que traz às costas é pequena e tem pelo dourado, com um corpo comprido e esguio. Agarra-se aos tufos desgrenhados das orelhas da coruja e guincha muito alto.

— Valha-me Santa Moróvia. — A Flor sussurra atrás de mim. — Aquilo é uma doninha montada numa coruja?

— Sim! — exclama o Gaio, empolgado. — Chama-se Caça-Coelhos e a coruja chama-se Blakiston. O meu pai usou o canto mágico dele para falar com eles algumas vezes. São de Terra Firme, mas visitam a ilha quando esta se chega muito perto, e caçam peixe juntos.

A doninha — a Caça-Coelhos — emite um grito pujante para uma criatura tão pequena e a coruja ascende e afasta-se do desfiladeiro. Fico de olhos postos neles, em choque. A Caça-Coelhos vira, devolve-me o olhar e guincha de novo, com tal urgência que, com um assomo de medo, sinto que está a tentar avisar-nos de alguma coisa.

Um instante depois, ouve-se um borrifo tão alto como um trovão e todos os músculos que tenho no corpo se contraem. Um vento gelado vem disparado lá de baixo, tão forte que as nossas penas, o cabelo e as roupas são sugados para cima. Então, uma coluna com uma golfada de água gelada explode ao nosso lado, encharcando-nos por completo. Sinto arrepios de frio e arquejo, com dificuldade em respirar, e fico de boca escancarada quando vejo *algo* enorme e escuro no cimo da espuma da água.

Inclinamo-nos todos para longe da coisa quando salta repentinamente até cá cima, fazendo a ponte virar-se. O terror apodera-se de mim a ponto de deixar de respirar. A Bigodes enrola-se numa bola tremente dentro dos meus braços e o Grumo vira as costas à coisa que ascende no jato de água e espreme-se contra o meu pescoço.

A coisa é uma criatura colossal — tem o dobro do tamanho e o dobro da largura de qualquer um de nós —, com a boca tão aberta que poderia engolir inteiro qualquer um de nós. A pele cinza-escura brilha com a humidade e lança jorros de água a toda a sua volta, borrifando-nos com gotas geladas.

Pisco os olhos para remover a água dos olhos e observo, horrorizada, a criatura a precipitar-se para cima de nós. Duas grandes barbatanas peitorais em ambos os lados do seu corpo gigantesco batem como asas e uma barbatana de cauda alta e cinzenta desfere golpes frenéticos para trás e para a frente, pulverizando ainda mais água no ar quando voa mais perto. É um peixe — o maior e mais gigantesco peixe-gato que alguma vez vi. E apoia-se no jato de água para nos alcançar.

Os meus olhos abrem-se muito enquanto fito o rosto enorme do peixe-gato a vir na nossa direção. Barbelas compridas e espessas pendem-lhe da boca cavernosa e os seus grandes olhos prateados são como duas luas de inverno. Os olhos piscam e a boca abre-se tanto que consigo ver-lhe a garganta carnuda e as guelras. A minha cabeça recua para se afastar do peixe-gato, mas nem eu, nem nenhum dos outros, temos por onde escapar. Estamos encurralados nesta ponte instável, encharcados em água gelada, e o peixe-gato está prestes a atacar.

A Hero ergue o seu bastão para nos defender, mas não consegue chegar ao peixe-gato, que aponta diretamente para o centro do nosso grupo. O Gaio solta um arquejo e o Francelho vira-se para o proteger. O peixe-gato bate as barbatanas e contorce-se no cimo do jato, fixa os olhos na Eco e depois investe contra ela, a sua boca escancarada apontando para a sua cabeça. A Eco empalidece de susto.

O meu coração lateja de pânico. Seguro bem a Bigodes e o Grumo com um braço, mas solto o corrimão de corda para tentar puxar a Eco para baixo com a outra mão. Porém, a Eco está paralisada de medo e a boca do peixe-gato está tão próxima da sua cabeça que solto um grito.

Dou novamente um safanão na Eco e grito o seu nome. Contudo, ela continua sem se mexer. Então, subitamente, a Hero agarra no corrimão de corda e, com um movimento rápido, baloiça por cima do corrimão e o seu corpo voa sobre o negrume lá em baixo. A ponte dá uma guinada e todos oscilam. A Hero atravessa o ar cheio de água, com o bastão numa mão e o corrimão de corda na outra, uma queda a pique abaixo dela. Está a arriscar a vida, pela Eco.

O peixe-gato bate uma barbatana peitoral, tentando atingir a Hero, mas ela é demasiado rápida. Rodopia o bastão na direção do peixe-gato e bloqueia-lhe a passagem com um *Pás!* molhado. O peixe-gato retrai-se, no entanto, mantém a rota — a boca ainda a apontar diretamente para a Eco. Com um grunhido de esforço, a Hero estica-se para cima, enquanto o corpo desce e atinge novamente o peixe-gato, desta vez no baixo-ventre. O peixe-gato contorce-se e afasta-se da Eco, mas consegue golpear a cabeça da Hero com uma das barbatanas. A Hero solta um grito de dor e quase se solta da ponte.

Corro a pôr a minha mão sobre a da Hero e aperto com força, tentando mantê-la segura durante o momento em que está suspensa da ponte, agarrando-se apenas com uma mão. Um fio de sangue escorre pela face da Hero e percebo, com horror, que o peixe-gato deve ter espinhos nas barbatanas. Com mais um grunhido de esforço, a Hero baloiça as pernas para cima e dá um pontapé no flanco do peixe-gato. Por fim, o peixe-gato fecha a boca e começa a cair do jato. Ao cair, contorcendo-se, a barbatana da cauda bate na direção da ponte.

— Segurem-se bem aos corrimãos de corda! — grito eu, soltando a mão da Hero, agora que está mais firme, para que eu possa agarrar-me melhor à ponte. Aperto a Bigodes e o Grumo com ainda mais força contra mim com o outro braço, quando a enorme cauda embate contra as tábuas sob os meus pés. O meu corpo treme e balança enquanto a ponte range e oscila violentamente.

Olho em volta, para todo aquele cenário baloiçante, tentando desesperadamente ver se todos os meus amigos estão bem e ouço um estalido que me lança o pavor pelo corpo todo.

— Uma das cordas partiu-se! — grito, ao mesmo tempo que a ponte se desmembra e somos atirados a toda a velocidade para o ar. Agarro na corda com força com uma mão e seguro na Bigodes e no Grumo com a outra. Ouço os meus amigos a gritar, acima e abaixo de mim, já que a metade da ponte a que estamos agarrados baloiça para baixo em direção à parede do desfiladeiro.

Por um momento, o peixe-gato gigante está a cair no ar mesmo ao meu lado, ainda rodeado de água cintilante e espumosa. A sua boca aberta aponta para as minhas pernas soltas e eu encolho-as junto ao corpo, em pânico. A ponte oscilante lança-nos como um chicote para longe do peixe-gato e do jato de água e embatemos com força na parede escarpada do desfiladeiro. O ar salta-me dos pulmões com um soco e o braço que protege a Bigodes e o Grumo lateja de dor.

— Au! — grita a Flor abaixo de mim.

— Ainda estão todos aí? — grito quando recupero o fôlego. Olho para cima e tento discernir as formas suspensas. A Hero está agarrada ao corrimão de corda com uma mão, como eu, e os pés encontram as tábuas no momento em que os meus olhos disparam para as silhuetas acima dela. Estão ali a Eco, o Gaio e o Francelho, de mãos e pés agarrados às tábuas que agora se elevam na vertical ao longo da parede do desfiladeiro, como uma escada.

Olho para baixo, e vejo a Flor e o Prata, também agarrados às tábuas. Tento com dificuldade pousar os meus pés numa tábua e expiro assim que consigo, reduzindo, deste modo, o peso sustentado pela minha mão. A Bigodes choraminga e o Grumo vira-se para cima e fita-me com os olhos salientes mais redondos que alguma vez lhe vi.

Gostaria de sentir alívio por estarmos todos ali e não a mergulhar para a escuridão lá em baixo. Contudo, estamos encharcados em água gelada e agora temos de trepar de alguma forma esta ponte partida. E, com um calafrio, dou conta de que o peixe-gato pode saltar outra vez para nos atacar a qualquer momento, carregado até cá cima por um outro jato de água gelada.

Prendo a Bigodes e o Grumo, aterrorizada com a ideia de os deixar cair. Tenho andado tão preocupada com a ideia de que o nosso plano de entrar no Forte possa correr mal e que possamos lá ficar presos, que nunca ponderei a hipótese de nem sequer lá chegarmos. Uma coisa é certa: nunca imaginei que pudéssemos acabar ali, em risco de cair para dentro do Desfiladeiro do Medo ou de sermos engolidos por um peixe-gato gigante, e de eu não voltar a ver o Rouxinol — e mais ninguém de Moróvia — nunca mais.

CAPÍTULO 19

O PAUL MURMURANTE

O corrimão de corda da ponte quebrada queima-me a mão que o aperta com força e doem-me os dedos dos pés na sua luta para agarrar a borda estreita das tábuas. A Bigodes treme no meu outro braço e o Grumo está hirto de medo. Estou ensopada de água gelada e aterrorizada com a ideia de cairmos para o fundo do desfiladeiro.

A escuridão é tão densa que mal consigo ver alguma coisa, apenas listras de névoa branca e gelada a rodopiar à minha volta e dos meus amigos, enquanto nos concentramos em trepar daqui para fora, uma tábua de cada vez.

— Consegues, com a Bigodes e o Grumo? — chama-me a Hero lá de cima.

— Acho que sim. — Tento soar confiante. Já trepei muitas vezes com a Bigodes e o Grumo, mas não daquela forma. Sinto que os dedos dos pés podem escorregar nas tábuas molhadas e a ideia do mergulho nas profundezas põe-me o sangue a latejar nos ouvidos. — Gaio, consegues cantar magia para afugentar o peixe-gato?

— Posso tentar. — O Gaio começa a assobiar uma canção aguda, que inclui o chilreio lento e ondulante de uma águia-pesqueira.

Encosto mais firmemente o corpo contra a ponte, agarro-me pelos dedos dos pés e tiro a mão da corda para agarrar numa tábua. Por um brevíssimo instante, os meus dedos deslizam e solto um grito de pânico, pensando que ia cair, mas depois estou novamente segura, de coração acelerado.

— Fica quieta. Tenho uma ideia. — A Hero enfia o bastão na bolsa a tiracolo e, lenta e cuidadosamente, consegue tirar a túnica de pele de veado, contorcendo um braço para fora e, de seguida, o outro. Por baixo, tem vestida uma túnica fina de linho e ela desce até mim antes de passar a pele de veado exterior por cima da cabeça. Então, sempre agarrada com uma mão às tábuas a meu lado, usa a túnica de pele de veado para envolver a Bigodes e o Grumo, por cima do meu ombro e atrás das minhas costas. Ata um nó com os dentes e a mão que tem livre e, quando solta, a Bigodes e o Grumo estão protegidos dentro de uma espécie de marsúpio encostado ao meu peito.

Afasto devagar a minha mão deles, garantindo que estão em segurança antes de largar completamente.

— Perfeito, obrigada. — Agarro uma tábua com a mão agora liberta, aliviada por sentir a segurança adicional de outro ponto de apoio.

Eu e a Hero subimos a ponte lado a lado. Olhamos constantemente para a Flor e o Prata abaixo de nós, mas eles estão bem e o peixe-gato não volta a saltar. Quando alcançamos o topo da ponte e desabamos no chão de ervas, todos ficamos deitados, a arquejar e a tentar recuperar o fôlego.

Quando o coração já bate mais calmamente, sento-me e olho em volta. O Sol está a espreitar sobre o paul lá adiante, lançando uma luz dourada sobre a paisagem e sobre os meus amigos. Olho para a Hero deitada a meu lado e toda e qualquer dúvida que eu tivesse em relação a ela dissolve-se no amanhecer, porque ela acabou de arriscar a vida para salvar a Eco e todos nós. Sinto que a união de Moróvia está mais próxima do que nunca. Mas é demasiado perigoso atravessar o paul em campo aberto e assaltar o Forte com a luz do dia, em razão disso, só poderemos avançar quando voltar a anoitecer.

— Vamos procurar um sítio seguro para descansar e preparar o que se segue. — Olho para a frente, onde as ervas se fundem com o paul. Há um matagal de azevinho entre os dois, com folhas lustrosas densamente compactas. — Podemos esconder-nos ali dentro.

Todos murmuram a sua concordância, pomo-nos de pé e começamos a andar, com água a escorrer dos nossos corpos trementes. Ao longe, do outro lado do paul, a alto-vento, erguem-se as Montanhas Desencantadas, brancas e resplandecentes. E uma outra coisa é iluminada pelo Sol nascente: uma longa e branca parede com ameias no topo.

O meu coração dispara novamente, porque deve ser a muralha do Forte. Mesmo atrás dela, estão o meu pai e todas as nossas esperanças para o futuro. E, hoje à noite, vamos saltar por cima dela.

O calor do sol não tarda a secar a nossa roupa e a aquecer-nos os corpos. A Flor trata o corte na face da Hero, e todos os nossos galos e nódoas negras, com uma loção que trazia na sacola. Partilhamos o que restava do pão de Corisco e revemos uma e outra vez o nosso plano, até eu sentir que conseguiria fazer tudo de olhos fechados. Mesmo assim, não consigo descansar, já que, a cada hora que passa, estou mais perto de voltar a ver o Rouxinol.

O calor arde intensamente e o silêncio é avassalador. Não há uma só brisa a fazer restolhar os juncos do paul e as aves de cabeça comprida têm demasiado calor para bater as asas ou cantar. Até os mosquitos estão suspensos, quase imóveis, pois estão demasiado derreados com o calor para bailarem no ar pesado. É um silêncio desconfortável que me leva a apurar os ouvidos em busca de sons de bogatires.

Ocasionalmente, a Bigodes mergulha num estreito riacho no outro lado do matagal e emerge com uma raiz para comer. Sempre que ela se mexe, fico com os nervos em franja, pensando na possibilidade de bogatires a ouvirem ou verem, conduzindo-os até nós.

Depois de ter perturbado uma família de patos-do-paul, que correm para fora da água a grasnar ruidosamente, peço à Bigodes que fique perto de mim, porque a sua movimentação me está a pôr nervosa. Ela deita-se em cima do meu pé e passa pelas brasas, o pelo a largar vapor, tal é o calor. O Grumo semienterra-se num pequeno pedaço de lama aqui perto e come as minhocas e as aranhas que, estonteadas de insolação, praticamente rastejam diretamente para dentro da sua boca.

Quando a tarde se faz crepúsculo, sinto encher-me de expectativa e, quando o Sol finalmente se põe, não consigo parar quieta de tanta energia. Acontece o mesmo com os outros. A Hero está de pé na orla do matagal, fitando a muralha à distância e passando o bastão de uma mão para a outra. O Prata está sentado no chão, a remexer nas suas ferramentas de serralheiro. A Flor mede pequenas quantidades de pós e verte-os para dentro de frascos minúsculos envoltos numa manga de palha entrançada. O Francelho ajuda silenciosamente o Gaio a treinar o seu canto mágico. E a Eco está sentada de pernas cruzadas, olhos fechados, queixo descido enquanto canta mais magia para dentro da pena dourada que tem à volta do pescoço.

Quem me dera ter a minha magia para a poder ajudar. O Prata aproxima-se de mim e lembro-me de como ele me fez sentir melhor no dia em que fiquei a saber que era o único alconoste da minha turma que não tinha canto mágico, levando-me até à oficina do tio Barro.

— Estás bem? — pergunto ao Prata, ao pensar novamente no tio Barro, e o Prata assente com a cabeça. — Não te agradeci por tudo que estás a fazer, Prata.

— Moróvia é a nossa casa — sussurra o Prata. — Não podemos continuar a deixar que o capitão Ilya a divida. Esta é a nossa oportunidade de mudar tudo para melhor.

— Preocupa-me que um de nós, ou todos, possa magoar-se ou ser preso — digo baixinho.

— Também estou preocupado. — O Prata dá-me um empurrãozinho no braço. — Mas precisamos da preocupação para nos mantermos em segurança.

Assinto e flito os dedos das mãos e dos pés, pensando na primeira parte do plano, que é trepar as muralhas do Forte. Nervosa, olho para a Bigodes e para o Grumo. Uma parte de mim deseja deixá-los aqui, em segurança relativa, mas a Bigodes limitar-se-ia a seguir-me com o Grumo em cima da cabeça. E a Hero deixou-me ficar com a túnica de pele de veado para a usar como marsúpio para os levar se for preciso.

Por fim, os últimos raios de sol dissolvem-se no paul e eu ponho a escada de corda ao ombro. A Bigodes, percebendo que estamos prestes a partir, agacha-se ao lado do Grumo para que ele possa subir para ela. E depois partimos em silêncio. Surgem estrelas no céu a escurecer e, como a Lua ainda não ascendeu, as estrelas parecem brilhar ainda mais ousada e luminosamente do que nunca.

Seguimos ao longo da margem do estreito riacho onde a Bigodes estava sempre a mergulhar, que depois se alarga e se torna num rio fundo e escuro, que reflete o céu à medida que vai abrindo caminho através do paul. Aqui, a água flui facilmente, em vez de rodopiar e ficar estagnada, como acontece no pântano. O chão vai ficando cada vez mais macio e vamo-nos afundando mais, até que estamos mergulhados até aos tornozelos na sua humidade e os juncos se erguem acima das nossas cabeças.

A muralha do Forte desenha-se cada vez mais perto, brilhando na escuridão, e sinto a preocupação a apertar dentro de mim a cada passo que dou. Tento esvaziar a mente e concentrar-me em ficar à escuta de possíveis bogatires e em procurar os melhores sítios para pousar os pés. Quando o chão está coberto de raízes, não me afundo tanto.

O rio ao nosso lado está a alargar-se e a transbordar para o paul. Caminhamos muito perto uns dos outros, para que, se um escorregar e cair em águas mais fundas, possamos ter sempre um braço a que nos agarrar. Eu e a Hero vamos à frente, lado a lado, com o Grumo e a Bigodes entre as duas. A Eco, o Gaio e o Francelho vêm atrás de nós, seguidos depois pela Flor e o Prata. Apesar do perigo que espreita em toda a parte, sinto uma onda de gratidão por estar rodeada de amigos.

Olho de relance para a Hero e pergunto-me se lhe devo devolver o colar, aquele que tenho dentro da bolsinha que trago ao pescoço. Ela, então, saberia quanto a amizade dela significou para mim nos anos em que estivemos longe uma da outra. Poderia dar-lhe força esta noite. Se ambas usássemos os nossos colares, isso poderia dar-nos força às duas. No entanto, o rosto da Hero está outra vez rígido e petrificado, como quando nos reencontrámos, apesar de eu agora saber que é por ela estar concentrada no plano que temos pela frente.

— Estás a ver a comporta? — sussurra a Hero, e eu observo através da escuridão a muralha à nossa frente. Está agora a menos de cem passos e é quase tão alta como a nossa última casa na árvore. No sítio onde o ribeiro se encontra com a muralha, vê-se um painel de madeira grossa, pelo menos três vezes mais alto do que eu, deve ser a comporta.

Correntes, tão largas como o meu braço, erguem-se de dentro de água em ambos os lados da porta e até a uma plataforma mesmo no cimo da muralha. Lá de cima, os bogatires devem conseguir içar a comporta para libertar água do fosso quando se enche demasiado. Tal como a Hero previra, a porta está fechada, porque a onda de calor baixou muito o nível das águas, porém, ela tinha a esperança de que nós as duas a pudéssemos subir.

— Vais conseguir trepar uma daquelas correntes? — pergunta a Hero e eu assinto. Trepar correias não pode ser muito diferente de trepar cordas, e eu fiz isso muitas vezes no pântano.

— E tu? — pergunto e a Hero assente de volta. — Uma corrida até lá cima? — ergo as minhas penas-sobrancelhas em jeito de desafio, pensando no tempo em que eu e a Hero fazíamos corridas na praia de Corisco.

A Hero olha para mim de sobrancelhas levantadas.

— Achas que este é um momento adequado para brincadeiras? — pergunta ela, com uma expressão severa, mas há um calor familiar nos seus olhos que me faz sorrir.

— Temos de esperar até a patrulha passar — sussurro, lembrando-me do nosso plano, e a Hero assente outra vez. Os nossos amigos juntam-se e escondem-se nos juncos. Apanho a Bigodes e o Grumo e coloco-os no marsúpio.

Ficamos assim a olhar para o cimo da muralha do Forte, até que, por fim, surgem as silhuetas de dois bogatires. Sustenho a respiração, o coração a bater alto e muito depressa. Os bogatires caminham lentamente para barlavento. Só lhes vejo o tronco e a cabeça, portanto, devem estar a seguir um trilho cavado entre os parapeitos no cimo da muralha. Os bogatires atravessam a plataforma da comporta e o meu coração lateja-me na garganta.

Daqui a instantes, quando os bogatires tiverem andado um pouco mais para dentro da escuridão, eu e a Hero vamos subir pela parede acima. Este é o ponto sem retorno. Ou escapamos com o Rouxinol ou somos apanhados.

Os meus olhos vagueiam para cima, para os bogatires, para o Forte mais além. Não vejo o que está lá dentro, mas vejo as escarpas brancas das Montanhas Desencantadas erguendo-se ao encontro do céu e a minha memória abre caminho para a única vez em que aqui vim antes.

A noite em que eu e o meu pai acampámos nas Montanhas Desencantadas

Há cinco anos, quando eu tinha oito anos, num Dia-Nuvem de final de verão, eu e o meu pai partimos para uma aventura até às Montanhas Desencantadas. A minha mãe estava a trabalhar, a cantar no teatro em vários espetáculos por dia, durante dois dias, pelo que eu e o meu pai decidimos ir acampar — só os dois.

Apanhámos uma charrete em direção a alto-vento, até que chegámos à grande ponte de pedra que atravessava para o lado barlavento da ilha. A partir daí, viajámos a pé, cada um levando uma grande mochila cheia de víveres e, na mão, grandes paus de madeira que tinham dado à costa no mar e que usámos como bastões de caminhada no terreno irregular.

Nessa altura, o Forte não existia. As Montanhas Desencantadas eram um lugar ondulado e rasgado por escarpas de um branco imaculado, salpicadas por ninhos de pássaros e arbustos emaranhados, com outeiros de ervas e flores silvestres nos vales entre os picos. Bútios e milhafres-reais planavam no céu azul e nuvens fofas pairavam sobre o topo das montanhas, como quando a espuma do mar se agarra às rochas da praia.

Eu e o Rouxinol caminhámos por trilhos já muito calcados próximos da ponte, onde as pessoas da ilha iam muitas vezes fazer piqueniques e observar aves. Fiz ao meu pai centenas de perguntas enquanto íamos andando. Queria saber os nomes das flores de cores vivas e das borboletas que bailavam ao sabor da brisa; que picos já tinham sido escalados e aqueles que ainda não; por que razão o canto mágico não funcionava ali; e se eram de alguma forma verdadeiras as velhas lendas da montanha que falavam de criaturas voadoras feitas de luz e animais que habitavam grutas e cujo pelo mudava de cor. O Rouxinol ouviu todas as minhas perguntas e respondeu-lhes o melhor que pôde e, quando não sabia as respostas, disse que íamos procurá-las juntos. Naquele tempo, antes de o *Alegria* se afundar, eu sentia sempre que ele estava inteiramente comigo, que me dava toda a sua atenção e que escutava cada uma das minhas palavras.

Lentamente, caminhámos para lá dos trilhos conhecidos e penetrámos na natureza intocada, selvagem e por explorar. Escalámos até a um pico que não tinha nome e montámos o acampamento quando o Sol se punha no lado alto-barlavento da ilha. O Sol tinha nascido quase exatamente no mesmo sítio nessa manhã e lembro-me de pensar como era incrível que Moróvia tivesse dado meia volta a flutuar no oceano durante esse dia, sem que déssemos conta do movimento.

O Rouxinol tinha levado a nossa pequena tenda azul, bem como as nossas mantas de feltro cinzentas e alguns toros de lenha, que a tia Flor tinha embebido com uma das suas poções para que ardessem e nos oferecessem calor e luz durante muitas horas. Eu tinha levado água fresca e leite gelado em garrafas e guloseimas que a minha mãe tinha feito: pão aromatizado com alho-selvagem, um frasco de queijo de limão mole e um grande bolo de sementes adoçado com passas.

Fizemos uma fogueira e aninhámo-nos muito juntos debaixo das mantas, a assar o pão de alho espetado em paus, derretendo em seguida o queijo de limão por cima. O Rouxinol até aqueceu o bolo de sementes, envolvendo-o em folhas de avelaneira e pousando-o numa pedra quente junto à fogueira.

As estrelas surgiram, uma a uma, até o céu brilhar tanto como o mar na baía de Corisco quando as algas luminescentes se abriam. O Rouxinol tinha trazido a sua preciosa guitarra, a vermelho-crepúsculo com doze cordas douradas brilhantes, e depois de comermos ele entoou canções, umas atrás das outras, que ascendiam pelo ar até às estrelas e pareciam fazê-las bailar e brilhar ainda mais.

Perguntei ao Rouxinol como era, ao fim de uma vida inteira a cantar magia, vir a um sítio onde a magia não funcionava. Eu perguntava-me se isso o fazia sentir-se impotente, como eu me sentia por ainda não ter magia. Mas o Rouxinol disse que não sentia nada diferente. Disse que todas as coisas de que mais se orgulhava na vida tinham sido alcançadas sem usar magia e que o nosso maior poder está sempre bem fundo dentro de nós e não, de todo, na nossa magia.

À medida que a noite ia avançando, uma meia-lua ergueu-se no céu e um aroma doce pairava à nossa volta, nítido e intenso, como o ar em torno do jardim do nosso telhado depois de chover. O cheiro intensificou-se de tal forma que perguntei ao Rouxinol o que era. Ele levantou-me, ainda enrolada na manta, e carregou-me para longe da fogueira, até um enorme arbusto cheio de folhas, mais alto e mais largo do que a altura do Rouxinol.

Flores brancas em forma de estrela brilhavam na escuridão e traças castanho-claras esvoaçavam à sua volta, como se o próprio arbusto estivesse a cantar magia como a da minha mãe.

— É um jasmim da noite — disse o meu pai. — As flores só se abrem quando há luar, libertando este aroma encantador, e as traças vêm beber o seu néctar. Por vezes, também morcegos e pequenas aves. Quando eu e a tua mãe éramos mais novos, costumávamos acampar nestas montanhas, sempre perto de um destes arbustos, por serem os preferidos da tua mãe.

— É lindo — disse eu, enquanto o Rouxinol me pousava no chão para eu me poder aproximar mais do jasmim e me ver rodeada do seu aroma e das traças esvoaçantes.

O Rouxinol começou a cantar uma das canções ancestrais da ilha, na língua antiga do povo-pássaro que soa como o canto dos pássaros, os ventos do mar e as ondas oscilantes, tudo ao mesmo tempo. Envolveu-me com os braços e dançámos ali mesmo, com as traças, os meus pequenos pés no meio dos seus pés compridos e com garras e as nossas penas da cabeça levantadas, para que o ar aromatizado tilintasse nas suas barbas. Dançámos e baloiçámos e o Rouxinol pôs-me a rodar tão depressa que senti os pés levantar do chão e como se estivesse a voar no céu estrelado.

Não me lembro quando parámos de dançar, por isso, acho que devo ter adormecido nos seus braços, junto às flores, sob as estrelas. Lembro-me, contudo, de acordar a meio da noite, com a cabeça pousada no seu peito e o som do seu coração junto ao meu ouvido. As mantas de feltro estavam aconchegadas à nossa volta e as estrelas eram tão brilhantes que, mesmo através do tecido da nossa tenda, eu conseguia ver o seu brilho a descer pelas escarpas brancas.

Esta noite, levanto os olhos para essas mesmas escarpas brancas a erguerem-se rumo ao céu e tudo o que desejo é ter o meu pai de volta, poder puxá-lo para tão perto de mim que possa ouvir de novo o bater do seu coração e dizer-lhe que senti a sua falta — não apenas nestes últimos três dias, mas nos últimos três anos.

CAPÍTULO 20

SALTAR A MURALHA

Sustenho a respiração enquanto os bogatires continuam a andar ao longo do topo da muralha. A julgar pelo silêncio, imagino que todos os meus amigos estejam a fazer o mesmo. Até a Bigodes e o Grumo, aconchegados no marsúpio junto ao meu peito, estão calados e quietos.

Logo que os bogatires desaparecem na escuridão da noite, a Hero vira-se para mim e acena com a cabeça. *É agora.* De repente, sinto--me estranhamente calma. Concentrar-me em tornar o nosso plano realidade é mais fácil do que preocupar-me com isso. Temos cerca de dez minutos até que a patrulha de bogatires regresse, por isso, temos de avançar rapidamente.

Eu e a Hero deslizamos silenciosamente para dentro do riacho ao nosso lado. A água ainda está quente do calor do dia, apesar de o Sol já se ter posto há horas, e nadamos suavemente, lado a lado, até chegarmos à comporta. A Bigodes mantém o focinho levantado, mesmo por baixo do meu queixo, e sinto a pele delicada do Grumo de encontro ao meu pescoço.

Quando alcançamos a comporta, separamo-nos. A Hero agarra a corrente num lado e eu agarro a do outro lado, e começamos a escalar. Cada um dos elos da corrente tem a largura de uma pulseira, mas é feito de um metal frio com a grossura do meu polegar. É fácil de agarrar nos elos com os dedos das mãos e dos pés, pelo que, rápida e silenciosamente, vou subindo, erguendo o corpo.

A Hero, no outro lado da comporta, tem um estilo de escalada diferente. Agarra toda a corrente com as suas mãos fortes e usa a força do tronco para se içar, prendendo os tornozelos em torno da corrente mais abaixo. Mas chegamos ao topo da muralha ao mesmo tempo, saltamos o parapeito e agachamo-nos no passadiço para recuperar o fôlego.

O som de água a pingar ressoa à nossa volta, enquanto escorre das calças de pele de veado e da túnica de linho da Hero e do marsúpio de pele de veado que uso sobre as minhas roupas já finas de tão gastas. Cada gota ecoa demasiado alto e põe-me os nervos em franja e as minhas penas esticam-se e puxam-me o escalpe com o medo de sermos apanhadas.

Ouve-se também um outro ruído vindo do outro lado da muralha interior. Aguço os ouvidos e consigo discernir o clac-clac de carapaças grossas a embater umas nas outras. O meu coração dispara quando espreito por cima do parapeito. São os caranguejos gigantes.

O espaço lá em baixo tem mais de duzentos passos de largura. Uma enorme muralha ergue-se do outro lado, ainda mais alta do que esta. Entre as duas muralhas encontra-se um fosso fundo e escuro. O lado mais próximo de nós está cheio de água negra e parada, mas no outro lado há um talude cheio de gigantescas formas sombrias, baixas e macias como os outeiros do paul.

Fito com espanto os caranguejos gigantes. Mudam de posição, arranhando e chiando, e, quando os consigo ver nitidamente, sinto uma náusea. Cada caranguejo é maior do que uma pessoa — se eu estivesse no chão ao lado deles, poderia olhar diretamente nos seus olhos pendurados nos pedúnculos. E poderia deitar-me em cima do seu dorso e ainda sobrava espaço. As tenazes podiam abrir-se e fechar-se à volta da minha cintura. Afasto este pensamento com um estremecimento.

A Hero dá-me uma pancada no ombro e eu agacho-me de novo atrás do parapeito. Ela aponta na direção da patrulha de bogatires e depois esgueira-se em sua perseguição. Eu fico onde estou, porque o nosso plano consiste em a Hero usar o elixir do sono da Flor nos bogatires, enquanto eu atiro para baixo uma escada de corda para os nossos amigos usarem.

A Bigodes está a choramingar e a tremer junto ao meu peito e sei que é por ter pressentido a presença dos caranguejos lá em baixo e estar assustada.

— Chhhh — digo, o mais baixinho que consigo. — Eu protejo-te, Bigodes. — Mas a minha voz vacila, pois se o canto mágico do Gaio não funcionar para afugentar os caranguejos, não faço ideia de como nos poderemos defender de tantas criaturas tão grandes.

Ergo a escada de corda acima da minha cabeça, enrolo-a à volta de uma secção sólida entre as ameias do parapeito e baixo-a lenta e silenciosamente pelo outro lado. Um a um, a Eco, o Gaio, o Francelho, a Flor e o Prata trepam cá para cima, até estarmos todos silenciosamente juntos no passadiço.

Quando puxo a escada, a Hero volta.

— Os bogatires desta muralha estão a dormir — sussurra. Eu gostaria de soltar um suspiro de alívio, mas as preocupações com a fase seguinte do nosso plano desenrolam-se agora dentro de mim. Lanço constantemente um olhar nervoso na direção do Gaio, conforme prendo a escada no parapeito do lado oposto e a desço. O fundo da escada entra na água do fosso, chapinhando suavemente, e eu encolho-me com o ruído.

— Vou cantar um pouco de magia — sussurra a Eco. — Para criar silêncio à nossa volta, para que algum bogatir que possa estar por perto não ouça o Gaio a cantar.

— Tens a certeza? — franzo a testa. Isto não fazia parte do plano, já que a Eco tem de poupar a sua magia para a pena dourada.

— Preocupa-me que os bogatires na outra muralha nos possam ouvir se não fizer isto. — A Eco começa a cantar uma melodia lenta e calmante. No início, a sua voz soa como o oceano, a embater suavemente contra uma costa húmida e sedimentosa. Depois, suaviza-se e torna-se no som de uma brisa marinha, a rodopiar sobre dunas de areia e a serpentear entre tufos de fenos-das-areias. Sinto a sua magia a encher o ar, a ecoar pensamentos de silêncio e calma que se sobrepõem a todos os ruídos noturnos, até que tudo o que ouço é o ténue murmúrio da sua canção.

Viro-me para o Gaio.

— Viste o tamanho dos caranguejos? — pergunto calmamente, apesar de saber que a minha voz agora não atravessará a magia da Eco.

O Gaio faz-me o seu sorriso desdentado.

— Os caranguejos fogem sempre do meu canto mágico. O tamanho não importa. — Põe-se de pé e começa a subir para o segundo parapeito, mas o Francelho trava-o.

— Se calhar devias tentar usar a tua magia a partir daqui — sugere o Francelho.

— Sabes que tenho de estar mais perto dos caranguejos para que funcione. — O Gaio abana a cabeça. — E tenho de estar ao mesmo nível, caso contrário, a minha magia desvia-se deles.

O Francelho assente, com relutância.

— Promete que não largas a escada.

— Estão todos preocupados para nada. — O Gaio sorri de novo e desce a escada.

Ficamos a observá-lo, em silêncio, com exceção da canção murmurante da Eco. Os caranguejos devem ter sentido a aproximação do Gaio, dado que se deslocam como um só, pondo-se de pé com uma grande algazarra e precipitando-se na direção do fosso.

Sustenho a respiração quando o Gaio começa a cantar, suavemente e baixinho de início, mas depois mais alto, quando vê que os caranguejos não reagem. Continuam a deslocar-se na sua direção, alguns agora atravessam a água a nado. Alguns já quase atravessaram metade do fosso.

— A magia dele não está a funcionar — murmuro num tom de urgência —, puxem-no para cima.

O Francelho, o Prata e a Flor começam todos a puxar a escada, apesar disso, o Gaio vai sempre descendo, cantando cada vez mais alto. Sei que ele quer desesperadamente que a sua magia funcione, da mesma forma que quero que a minha magia venha para eu poder ajudar. Quando não lhe resta mais escada, o Gaio enfia-se dentro de água e larga-a, apesar de os caranguejos continuarem a nadar na sua direção. Ele caminha dentro de água e tenta cantar uma melodia diferente.

O Francelho debruça-se sobre o parapeito, baixa uma vez mais a escada e chama o Gaio num sussurro urgente, o Gaio limita-se a cantar mais alto. Olho para a parede em frente, preocupada, pensando que, apesar da magia da Eco, o canto do Gaio poderá atrair a atenção dos bogatires que patrulham o outro lado do fosso... mas ainda não há sinal de ninguém. Olho de novo para baixo, para os caranguejos que continuam a avançar para o Gaio, e perpassa-me um sentimento de pânico.

Eu e o Francelho levantamo-nos ao mesmo tempo, acho que com a mesma ideia — saltar por cima do parapeito e ajudar o Gaio —, contudo, a Bigodes salta para fora do marsúpio e bloqueia-nos o caminho. As suas garras esgaravatam-me o pescoço, depois trepa pelo Francelho acima, empurrando-o para fora do seu caminho. Tento agarrá-la, no entanto, ela está presa na magia do Gaio. O canto do Gaio não está a funcionar nos caranguejos, mas está a funcionar na Bigodes e ela está a lutar para chegar a ele. Grito, alarmada, quando a Bigodes mergulha no fosso lá em baixo, com o Grumo a coaxar zangado em cima da sua cabeça.

A Bigodes e o Grumo aterram ao lado do Gaio, salpicando água cá para fora. Os meus olhos arregalam-se de horror quando um caranguejo enorme aponta para os três, com as tenazes a bater uma contra a outra.

— Fica aqui para ajudar a puxar-nos para cima — digo ao Francelho, e agarro no topo da escada de corda, baloiço por cima do parapeito e desço o mais depressa que consigo. Tenho de tirar o Gaio, a Bigodes e o Grumo de dentro de água antes que o caranguejo os alcance. Os três estão ali por minha causa, não posso deixar que se magoem.

Olho para baixo, o coração a bater disparado. O Gaio ainda está a cantar, a tentar diferentes tons e melodias, porém, nada funciona. O caranguejo estica um dos braços dianteiros e debruça-se para a frente. A tenaz abre-se, perigosamente perto do Gaio e da Bigodes, por isso, eu salto da escada, apontando os pés mesmo para a cabeça do caranguejo.

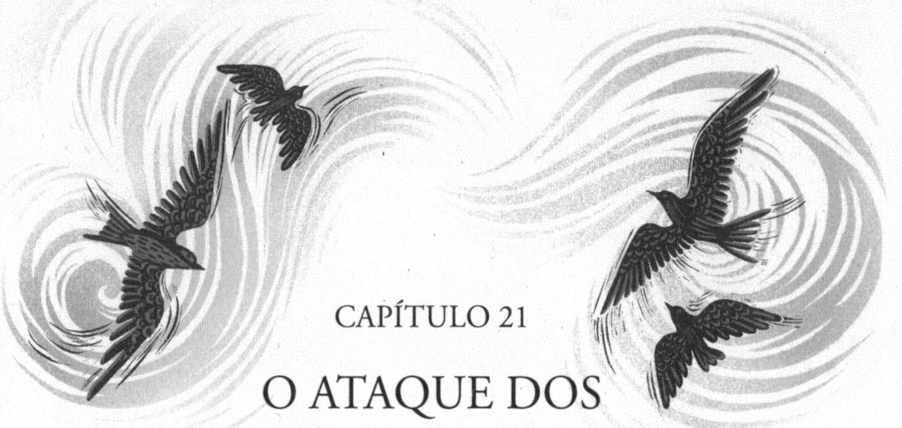

CAPÍTULO 21

O ATAQUE DOS CARANGUEJOS GIGANTES

Salto para cima da cabeça do caranguejo e o seu corpo inteiro mergulha abaixo da superfície. Patino para fora da carapaça escorregadia e caio de chapa na água, entre o caranguejo e o Gaio. A água está tão fria que arquejo, com dificuldade em respirar, e a escuridão aqui no fundo do fosso é tão desnorteante que o meu coração dispara de pânico.

— Volta a subir a escada — com urgência na voz, grito ao Gaio, que ainda está a cantar. — Temos de descobrir porque é que a tua magia não está a funcionar. — Olho em volta, à procura da Bigodes na escuridão e vejo-a a agitar-se em pânico ao meu lado. O Grumo agarra-se com três membros a uma das suas orelhas, sempre a adejar a sua perna-espada na direção dos caranguejos, que se aproximam rapidamente de nós. Estico a mão, agarro na Bigodes e aperto-a contra o peito.

O caranguejo gigante no qual eu aterrei volta a subir a toda a velocidade, assomando à tona a uma distância inferior à minha altura. Os seus enormes olhos amarelados fitam-me desde as extremidades dos pedúnculos e ele ergue as tenazes na minha direção. Inclino-me para trás e bato as pernas, tentando freneticamente afastar-me do caranguejo e alcançar a escada de corda.

Uma das tenazes do caranguejo aponta para o meu tornozelo. Dou-lhe um pontapé, mas a tenaz é dura como rocha e não se mexe.

Dou outro pontapé e o meu pé escorrega para a aresta afiada da tenaz, raspando a pele do meu calcanhar. Reprimo um grito de dor e bato as pernas ainda mais depressa.

O Gaio agarra-me o ombro e tenta puxar-me para longe do caranguejo, porém não faz quase diferença nenhuma. Os meus pés ainda estão mesmo em frente da criatura e uma das suas tenazes está prestes a fechar-se sobre o meu tornozelo esquerdo. Inspiro fundo, achando que a minha única hipótese de escapar poderá ser mergulhar na água negra, mas, de repente, a Bigodes contorce-se e solta-se e atira-se à cabeça do caranguejo, rosnando ferozmente.

Os dentes compridos da Bigodes cintilam quando se fecham sobre um dos pedúnculos dos olhos do caranguejo. O caranguejo sacode-se e recua, em choque, depois, aponta as suas garras para a Bigodes. Eu tento agarrá-la, puxá-la para lugar seguro, mas ela está fora do meu alcance. A tenaz de um caranguejo fecha-se à sua volta e um grito silencioso enche-me a garganta.

E então, uma nota aguda e nítida rasga a noite. Vem da escada atrás de nós e, pelo canto do olho, consigo discernir a silhueta do Francelho, que vem a descer ao mesmo tempo que canta. O seu canto torna-se mais agudo e olho, espantada, para a Bigodes a aumentar de tamanho dentro de água e o caranguejo a tirar a tenaz de cima dela, confuso. Lembro-me de o Francelho dizer que o seu canto mágico aumentava o tamanho dos animais e percebo agora que ele está a dirigi-lo à Bigodes!

No espaço de um segundo, a Bigodes é maior do que um cavalo e continua a crescer. O enorme monte formado pelo seu corpo quase me bloqueia a visão dos caranguejos que estão à nossa frente. Olho para ela, espantada com o poder da magia do Francelho.

A Bigodes fecha a mandíbula e o caranguejo que ela estava a segurar pelo pedúnculo do olho está agora pendurado na sua boca. Então, a Bigodes sacode a cabeça e o caranguejo vai a voar para dentro das sombras do talude em frente, onde aterra com estrondo, desatando a correr, aterrorizado.

Os outros caranguejos ficam parados. Uma série de pedúnculos oculares voltam-se na direção da Bigodes e os olhos amarelados nas suas extremidades reluzem de medo. A Bigodes fita-os de volta, o seu meio-sorriso alarga-se na sua enorme bochecha e depois lança-se para cima deles, salpicando água por todo o lado como estrelas cadentes a brilhar na escuridão.

Fixo os olhos na Bigodes, em choque. Ela agora é tão grande como a orca que uma vez vi a caçar perto da Colónia dos Pescadores e os caranguejos estão a nadar para longe dela, trepando uns para cima dos outros com a pressa de fugir. Formando uma enorme massa, os caranguejos rolam para cima do talude e penetram na sombra, encostando-se à muralha do outro lado, batendo as carapaças umas contra as outras.

— Relatório! — Uma voz grave ribomba do topo da muralha do outro lado e eu congelo de pânico. Aparecem dois bogatires, cada um com uma tocha comprida a arder. As chamas refletem-se nas suas armaduras, pelo que brilham num tom laranja. Parte do ruído que fizemos deve ter escapado à magia da Eco.

A Bigodes mergulha dentro de água, desaparecendo como um escaravelho-de-casca-de-árvore num tronco estriado. Sustenho a respiração e dou conta da presença do Gaio e do Francelho a chapinhar suavemente enquanto avançam dentro de água ao meu lado. *Destino, por favor, faz com que não nos vejam*. Este pensamento repete-se vezes sem conta dentro da minha cabeça, apesar de não ter a certeza de nada, está demasiado escuro e os bogatires estão demasiado altos para ver o que se passa no fundo do fosso.

A Eco deixa de cantar para que a voz da Hero, tão forte e profunda como a dos bogatires, possa atravessar o fosso com a resposta: «Tudo tranquilo!», grita. «Os caranguejos estão a lutar por uma ratazana-do-pântano.»

Os bogatires da muralha em frente resmungam em resposta e seguem caminho. A Eco começa a cantar de novo e eu suspiro de alívio enquanto nado para a Bigodes. Ela ergue-se da água, senta-se no talude e coça a cabeça com uma pata traseira que agora é mais comprida do que eu. Abano a cabeça, incrédula, continuando a deslocar-me a seu lado.

— Nem acredito que fizeste isto — sussurro para o Francelho quando ele e o Gaio se põem ao meu lado.

— Eu também não. — O Francelho sorri. — Já não usava a minha magia há muito tempo, não tinha a certeza de que ia funcionar.

Estendo a mão e dou palmadinhas no ombro da Bigodes, sempre a suster a respiração, porque o seu cheiro almiscarado intensificou-se a par do aumento de tamanho.

— Estás aí em cima, Grumo? — sussurro, espreitando lá para cima, para a orelha da Bigodes. Ouço um vago coaxar e vejo um minúsculo e trémulo movimento. — Quer dizer que a tua magia não funciona em sapos? — pergunto ao Francelho.

— Só funciona num animal de cada vez. Se eu me tivesse focado no Grumo, poderia ter funcionado com ele, mas achei que aumentar a Bigodes seria mais útil, porque ela já estava a atacar o caranguejo — responde o Francelho.

— Obrigada. E obrigada a ti também. — Viro-me para o Gaio.

— Mas a minha magia não funcionou — O Gaio franze o rosto.

— Tentaste tudo o que pudeste — digo — e também me puxaste para longe daquele caranguejo.

O rosto franzido do Gaio relaxa um pouco.

— É, acho que sim.

A Eco, que desceu a escada e atravessou o fosso a nado, emerge da água negra. Atrás dela vêm o Prata, a Flor e a Hero.

— Por aqui — murmura a Hero e vamos todos atrás dela para barlavento ao longo do talude, sempre perto do flanco gigantesco da Bigodes. Os caranguejos fitam-nos, pasmados, mas nenhum se atreve a avançar um milímetro que seja.

A Bigodes saltita, confiante, e eu sorrio quando dou conta de que ela enfrentou finalmente o seu medo dos caranguejos e o superou. Estendo a mão e dou-lhe mais uma palmadinha na perna, quando nos aproximamos de uma enorme nora de água a sair da muralha.

— Parem aqui — sussurro, olhando para a nora, que é quase tão grande como a Bigodes. A fase seguinte do nosso plano consiste em trepar para o eixo grosso que atravessa o centro da roda, deslizar por ele e passar por um buraco na parede, para depois entrar na forja de ferro do outro lado.

A ideia de estar tão perto do Rouxinol põe-me o coração descompassado, tal é a expectativa. Quase consigo sentir a sua testa encostada à minha, imaginando como nos vamos lançar num abraço.

— Eu vou primeiro e certifico-me de que a forja está vazia — sussurra a Hero, subindo para uma das varetas grossas da roda. A roda chia ligeiramente, porém, não se mexe, e a Hero baloiça-se agilmente para subir para o eixo, que é tão largo como um ramo grosso de uma árvore. Num ápice, a Hero avança a serpear ao longo do eixo, passa pelo buraco na parede e desaparece.

Fico a olhar, à espera de a ver voltar, aguçando os ouvidos à escuta de algum som de bogatires dentro da forja no outro lado, mas está tudo silencioso. A Hero enfia a cabeça para fora do buraco e acena para nos mostrar que é seguro. Sobe, então, a Flor, seguida do Prata, da Eco e do Gaio.

— Consegues pôr a Bigodes outra vez pequena? — pergunto ao Francelho e ele assente, fixando os olhos na Bigodes. Desta vez, o tom do canto desce e, enquanto isso, a Bigodes encolhe, contorcendo o nariz rapidamente. Em poucos segundos, já voltou ao tamanho habitual e eu ponho-a nos braços, coço-lhe o topo da cabeça e, ao Grumo — que faz um ar muito espantado ao ver a mudança de tamanho da Bigodes —, pisco o olho. O Francelho trepa para o eixo da roda e eu coloco a Bigodes e o Grumo no marsúpio antes de subir também, em último lugar.

Atravesso o buraco da parede a rastejar e ponho o pé num chão de pedra frio. Preciso de um instante para que os olhos se adaptem à escuridão. A forja é uma sala gigantesca com um teto alto abobadado.

Mesmo à minha frente, vê-se um enorme martelo de madeira que deve ser acionado pelo movimento da nora e, mais além, há uma lareira ampla erguida acima do chão, rodeada por todo o tipo de ferramentas e os foles maiores que alguma vez vi. O resto da sala não tem nada e parece apenas fazer eco. No outro lado da sala, vemos um amplo conjunto de portas duplas, mas juntamo-nos todos em volta de uma porta estreita na parede mais próxima.

O Prata está de joelhos e enfia uma das suas ferramentas de serralheiro na fechadura. A fechadura estala e o Prata roda o puxador e empurra a porta, contudo, esta não se mexe.

— Deve estar trancada no outro lado — sussurra o Prata.

A Hero deixa cair os ombros.

— Esqueci-me dos ferrolhos. Tanto esta porta como as portas duplas têm ferrolhos do lado de fora.

— Há alguma outra forma de sair? — Olho em redor da forja, mas não há outras saídas, exceto o buraco por onde entrámos.

A Hero abana a cabeça e franze o rosto, no entanto, a Flor ergue a sacola acima da cabeça e sorri.

— Quer dizer que vou ter de começar a fazer explosões mais cedo do que o previsto.

CAPÍTULO 22

EXPLOSÕES

— Posso fazer uma pequena explosão para abrir a porta. — A Flor olha para a lareira atrás de nós. — E podia preparar uma explosão maior naquela lareira, de modo que rebente logo depois. Quando os bogatires vierem averiguar o que se passa, terão de lidar antes de mais com a lareira, o que nos deverá dar tempo suficiente para sairmos daqui sem sermos vistos.

Ponho o braço à volta da Bigodes e do Grumo, que ainda estão enfiados no marsúpio, e olho em volta da sala, à procura de um abrigo, não quero que se assustem com as explosões. Há uma pequena alcova num canto perto das portas duplas e vou até lá. Todos me seguem, com exceção da Flor, e amontoamo-nos muito juntos, enquanto ela remexe nos frascos que tira da sacola. Verte uma linha de pó ao longo da base da porta estreita e depois avança para a lareira.

A Flor revolve as cinzas espessas até encontrar algumas brasas incandescentes. Polvilha-as com um pó cor de laranja, que começa imediatamente a fumegar. Em seguida, acende uma lasca de madeira, volta para a porta e acende o pó escuro. Este começa a cuspir faíscas reluzentes no ar e a Flor vem a correr para junto de nós.

— Tapem os ouvidos! — diz, enquanto se agacha e eu me enrolo sobre a Bigodes e o Grumo.

Um estrondo enorme ressoa em toda a sala e o ar enche-se de fumo.

— Depressa! — A Flor corre para a porta e nós seguimo-la. O fumo que ascende da lareira é agora espesso e cor de laranja e as brasas emitem um ameaçador som sibilante. A Bigodes treme dentro do marsúpio e eu baixo o queixo para lhe tentar sussurrar palavras que a tranquilizem e também ao Grumo. Sinto a barriga a revolver-se de culpa por os ter trazido até ali, mas tento ignorá-la e afastá-los do fumo e do ruído o mais depressa possível.

A porta rebentou completamente para fora das charneiras e está estendida no chão a vários passos de distância. Penetramos todos na noite e olhamos em volta cautelosamente. À nossa frente, temos duas longas fileiras de torres cilíndricas, mais altas do que as casas de Corisco. São negras na escuridão, mas têm orifícios largos e curvos na base que brilham num feroz e reluzente tom de laranja, e um fumo cinza-claro ergue-se dos seus topos abertos. Devem ser os fornos, onde as pedras extraídas são fundidas para se extrair o ferro. É aqui que nos separamos. A Flor, o Gaio e o Francelho vão fazer mais explosões nos fornos e eu, a Hero, o Prata e a Eco vamos procurar o Rouxinol.

Os gritos dos bogatires elevam-se no ar não muito longe e as pancadas surdas dos passos pesados das suas botas ressoam no chão rochoso.

— Encontramo-nos perto da ponte — sussurro, olhando para a Flor, o Gaio e o Francelho. O nosso plano consiste em fugir pela ponte de pedra no lado sotavento do Forte logo que tenhamos o Rouxinol e deixar aqui a Eco para que use a sua magia para convencer a Vasha a libertar toda a gente que está na pedreira.

O Gaio e o Francelho aquiescem e a Flor agarra-me a mão e aperta-a.

— Boa sorte — cochicha, fazendo depois sinal ao Gaio e ao Francelho para que a sigam. Volto-me para a Hero, que nos vai conduzir, a mim, à Eco e ao Prata, até ao Rouxinol. Ao pensar em voltar a vê-lo, sinto a excitação a borbulhar dentro de mim e ponho-me constantemente a imaginar a surpresa e a alegria no seu rosto quando chegarmos para o libertar.

— Por aqui. — A Hero inclina a cabeça e nós seguimo-la, enquanto serpenteia entre os fornos, tomando depois um caminho estreito que mergulha numa descida íngreme até a um vale escuro entre claras escarpas de calcário que cheiram a mar e a enxofre. É estranho pensar que este é um dos lugares onde a Hero tem passado o seu tempo, ao passo que eu e o Rouxinol estávamos escondidos no pântano. As vidas de ambas mudaram tanto desde o naufrágio do *Alegria*.

Ouve-se um enorme estrondo atrás de nós que faz os penhascos e o chão vibrar. A Bigodes contorce-se a tentar sair do marsúpio, em pânico, e eu paro para a acalmar e confirmar que ela e o Grumo estão bem, no entanto, o Prata dá-nos um toque para continuarmos.

— Esta foi a explosão dentro da forja. Haverá outras em breve, serão ruidosas e uma distração para os bogatires, mas a minha mãe vai mantê-las controladas para que ninguém se magoe.

A Hero olha para trás, na nossa direção.

— Vamos — exorta.

Alcanço-a e o meu olhar é atraído para um caminho estreito que se desvia para a nossa esquerda.

— Aquele caminho vai dar à pedreira? — sussurro, pensando em todas as pessoas que foram condenadas a viver e a trabalhar ali, entre as quais os pais do Francelho e do Gaio. A Hero assente e eu formulo um desejo silencioso de que o nosso plano seja bem-sucedido e que, em breve, toda a gente possa ser livre.

O Prata para, acompanha-me o olhar e o seu rosto empalidece. Arrependo-me imediatamente de ter feito a pergunta, estendo a mão e agarro a dele.

— Lamento muito, Prata — sussurro, sabendo que agora ele estará a pensar no pai e que este é o sítio onde ele morreu. O Prata aperta-me a mão e pisca os olhos para conter as lágrimas.

— Vamos. — O Prata puxa-me para avançarmos e corremos para alcançar a Hero, ainda de mãos dadas. O caminho que seguimos faz uma curva e depois inclina-se para trás numa subida. A visão de um edifício baixo de pedra mais adiante acelera o bater do meu coração. O mapa que a Hero desenhou no chão da casa da Eco continua bem vivo na minha memória, portanto, sei que aquele edifício é onde estão as celas dos prisioneiros — e onde estará o Rouxinol. Com nervosismo, a minha mão aperta com mais força a do Prata. Espero que o Rouxinol esteja bem e que consigamos tirá-lo daqui em segurança.

A Hero faz-nos sinal para irmos para a lateral do edifício, que tem uma porta blindada a ferro. O Prata larga-me a mão, ajoelha-se em frente da porta e tira as suas ferramentas de serralheiro. Encosto-me à parede a seu lado e envolvo a Bigodes e o Grumo com um braço. A Eco está ao meu lado e a Hero está um pouco mais longe, de vigia.

Ouve-se outra explosão vinda do lado dos fornos, a par dos gritos de bogatires. Chamas rugem e faíscas disparam em direção ao céu, por isso, acho que os bogatires estão ocupados com as explosões da Flor, conforme planeámos.

O Prata não precisa de muito tempo para arrombar a fechadura e ele sorri quando se põe de pé e empurra a porta, abrindo-a. Estou a contar que a Hero entre primeiro, mas, depois de espreitar lá para dentro para ver se há por ali bogatires, ela estende o braço, convidando-me a passar primeiro. Corro lá para dentro, a ideia de ver o Rouxinol levanta-me tanto as penas que captam o ar à sua volta.

Para lá da porta, há um corredor entre fileiras de pequenas celas com barras de ferro. Avanço agilmente, à procura do Rouxinol. Mas todas as celas estão vazias.

— Onde é que ele está? — sussurro.

— Continua — diz a Hero atrás do Prata e da Eco. — Por esse portão aí à frente.

O portão de ferro que temos diante de nós está trancado, por isso, espero que o Prata o abra. Apesar de ele demorar apenas alguns instantes, estou tão impaciente que não consigo parar de me mexer.

Por fim, o portão abre-se e eu corro ao longo de mais um corredor entre fileiras de mais celas com barras de ferro, vazias.

O meu coração martela e um terror gelado ergue-se dentro do meu peito.

— Alguma coisa não bate certo. — Paro e volto-me para trás, as penas caem-me e arrepanham-me o escalpe. O Prata e a Eco estão atrás de mim, mas a Hero já não está connosco. Ficou junto ao portão de ferro na outra ponta do corredor e está agora a fechá-lo.

— O que estás a fazer? — grito, correndo de volta ao seu encontro.

Ela não olha para mim enquanto fecha o portão e enfia um cadeado enorme de ferro no ferrolho.

— Hero! — Alcanço o portão, agarro nas barras de ferro e fixo os olhos no rosto dela, completamente incrédula. — O que estás a fazer? — repito.

A Hero baixou o rosto, porém, levanta o olhar para mim por breves momentos. Os seus olhos são lagos solenes e cheios de água.

— Desculpa-me, Pintarroxo. Mas isto tem de ser feito, para a segurança de todos os habitantes da ilha. — Volta-me as costas e afasta-se, deixando-nos presos e sozinhos.

CAPÍTULO 23

AS CELAS

— Hero! — chamo-a, em desespero, mas ela desaparece no meio de um grupo de bogatires de armadura que caminham na nossa direção. Ela para um instante para falar com o que vem à frente. É o capitão Ilya. Uma onda de amargura franze-me o rosto e faz-me dar um passo atrás. Ele está a usar o seu elmo de ferro com a pena metálica em cima e a cota de malha que lhe cobre sempre o pescoço.

— Entrem para celas separadas. — O capitão Ilya fulmina-nos com os olhos, a mim, à Eco e ao Prata, os seus olhos cinzento-ferro semicerrados de tão desconfiados.

O meu olhar salta do capitão Ilya para os bogatires atrás dele. São oito, cada um deles é enorme, usam todos uma armadura pesada e os elmos de ferro integrais que os protegem do canto mágico. Ao olhar para eles, sinto-me como se estivesse presa em lama funda e absorvente com a maré a subir. A Hero traiu-me, traiu-nos a todos. E não há nada que possamos fazer para sair desta situação.

A Eco é a primeira a mexer-se. Caminha calmamente para dentro da cela mais próxima e permanece o mais ereta que consegue, com o queixo orgulhosamente erguido. Porém, os seus olhos estão repletos de tristeza. A cela parece rodopiar à minha volta. Quero pensar nalguma coisa, seja o que for, que um de nós possa fazer impedir que isto aconteça, porém, não consigo.

— Entrem numa cela — repete o capitão Ilya, falando mais alto — ou então eu mesmo vou aí e ponho-vos lá dentro.

Enche-me o pensamento uma imagem do capitão Ilya a empurrar tão rudemente o Rouxinol que ele caiu na estrada de terra e sinto os olhos a arder. O meu olhar fulmina o capitão Ilya, de fúria, mas recuo lentamente para dentro da cela atrás de mim. Aceno para o Prata, que está parado, de punhos cerrados, tento indicar-lhe que deve fazer o mesmo antes que um bogatir o empurre. Não faço ideia de como vamos sair deste apuro, mas sei que será mais difícil se algum de nós ficar ferido.

O capitão Ilya destranca o portão e avança com bogatires nos dois lados. Todos comprimidos numa massa compacta, com a armadura a cintilar, parecem um cardume de tubarões-de-recife à caça num canal estreito.

O capitão Ilya caminha até distar apenas poucos passos da Eco e olha-a penetrantemente lá do alto.

— Tira a pena dourada do pescoço e pousa-a no chão.

A Eco devolve-lhe o olhar em desafio.

O capitão Ilya avança mais um passo. Ameaça a Eco com a sua altura superior. Depois, estende a mão para agarrar na pena. Tem as mãos cobertas com luvas de cota de malha. O meu coração afunda-se quando o capitão Ilya arranca a pena dourada do pescoço da Eco, a atira para o chão e a esmaga sob uma bota revestida a ferro. Os olhos da Eco ardem sem que deixe de fitar o capitão Ilya.

O capitão Ilya desvia os olhos da Eco e recua um passo.

— Revistem-nos a todos — ladra ele. Os bogatires separam-se e entram dois em cada uma das nossas celas.

Ponho os braços à volta da Bigodes e do Grumo para os proteger, ainda dentro do marsúpio, quando um bogatir se põe mesmo à minha frente.

— É mais fácil se fores tu a tirá-los — diz o bogatir com uma voz gentil, inclinando-se para mim. Olho para o bogatir, em choque, interrogando-me como é possível alguém com o mínimo de bondade trabalhar para o capitão Ilya. No entanto, ergo a Bigodes do marsúpio, com o Grumo agarrado à sua orelha, e pouso-os suavemente no chão ao meu lado.

— Eles não fazem mal a ninguém — digo. — E eu não tenho mais nada comigo. — Passo o marsúpio por cima da cabeça e entrego-o ao bogatir, provando que estou a dizer a verdade, virando os bolsos dos calções para fora. A moeda de cobre que a Hero me deu cai ao chão e faço uma careta ao ver o símbolo da união.

O bogatir ignora a moeda, verifica o marsúpio e devolve-mo. Continuo de olhos postos no símbolo da união, pensando que a nossa amizade e a união de Moróvia devem significar muito pouco para a Hero.

O outro bogatir na cela debruça-se subitamente para a frente e agarra no saquinho que trago ao pescoço e eu encolho-me, chocada e furiosa. O cordão parte-se, o bogatir abre atabalhoadamente o saco e esvazia-o do seu conteúdo. A pena amarela da minha mãe flutua até ao chão, enquanto os nossos colares, meu e da Hero, se derramam para a mão enluvada do bogatir.

— São as minhas coisas pessoais — digo entre dentes cerrados e agarro de volta os colares e agacho-me para recuperar a pena da minha mãe.

— Ela não tem nada que seja perigoso. — O primeiro bogatir coloca-se entre mim e o bogatir que me arrancou o saquinho com os colares.

— E a ratazana-do-pântano e o sapo? — pergunta o outro bogatir com uma voz roufenha e o meu coração martela de terror só de pensar que a Bigodes e o Grumo podem ser levados.

— Não são uma ameaça. — O primeiro bogatir vira-se e faz sinal ao outro para que saia. Saem os dois da minha cela e trancam-na. Agacho-me junto da Bigodes e do Grumo, aliviada por ainda estarem comigo, mas a arder por dentro de indignação por estarmos todos encurralados ali.

— Tirámos ao rapaz as ferramentas de arrombar fechaduras. — O bogatir que revistou o Prata sai da sua cela e tranca-a, enquanto outro bogatir fecha a cela da Eco.

Cai sobre mim uma onda de desespero. A Hero traiu-nos. O choque do que aconteceu aperta-me e dói-me tanto no peito que me custa respirar. Não conseguimos encontrar o Rouxinol. A pena dourada que poderia ter trazido a união a Moróvia foi esmagada e feita em pó. E nós estamos trancados dentro do Forte. Olho para uma pequena janela com grades acima da cabeça do Prata. O céu negro do lado de lá está tingido de laranja devido ao brilho das explosões da Flor.

Pergunto-me onde estarão a Flor, o Gaio e o Francelho. A Hero conhece todo o nosso plano, o que significa que estará provavelmente neste preciso momento a levar bogatires até eles. A fúria e a frustração invadem-me. Como é possível a Hero ter-nos feito isto? *Porque* faria ela isto? Eu pensava que éramos amigas. Ela salvou-nos em Corisco, salvou-nos a vida no Desfiladeiro do Medo e ajudou-nos a chegar aqui. Mas deve ter sido tudo mentiras, tudo parte de um horrível plano para nos prender aqui. E eu fui tão tola que não o percebi. Sinto um grunhido a subir-me pela garganta e engulo-o de novo para baixo.

O capitão Ilya vira-se e afasta-se, com os outros bogatires no seu encalço.

— Os dois últimos ficam de vigia. — O capitão Ilya acena com a mão enquanto desaparece pelo corredor fora.

O último bogatir fecha o portão de ferro e tranca-o, e depois fica parado do outro lado com outro bogatir, ambos de costas para nós.

Afago o cimo da cabeça da Bigodes. Ela chega-se a mim e o Grumo coaxa um lamento.

— Como pôde a Hero fazer-nos isto? — sussurro, desta vez em voz alta, colocando os nossos colares de volta no saquinho de cabedal e pondo cuidadosamente a pena da minha mãe no topo. Por fim, ato o cordel e prendo o saco à volta do pescoço.

— Eu pensava que vocês eram melhores amigas. — O Prata senta-se no chão na cela em frente da minha e inclina a cabeça para trás, contra a parede de pedra ao fundo da cela.

Uma imagem de mim e da Hero deitadas na praia de Corisco, lado a lado, as faces encostadas, assome-me à mente com tanta nitidez e intensidade que sinto o calor da sua pele de encontro à minha.

— Eu também pensava — sussurro. Uma lágrima corre pela minha face. A Bigodes grunhe baixinho e encosta o seu focinho com bigodes entre o meu queixo e o meu ombro para me reconfortar.

— Isto não tem nada que ver com a vossa amizade. — A Eco olha em volta da cela, os seus olhos esvoaçando da janela gradeada para o portão gradeado, como uma ave encurralada. — A Hero agiu de acordo com o que ela achava ser certo, e não por amizade. O que é admirável, se pensarmos bem.

Lembro-me das últimas palavras que a Hero me disse: *Isto tem de ser feito, para a segurança de todos os habitantes da ilha*, e franzo o rosto.

— Mas nós éramos amigas. Ela devia ter confiado em mim.

— Confiar em alguém implica sempre um risco. — A Eco suspira. — E se calhar confiar nos amigos é o maior risco de todos, porque lhes damos os nossos corações, as nossas esperanças e os nossos sonhos.

— Nunca devia ter confiado na Hero. — Deixo-me cair à volta da Bigodes e encosto o rosto ao seu pescoço, junto ao Grumo.

— O que eu não compreendo é por que razão a Hero nos salvou dos bogatires lá em Corisco. — O Prata cerra as sobrancelhas. — Ela ajudou-nos a fugir. Porque faria isso só para nos prender a todos quando aqui chegássemos?

— Por minha causa — diz a Eco muito simplesmente. — A ideia da Hero devia ser que vocês a trouxessem até mim.

O meu peito aperta quando penso como a Hero nos deve ter enganado desde o primeiro momento em que me defendeu dos bogatires na cozinha da Flor e do Prata. Se calhar até me seguiu até à casa, depois de me ver nas árvores quando o Rouxinol estava a ser levado na carroça.

Pensei que a Hero estava a agir por amizade, mas era mentira, e tudo desde então fora também mentira.

— Este tempo todo, a Hero queria trazer-te a ti para o Forte? — Olho para a Eco e ela assente.

— Eu sou a líder do Movimento da União e o meu canto mágico permite-me ficar escondida. Há anos que o capitão Ilya me quer trazer para o Forte, e nunca me tinha conseguido encontrar. Ele e a Hero devem ter engendrado este plano para me capturar, usando-te a ti.

— Mas ela podia ter permitido que o peixe-gato te apanhasse no Desfiladeiro do Medo — diz o Prata, de sobrolho ainda cerrado.

— Querer encarcerar alguém é muito diferente de querer que seja engolido por um peixe-gato gigante — diz a Eco.

— A Hero *usou*-me — resmoneio com amargura, contudo, as minhas palavras afogam-se no som de passos pesados. Um grupo de bogatires aproxima-se e, presos no meio deles, vêm a Flor, o Gaio e o Francelho.

— Oh, não — murmuro, vendo que a última e ínfima chama de esperança, de que os nossos amigos pudessem de algum modo salvar-nos, se extingue dentro de mim. Enterro o rosto no pelo da Bigodes, incapaz de olhar para os meus amigos, enquanto os bogatires os revistam e depois os trancam nas celas junto às nossas.

— Foi a Hero que fez isto... — começa o Prata a explicar aos outros, depois de todos, exceto dois, bogatires se terem ido embora, mas eu entoo um murmúrio para dentro do pelo da Bigodes, não querendo ouvir as suas palavras.

Apesar de a Eco ter dito que nada daquilo tem que ver com a minha amizade com a Hero, não deixo de sentir que tem. Parece que tudo o que nos está a acontecer nestas celas e tudo o que está a acontecer em Moróvia é um reflexo do que aconteceu comigo e com a Hero. Porque, se não houver confiança entre nós e se não houver esperança de a nossa amizade sarar, não vejo como pode haver esperança para quaisquer alconostes e humanos alguma vez viverem unidos.

Pego na moeda de cobre e fito o símbolo da união, com lágrimas nos olhos. O futuro de Moróvia parece tão frio e desolado como as celas que nos rodeiam e eu dou conta de que não sentia um desespero assim desde os dias que se seguiram ao naufrágio do *Alegria*…

Os dias que se seguiram ao naufrágio do Alegria

Há três anos, no Dia da União, eu estava na praia, de pé, banhada pelo sol da tarde e rodeada da doce fragrância das flores das couves-do-mar. O Rouxinol tinha o braço pousado nos meus ombros e a Flor segurava-me a mão. A praia estava cheia de alconostes e humanos, de braço dado, os rostos sorridentes voltados para o céu azul, juntando as vozes numa canção.

Dois corações sinceros e bons
Nossas vozes alto e bom som
Cantam como uma só de bom grado
Sob um grande sol dourado…

O meu coração estava apertado de orgulho e dos meus olhos caíam lágrimas de alegria enquanto cantava também. Sentia-me parte de algo belo.

Mas então o ar escureceu e arrefeceu tão rapidamente que o Rouxinol me puxou contra o seu peito. Olhei para cima e o Sol tinha desaparecido. O céu estava coberto com um manto espesso feito de uma nuvem púrpura como uma pisadura, parecia pesada, como se pudesse cair em cima de nós.

Todos pararam de cantar e a praia ficou submersa em silêncio. Então, o vento começou a soprar. Uma brisa fria rodopiava à nossa volta, agitando as penas e fustigando os cabelos. A mão da Flor apertou-se à volta da minha.

— O mar — alguém murmurou e todos se voltaram para a beira-mar. Eu não conseguia ver, porque era muito mais baixa do que toda a gente, mas, de algum modo, sentia como o mar recuara e se afastara de nós. Não conseguia ouvir o rolar rítmico das ondas contra a areia e não sentia o seu borrifo salgado. Senti o medo a rastejar dentro de mim, mais frio do que o vento, e fiquei com pele de galinha.

Sussurros de pânico percorreram a multidão a toda a velocidade e ouvi pedacinhos de frases que me puseram o coração aos saltos.

— Ali… no horizonte…

— É o *Alegria*.

— Para lá do *Alegria*… A linha branca… É uma onda.

— Mas é enorme…

Soltei-me da Flor e do Rouxinol e corri para fora da multidão, em direção ao mar. Mas este estava muito, muito longe, muito mais para lá do que a maré mais baixa da primavera. Estaquei, além do limiar da multidão, e fitei o horizonte.

Estava ali o *Alegria,* pequenino à distância, as suas velas vermelho-vivas a ondear. Sem pensar, ergui a mão para acenar — como sempre fazíamos quando víamos o navio a passar ao largo. Imaginei a minha mãe no convés, no seu vestido laranja novo, as suas asas azuis e amarelas estendidas e a orquestra à sua volta.

Mas depois vi a parede branca atrás do navio e franzi o rosto, confusa. Não podia ser uma onda. Era mais alta do que o navio e aumentava a cada momento que passava.

As pessoas agora gritavam, chamando por nomes e gritando ordens para correrem para as casas que se alinhavam ao longo da praia.

— Pintarroxo! — Ouvi a voz do Rouxinol e virei a cabeça na sua direção.

— Estou aqui! — gritei e ele empurrou-me para fora da multidão e levantou-me nos braços como se eu fosse novamente uma menina pequena. — Que se passa? — A minha voz ficou abafada contra o seu ombro e ele não respondeu. Ele começou a correr, no seu jeito rápido e irregular, pela praia acima e em direção a nossa casa. Ouvi a sua respiração a voar-lhe para dentro e para fora dos pulmões como asas. E, atrás de nós, ouvi a longa e lenta inalação do oceano. O ar parecia esticar-se e a nuvem púrpura como uma pisadura desceu sobre nós como um nevoeiro estranho. Eu não queria olhar para ela, por isso, apertei os olhos bem fechados e agarrei-me com força ao Rouxinol.

Senti o Rouxinol a subir a correr os degraus da nossa casa e ouvi-o chamar pessoas ali perto.

— Podem vir para aqui! Depressa! Toda a gente tem de vir para dentro de casa, para o andar de cima! Rápido! — O Rouxinol pousou-me no chão junto à porta e disse-me que voltava num instante. Voltei a abrir os olhos. A nossa casa estava cheia de gente. A Flor agarrou-me na mão, puxou-me para o quarto dos meus pais e disse-me que ficasse ali sentada com o Prata, no chão e encostada à cama. Havia pela menos dez crianças comprimidas no quarto, todas com um ar tão confuso como eu me sentia. Depois a Flor desapareceu outra vez.

— O que está a acontecer? — perguntei ao Prata.

— Acho que é uma onda gigante — sussurrou o Prata e vários rostos de criança se voltaram para ele, os olhos arregalados de medo. O Prata tentou acalmá-los, dizendo que ficariam bem, que a ilha se desviaria da onda e que estaríamos seguros ali, num piso superior.

Esgueirei-me dali para fora. Serpenteei entre as pessoas compactadas na nossa sala até chegar à varanda. Alguém fechara as portas de vidro e as tapara com um pedaço enorme de madeira, que, penso eu, se calhar tinha sido tirado do anexo do nosso vizinho de baixo.

Soube nesse momento que alguma coisa devia estar a correr muito mal. Nunca fechávamos as portas da varanda no verão, nem mesmo quando fazia uma tempestade. Sentávamo-nos lá fora a olhar para as nuvens cheias de chuva a deslocar-se por cima do mar e ao longo da costa.

Espreitei pelo buraco de um nó da madeira e vi a parede branca a rolar para cada vez mais perto. Sustive a respiração e o meu corpo paralisou enquanto via o *Alegria* desaparecer dentro da onda sem produzir um som que fosse. Num momento, o navio estava ali, no seguinte já não. Continuei a piscar os olhos, à espera de ver o *Alegria* voltar a aparecer, mais acima ou mais abaixo na onda. Porém, não o voltei a ver.

A onda tornou-se mais alta no lado barlavento da ilha, o que fez o horizonte parecer inclinado e, de repente, parecia que toda Moróvia também estava inclinada. E se calhar estava.

O tempo pareceu acelerar. Fiquei tensa de medo quando a onda veio a toda a velocidade na nossa direção, impossivelmente alta e larga. Agarrei na borda da madeira que tapava as portas da varanda, incapaz de me mexer ou de desviar os olhos.

A onda rebentou com um grande estrondo na costa e a própria praia deu uma guinada para cima. Soube nesse momento que a ilha estava decididamente a mover-se, a baloiçar para cima e sobre a onda, para nos proteger. A espuma branca que atingiu a praia tornou-se castanha de areia. Ouviu-se um ribombar quando a onda correu na nossa direção, mas o ângulo da praia e a forma como a água se espalhava diminuiu a força da onda. À medida que foi abrandando e ficando mais pequena, parte do meu medo esmoreceu. Quando a água alcançou os edifícios, já só bateu calmamente nas paredes da casa do Cotovia, o nosso vizinho de baixo.

Lembro-me de pensar que a casa do Cotovia devia estar inundada, mas eu vira-o ali, na nossa sala, com um aquário na mão, onde trazia o seu peixe-anjo de estimação, por isso, sabia que ele estava seguro. Olhei para cima e para baixo, para a praia inundada, tanto quanto conseguia, através do buraco na madeira, e estava deserta, sem ninguém. Toda a gente devia ter ido para dentro de casa. E nós estávamos seguros ali dentro. Contudo, não houve nenhum suspiro de alívio.

Alguém deslocou a madeira que nos cobria a varanda e abriu as portas de vidro. Todos ficaram a olhar para o mar, sem pestanejar, varrendo com os olhos as águas agora tranquilas.

— Onde está o *Alegria*? — perguntei, depois do que pareceu uma eternidade. Ainda não vira o navio a reaparecer, mas achei — tive a esperança — de que alguém tivesse visto alguma coisa que me tivesse passado despercebida.

O Rouxinol surgiu ao meu lado e levantou-me nos seus braços.

— Onde está o *Alegria*? — perguntei de novo. O Rouxinol não respondeu. Deixou-se cair numa cadeira e abraçou-me. Pela minha cabeça passaram a correr as possibilidades de onde podiam estar a minha mãe e todas as pessoas que estavam no *Alegria*. Se calhar o navio tinha sido arrastado para mais longe da ilha e agora precisava de velejar de volta. Se calhar não o conseguíamos ver por as velas vermelho-vivas terem sido arrancadas e agora precisarem de ser remendadas.

Se o próprio *Alegria* se tivesse partido ou afundado, toda a gente estaria agora em barcos salva-vidas, a remar para terra. Eu sabia que o *Alegria* tinha muitos salva-vidas. Eu tinha-os visto alinhados em filas nos lados do navio. Olhei para o mar enquanto o Rouxinol me abraçava com força e esforcei os olhos para vislumbrar um dos barquinhos pequeninos.

Fiquei ali horas, enquanto a nossa casa se ia lentamente esvaziando. Os rostos das pessoas estavam tingidos de preocupação. Eu queria dizer-lhes que ia correr tudo bem. Que o *Alegria* era um navio forte. E que havia muitos salva-vidas. Que era apenas uma questão de tempo até que toda a gente que estava a bordo regressasse a terra...

Contudo, a noite caiu e ainda não havia sinal do *Alegria*, nem de nenhum salva-vidas. Apenas a Flor, o Barro e o Prata estavam ainda em nossa casa. O Barro estava a cortar legumes para fazer sopa e a Flor e o Prata estavam a arrumar a casa. O Rouxinol fitava o mar, os seus olhos enormes e a sua pele cor de ferrugem mais pálida do que eu alguma vez tinha visto.

— Ela vai voltar para casa — sussurrei, mas, no momento em que disse estas palavras, lembrei-me de ter visto o *Alegria* a desaparecer dentro da onda. O meu coração parou de bater e os meus olhos encheram-se de lágrimas.

— De certeza que a Alcíone está bem — disse eu, fazendo o máximo esforço por acreditar.

O Rouxinol não respondeu e continuámos sentados os dois, a olhar para o mar.

Essa noite e os dias que se seguiram passaram num borrão. A Flor, o Barro e o Prata ficaram comigo e o Rouxinol, mas só me lembro de ver toda a gente a olhar para o mar. A Hero veio ver-me, no entanto, não quis entrar em nossa casa. Ficou parada na entrada, a cara ardente e coberta de lágrimas. Gritou coisas que eu não compreendi, depois atirou o colar dela para o chão e foi-se embora. Eu apanhei-o e tentei correr atrás dela, porém, a Flor impediu-me. Disse que eu devia ficar com o Rouxinol e que o Barro ia ver se a Hero estava bem.

Quando voltou, o Barro disse que a Hero estava transtornada com o desaparecimento do *Alegria,* mas que ele tinha tratado de a pôr num carro e garantido que ela voltava para casa em segurança. Portanto, continuei a olhar para o mar. Precisava de detetar os salva-vidas ou quem sabe pessoas a nadar. Se toda a gente voltasse para casa, tudo estaria bem outra vez.

Não sei bem quantos mais dias passaram até nos chegarem as notícias. Foi o tio Barro quem as trouxe. Acho que, por essa altura, já toda a gente só falava em sussurros abafados. Porque, quando o Barro falou, a sua voz soou tão alto e tão nítida que fez eco em toda a sala.

— Encontraram o *Alegria* — disse ele. O seu rosto estava cinza-claro e com rugas profundas. Parecia velho e, quando me virei para o Rouxinol, lembro-me de pensar que também ele parecia muito mais velho e frágil, como se se pudesse desmoronar ao toque da brisa mais suave.

— Estão todos bem? — perguntei. Tinha o estômago tão apertado que tinha vontade de me encolher, mas sentei-me direita, de costas rígidas, e encarei o Barro nos olhos. Ele desviou o olhar, pestanejou e abanou a cabeça.

A Flor chegou-se a mim e envolveu-me com um braço. A minha boca abriu-se, mas não se formavam palavras. Quis dizer que haveria seguramente algum engano. Havia salva-vidas. Porém, o mundo pareceu fechar-se sobre mim e, por fim, cedi à dor de barriga e encolhi-me mais e mais, até ser apenas uma bola pequenina no chão. O Barro levantou-me e levou-me para a minha cama.

CAPÍTULO 24

O JULGAMENTO

Mantiveram-nos nas pequenas celas de grades a noite inteira e a manhã seguinte. Apesar de nos terem dado pão e água, não consigo comer nem dormir. Encosto-me à parede de pedra, sentindo--me vazia e entorpecida. Sempre que um dos meus amigos tenta falar, os bogatires que nos guardam ordenam-lhes que se calem.

A Bigodes suspira com tristeza no meu colo e o Grumo coaxa taciturno. Penso no Rouxinol — onde estará e se o verei hoje, se o seu julgamento se irá realizar e se algum de nós alguma vez agora encontrará forma de fugir daqui.

Por fim, a certa altura durante a tarde tórrida e asfixiante, surge um grupo de bogatires de armadura, percorrendo o corredor a bater com os pés no chão.

— De pé! — diz um deles rudemente.

Cambaleio quando me levanto, rígida das muitas horas sentada no chão. Os bogatires entram com pujança nas nossas celas, as armaduras a ressoar e a bater metalicamente. Devem ter tanto calor, que me deixo levar por um breve acesso de solidariedade por eles. No entanto, de seguida eles cercam-nos, formando uma inescapável jaula de ferro em movimento, e volto a ter-lhes rancor.

Os bogatires levam-nos a todos lá para fora, incluindo a Bigodes e o Grumo, que se mantêm no meu encalço. O sol reluz sobre um pátio enorme, pondo-o a brilhar. Na escuridão, ontem à noite, não percebi como tudo aqui é branco. O chão, todas as rochas soltas e toda a poeira no ar é feita de calcário branco, estonteantemente brilhante sob a luz. Tapo os olhos com uma mão, mas ainda assim tenho de os semicerrar.

Lentamente, vou começando a focar o capitão Ilya. Está de pé, no centro do pátio, a pena dourada do elmo a cintilar como um raio de sol. Há vários bogatires ao seu lado e também um grupo de cortesãos, vestidos de sedas azul-claras, com joias douradas a pender-lhes do pescoço, pulsos e tornozelos.

Uma das cortesãs é mais jovem do que os restantes e usa uma estreita coroa dourada, pousada sobre uma trança preta, brilhante e enrolada. Várias pequenas penas douradas sobressaem da coroa. Deve ser a Herdeira da Coroa Vasha. Solto uma exalação quente e zangada, pensando na pena dourada que continha a magia da Eco, e que poderia ter trazido a união, a ser esmagada sob a bota do capitão Ilya. Em Moróvia, as penas douradas são um símbolo de bondade, em homenagem à bondade que o antigo povo-pássaro demonstrou aos humanos que aqui naufragaram. Por isso, o facto de o capitão Ilya e a Vasha as usarem enquanto tratam as pessoas tão cruelmente é hipócrita e errado.

Olho em volta, em busca do Rouxinol, mas ele não está aqui e o meu estômago retorce-se de preocupação por ele. Os bogatires põem-nos em fila, a mim e aos meus amigos, diante da

Vasha e eu franzo o rosto enquanto os meus olhos se adaptam à luz. Nunca antes de hoje eu tinha visto a Herdeira e inclino a cabeça, com curiosidade, porque a sua postura me é familiar: costas direitas, mãos fortes preparadas para agir. Levanto os olhos até ao seu rosto.

É uma rapariga de olhos castanho-dourados e um olhar penetrante que vê para lá de mim, como se não suportasse encarar-me.

— Não pode ser — murmuro, piscando os olhos para tentar focar novamente a cena de maneira diferente. Se calhar a Herdeira da Coroa Vasha é simplesmente parecida com a Hero. Não podem ser a mesma pessoa, pois isso significaria que a Hero me mentiu desde o primeiro dia em que nos conhecemos, há seis anos. Contudo, por mais que pisque os olhos, a verdade só se confirma ainda mais. A Hero, a minha ex-melhor amiga, é a Herdeira da Coroa de Moróvia.

— Hoje vão ser julgados pela Herdeira da Coroa, que proferirá a vossa sentença. — A voz do capitão Ilya troa pelo pátio como um martelo a bater numa rocha. Diz os nossos nomes, um a um, e a lista dos nossos crimes. As suas palavras desaparecem atrás de memórias da minha amizade com a Hero. O dia em que a conheci no mercado quando tínhamos sete anos. Ela usava a túnica azul de seda de uma cortesã e as calças de pele de veado de um bogatir e precipitava-se a ajudar todos e qualquer um.

— … uso ou cumplicidade no uso de canto mágico… — ressoa a voz do capitão Ilya enquanto me lembro da Hero sentada comigo e os meus pais, todos a cantar juntos e a magia da minha mãe a fazer borboletas dançar à nossa volta. A Hero riu-se e estendeu as mãos, esperando que uma borboleta pousasse nos seus dedos.

— … conspiração para destruir propriedade da Coroa… risco para a segurança… — continua o capitão Ilya e eu abano a cabeça, incrédula.

— Porquê? — grito subitamente, encarando a Hero diretamente nos olhos. — Porque não me disseste que eras a Herdeira da Coroa?

O capitão Ilya ignora-me e continua a falar, mas a Hero ergue a mão. O capitão Ilya franze o sobrolho e cala-se. A Hero caminha na minha direção, para a alguns passos de distância e, por fim, devolve-me o olhar.

— Há seis anos, eu era uma criança que queria uma amizade fora do palácio e dos meus deveres reais. — A Hero desvia novamente os olhos. — Mas isso foi há uma eternidade e já não importa. Sou a Herdeira da Coroa e é meu dever manter toda a gente de Moróvia em segurança.

— Nós não somos perigosos. — Olho para os meus amigos dispostos em fila e depois volto-me novamente para a Hero. — Tu sabes isso. Só queríamos salvar o Rouxinol e…

— O Rouxinol usou o canto mágico para hipnotizar pessoas e roubar — interrompe a Hero. — Os humanos e os alconostes de Moróvia têm o direito de viver sem que sejam alvo de magia. O que o Rouxinol fez foi errado e há muitos mais alconostes que podem usar, e usam mesmo, a sua magia de formas desonestas e perigosas. — A Hero olha para a Eco e franze o sobrolho. — Vocês todos planearam que a Eco usasse a magia dela para influenciar os meus pensamentos e decisões. Queriam que ela alterasse a minha mente sem minha autorização. De certeza que percebem como isso é errado.

— Estávamos a tentar fazer de Moróvia um lugar melhor — protesto. — Queremos pôr fim às terríveis regras do capitão Ilya que nos dividem e queremos que os alconostes e os humanos vivam em união.

A Hero ergue a mão para me calar, como fez com o capitão Ilya, mas eu continuo, mais alto e mais depressa.

— Os alconostes não podem cantar! E tiraram-nos *tudo*. Esta ilha é a nossa casa e temos o direito de viver aqui em liberdade.

— Toda a gente nesta ilha tem o direito de viver *em segurança* — responde a Hero com tanta ferocidade que eu recuo um passo. — O canto mágico é perigoso de mil e uma formas. Afundou o navio *Alegria*. Os meus pais… — A Hero para abruptamente. Os seus olhos incendeiam-se e enchem-se de lágrimas. Está como há três anos, quando atirou o colar para o chão. O meu coração afunda-se em desespero. Mesmo após todos estes anos, a Hero ainda culpa os alconostes pela morte dos pais. A mãe da Hero, percebo agora, terá sido a rainha humana de Moróvia. Se calhar o pai era um bogatir, tal como a Hero tinha dito, ou talvez não. Em todo o caso, os pais dela estavam no *Alegria* juntos. E ao ver a Hero a fulminar-me agora com o olhar, acho que ela me odeia a mim e a todos os alconostes pelo que aconteceu ao navio.

— Tanto quanto sabemos, pode ter sido o canto mágico a naufragar os humanos que vieram dar a Moróvia há milhares de anos. — O capitão cospe as suas palavras e a fúria arde dentro de mim.

— Porque é que haveria de sugerir uma coisa tão horrível? — grito ao capitão Ilya. — Os alconostes salvaram a vida de muitos dos humanos que naufragaram e ofereceram-lhes um lar! — Porém, enquanto falo, percebo que não sei o que causou o naufrágio e que também não sei o que causou a onda gigante que afundou o *Alegria*. Sinto a dúvida a rodopiar dentro de mim e fulmino o capitão Ilya com os olhos, percebendo que é isto que ele faz: pega nas pequenas dúvidas que as pessoas carregam dentro de si como ovos silenciosos por chocar e dá-lhes pancadinhas até racharem, alimentando depois o que está lá dentro, fazendo-o crescer para se tornar desconfiança e ódio.

O capitão Ilya faz um sorriso escarninho quando me volta as costas e eu percebo que isto é tudo culpa dele. A Hero era apenas uma criança, como eu, e depois de ter perdido os pais, precisava de conforto. No entanto, tudo o que tinha era o capitão Ilya a sussurrar--lhe ao ouvido, a dizer-lhe que o naufrágio do *Alegria* tinha sido culpa dos alconostes e que nós éramos perigosos. Não era de admirar que a Hero agisse assim. O capitão Ilya influenciou-a mais do que qualquer canto mágico alguma vez conseguiria.

Oxalá eu tivesse ido atrás da Hero no dia em que me veio ver, depois do naufrágio do *Alegria*. Se o tivesse feito, talvez tivesse impedido tudo o que aconteceu desde então. Talvez eu pudesse ter ajudado a Hero a superar parte da sua dor e sofrimento e tivesse impedido o ódio pelos alconostes de crescer dentro dela.

— Ninguém sabe ao certo o que causou a onda gigante — digo. — É errado culpar e castigar todos os alconostes por isso. O capitão Ilya dividiu toda esta ilha. Não vês como se tornou terrível a vida aqui, para toda a gente — alconostes e humanos?

— Estamos a fazer o necessário para manter toda a gente em segurança. — O rosto da Hero endurece e ela endireita as costas. — É meu dever, como Herdeira da Coroa. E, como Herdeira da Coroa, condeno-vos a todos a trabalhar na pedreira. É trabalho essencial, já que é preciso mais ferro para proteger todos os morovianos do canto mágico. Quando tivermos ferro suficiente para que toda a gente fique em segurança, então, poderemos flexibilizar as novas regras e dar mais liberdade aos alconostes. — A Hero volta-nos as costas e afasta-se, na direção do capitão Ilya.

— Hero, por favor — digo. Quero que se volte e me veja como me via antes. — Sou tua amiga. — A Bigodes choraminga e o Grumo coaxa.

— Eu não sou a Hero — diz ela sem se voltar. — E nós já não somos amigas.

O saquinho de couro que trago ao pescoço, que contém os nossos colares, parece-me subitamente demasiado pesado, como o embrulho que eu roubei com uma pedra traiçoeira em vez de tesouros dourados. Quero arrancar o saco e atirar os nossos colares para o chão, como fez a Hero. Carreguei-os comigo estes anos todos, em vão, pensando que a nossa amizade significava alguma coisa. Mas foi uma mentira desde o princípio. A Hero usou-me: primeiro para fugir do palácio e dos seus deveres reais, depois para poder culpar alguém pelo naufrágio do *Alegria* e agora para a levar à Eco. Se alguma vez a nossa amizade tiver tido alguma coisa boa, então, afogou-se com o *Alegria* e perdeu-se para sempre. E não há nada que eu possa fazer para o remediar.

CAPÍTULO 25

A PEDREIRA

Bogatires conduziram-nos para fora do pátio e ao longo do caminho que, reconheço de ontem à noite, nos leva até à pedreira. Pisco os olhos para limpar lágrimas quentes e furiosas e tento focar-me no único pensamento que me dá algum conforto — que em breve estarei com o Rouxinol.

As escarpas de calcário branco erguem-se à nossa volta, estonteantemente claras sob o sol da tarde. Sinto-me tonta da falta de sono, de alimento e de água, à medida que somos enfiados por uma passagem oca e estreita que mergulha a pique. A passagem termina num portão de ferro, pelo menos quatro vezes mais alto do que eu e guardado por sete bogatires. Um deles destranca o portão e nós somos conduzidos para o outro lado.

Do lado de lá do portão, estende-se uma ampla paisagem branca, quase tão extensa e tão atarefada como a cidade de Corisco. A pedreira é um poço fundo e oval, rodeado de socalcos planos e abertos com a largura de ruas. Ao longo de todos os socalcos veem-se centenas de tendas, tão cobertas de pó de calcário que mal consigo distinguir-lhes as cores.

À volta das tendas, há centenas de pessoas, na sua maioria alconostes, mas também alguns humanos, a trabalhar — ajoelhados e a escavar o chão e as paredes da escarpa com pequenas ferramentas de madeira. São quase todos adultos, com exceção de algumas crianças da minha idade ou também mais velhas. Algumas levantam nódulos escuros de dentro do calcário, cujo tamanho varia entre um palmo e uma bola de *kickball*, e carregam-nos para carrinhos de mão de madeira. Os sons das ferramentas a raspar e das pessoas a grunhir com o esforço ecoam por toda a pedreira. Os meus olhos vagueiam pelos socalcos, desesperadamente em busca do Rouxinol.

Um dos bogatires aponta para um grande barracão de madeira na orla da pedreira.

— Ali encontram tendas, mantas, bolsas de água, ferramentas de mão e carrinhos. As casas de banho ficam atrás do barracão. São trazidas comida e água duas vezes por dia e os nódulos de ferro que escavarem para fora são recolhidos nessa altura.

— E o Francelho e o Gaio? Eles são demasiado novos para este tipo de trabalho — digo eu.

O bogatir olha de cima para o Francelho e o Gaio.

— Façam o que puderem para ajudar — diz ele rudemente, dando meia-volta para se afastar.

O Prata leva a mão aos olhos para os proteger do cenário ofuscantemente branco.

— Ninguém disse quanto tempo vamos ficar aqui.

— Tenho de procurar o Rouxinol — digo, incapaz de pensar noutra coisa que não seja encontrá-lo. O Gaio e o Francelho murmuram a sua concordância: também querem procurar os pais.

— Eu, o Prata e a Eco vamos instalar o acampamento ali. — A Flor aponta para um espaço bastante vazio ali perto. — Vocês os três podem ir procurar os vossos pais e voltar quando estiverem prontos.

Assinto, com a esperança e a preocupação às voltas dentro de mim enquanto caminho para a pedreira. Paro no socalco superior e fico a olhar, procurando de novo algum sinal do Rouxinol: as suas compridas e castanho-avermelhadas penas da cabeça, os pés de pássaro, o seu andar irregular. Não o vejo, mas a pedreira é enorme, pelo que pode estar fora de vista. Decido caminhar ao longo do socalco superior e ir descendo para os socalcos de baixo, chamando o seu nome. O Gaio e o Francelho descem para o socalco inferior e partem na mesma direção, chamando os seus pais.

À medida que vou avançando, paro para perguntar às pessoas se viram o Rouxinol. Descrevo as suas penas e os seus pés, mas sou recebida com olhares vazios e cabeças a abanar em jeito de pedido de desculpa. A minha esperança coagula-se e torna-se desespero quanto mais vou avançando e a quantas mais pessoas pergunto. Os pés do Rouxinol são tão peculiares, tenho a certeza de que, se ele aqui estivesse, alguém se lembraria. Pensamentos de pânico disparam dentro da minha cabeça, de que alguma coisa terrível lhe possa ter acontecido ali, no entanto, se isso fosse verdade, seguramente alguém saberia?

Ouço gritos a subir do socalco mais abaixo. Olho para lá e vejo o Gaio e o Francelho mergulhados num abraço cheio de penas. Devem ter encontrado os pais. Avanço mais depressa, ainda mais determinada a encontrar o Rouxinol.

A Bigodes, a sofrer com o calor, mal consegue acompanhar-me, por isso, abrando um pouco e grito ao mesmo tempo que corro.

— Rouxinol! Alguém viu o Rouxinol? — chamo, porém, só murmúrios de «Não» e «Lamento» se erguem de rostos cansados e cheios de calor. A ideia de que ele possa não estar ali, de que a Hero nos esteja a manter separados de propósito, enche-me de fúria.

Depois de várias voltas à pedreira, ao longo dos socalcos superiores, intermédios e inferiores, ainda não o encontrei. Estou exausta e a Bigodes está tão cansada que já arrasta as patas. O Grumo, que ainda se agarra à orelha da Bigodes, parece meio adormecido. Pego na Bigodes ao colo e volto a subir os caminhos íngremes talhados na face da escarpa, até chegar ao acampamento que a Flor, o Prata e a Eco montaram. Ergueram duas tendas simples e estão sentados à frente de uma, com um ar abatido e exausto.

A Flor dá pancadinhas no chão ao seu lado quando me aproximo e eu deixo-me cair junto a ela. A Bigodes tomba dos meus braços para o chão, ofegante. Afago-lhe o pescoço.

— Vais ter de arranjar forma de voltar para o pântano — digo baixinho. — Tu também, Grumo. Nunca vos devia ter trazido para aqui. — Mas o Grumo estreita os olhos e coaxa em tom de desafio, e a Bigodes aninha-se mais junto a mim.

— Não encontraste o Rouxinol — diz o Prata, o rosto coberto de preocupação.

— Não compreendo porque é que não está aqui. — Coço a testa. Arde com a luz tão forte. — Estou preocupada com ele.

O Gaio, o Francelho e os pais caminham na nossa direção, trazendo a sua tenda e as ferramentas enroladas num pequeno carrinho de mão. — Achámos que nos podíamos juntar a vocês — sorri o Gaio.

— Sou o Tarambola, pai do Gaio e do Francelho — diz o homem que segura na mão do Gaio, com um sorriso amável e cansado. É alto e magro, tem as penas da cabeça pretas e brancas, a sua pele azul--acinzentada está listrada com pó de calcário.

— E eu sou a Águia-Pesqueira, a mãe dos rapazes — diz a senhora com o braço em volta do Francelho. Também é alta, tem penas castanhas na cabeça, no pescoço e nos ombros, e a pele branca. Tal como o Tarambola, está coberta de pó calcário e parece cansada. — Têm fome ou sede? Temos comida e água que podemos partilhar.

— É muito amável da vossa parte — sorri a Flor. Eu sou a Flor e este é o meu filho, o Prata.

A Eco cumprimenta com um aceno.

— Que bom voltar a ver-vos, Águia-Pesqueira, Tarambola.

— Vocês conhecem-se? — Olho da Eco para a Águia-Pesqueira e o Tarambola.

— Tanto o Tarambola e como a Águia-Pesqueira trabalharam com o Movimento da União — explica a Eco.

O Tarambola agacha-se junto da Bigodes e faz-lhe uma festa.

— Consigo falar com animais com o meu canto mágico. — Olha em volta, para as escarpas brancas. — Bom, quando não estou aqui nas Montanhas Desencantadas. Usei a minha magia para enviar mensagens do Movimento da União no pântano a aliados no Complexo

Palaciano de Pero, dando recados escritos a pássaros e dizendo-lhes a quem os deviam entregar. Fui apanhado.

— Também é por isso que aqui estás? — pergunto à Águia-Pesqueira.

— Eu fui apanhada a ajudar o Tarambola — a Águia-Pesqueira assente. — Mas eu não tenho canto mágico.

O meu coração descompassa um batimento. Nunca tinha conhecido um alconoste adulto sem canto mágico.

— Sou a Pintarroxo — digo. — E estes são o Grumo e a Bigodes. Eu também não tenho magia. — É estranho dizê-lo em voz alta à frente de toda a gente sem acrescentar alguma coisa sobre como não tardará a vir.

— Toda a gente tem magia. — A Águia-Pesqueira pisca o olho. — E nem sempre é o canto mágico.

— Estou à procura do meu pai, o Rouxinol — digo. — Eu sei que foi capturado e mandado para o Forte, mas não está aqui na pedreira. Sabem em que outro lugar pode estar?

— Há algumas celas de detenção e também uma pequena enfermaria para os doentes e os feridos. Se calhar estará lá? — sugere a Águia-Pesqueira, tirando uma bolsa de água do seu carro.

Lembro-me do capitão Ilya a atirar o meu pai ao chão.

— Pode estar na enfermaria — digo. — Magoou um dos pés quando foi apanhado.

— Se assim for, vão tratá-lo antes de o julgar. — A Águia-Pesqueira abre a bolsa de água e pergunto-me se será falta de educação pedir um pouco para a Bigodes e para o Grumo, quando ela própria verte um pouco na mão e oferece à Bigodes. A Bigodes desenha o seu meio-sorriso e lambe-a, enquanto a Águia-Pesqueira lhe arrulha palavras suaves ao ouvido. Debruço-me para a frente, ponho os dedos na água e verto um pouco ao lado do Grumo para ele poder rastejar para cima dela e beber através da pele, como fazem todos os sapos.

— Alguma vez alguém conseguiu evadir-se daqui? — pergunta a Flor, olhando para lá dos socalcos, para as altas escarpas brancas.

O Tarambola abana a cabeça.

— As escarpas nos lados barlavento e sotavento são a pique e mergulham para uma costa rochosa lá muito em baixo. E nos lados alto e baixo-vento fazem fronteira com o Forte, que está sempre cheio de bogatires. A única saída é pelo portão de ferro, e esse está sempre trancado e guardado.

Enfio a cabeça nas mãos e gemo.

— Quer dizer que é o fim? — murmuro. — Estamos aqui encurralados sem hipótese de fuga.

A Flor envolve-me com o braço.

— Não percas a esperança, Pintarroxo.

— Não quero perder. — Franzo o rosto. — Mas que podemos nós fazer?

A Eco põe-se de pé.

— Trabalhamos, comemos, bebemos e, enquanto isso, observamos tudo atentamente e pensamos, até que o caminho se torne claro.

— Nós aprendemos que a melhor forma de sobreviver é um dia de cada vez — diz o Tarambola. — É difícil, mas todos aqui são amáveis. Ajudamo-nos mutuamente, fazemos companhia uns aos outros e damo-nos esperança.

A Águia-Pesqueira assente, concordando.

— Venham, Grumo e Bigodes, vamos ajudar a montar uma tenda para vocês. — A Águia-Pesqueira sorri, oferencendo à Bigodes mais uma mão cheia de água e eu devolvo-lhe um pequeno sorriso ao sentir a sua amabilidade a envolver-me.

O Sol desce lentamente à medida que montamos mais tendas. O Tarambola dá a cada um de nós um naco de pão e a Águia-Pesqueira enche bolsas de água para todos. Apesar de a tarde se estar a converter em noite, a pedreira enche-se ainda com sons de ferramentas a raspar e a arranhar o calcário.

De vez em quando, alguém liberta um nódulo redondo e escuro e pousa-o no seu carrinho de madeira. Na sua maioria, são pequenos e fáceis de carregar, porém, os maiores parecem pesados, já que, às vezes, duas ou mesmo três pessoas os carregam com dificuldade. Estes nódulos devem ser as rochas que contêm o ferro que a Hero e os bogatires querem a tanto custo, para se protegerem do canto mágico.

Com a minha tenda montada e a Bigodes e o Grumo a dormitar lá dentro, pego numa pequena colher de pedreiro e vou eu mesma à procura de um nódulo. Não por achar que alguém precisa de proteção contra o canto mágico e não por a Hero me ter condenado a fazê-lo, mas apenas porque os bogatires junto ao portão estão sempre a fazer-nos cara feia e o Tarambola diz que, muitas vezes, eles separam as pessoas que não estão a trabalhar e põem-nas nas extremidades mais longínquas das escarpas, a trabalhar sozinhas.

Ajoelho-me na parte de trás do socalco e começo a raspar a rocha. O calcário é mais duro do que eu esperava e demoro algum tempo a fazer uma pequena cavidade. O Tarambola vem ter comigo e dá-me alguns conselhos úteis — como raspar ao longo de ténues linhas de fraqueza na rocha, como segurar a colher de pedreiro de modo que não fique com bolhas e como procurar as manchas laranja-claras que indicam que um nódulo talvez esteja próximo.

Todos os meus amigos se aproximam para escutar os conselhos e a seguir ajoelham-se para trabalhar ao meu lado. Continuamos até bem depois de escurecer, queixando-nos da dureza do calcário e da fraqueza das ferramentas de madeira e da traição da Hero. Contudo, alegramo-nos quando encontramos nódulos, mesmo que sejam pequenos — não chegam ao tamanho da minha mão. São pesados para o tamanho que têm; coisas arredondadas, bulbosas, de tom alaranjado, que cheiram a ferro e a enxofre. Escavá-los é uma tarefa que nenhum de nós quer fazer, no entanto, sinto-me grata por estarmos a fazê-la juntos.

Quando finalmente fica demasiado escuro para se ver alguma coisa, voltamos para as nossas tendas. Digo boa noite a todos, envolvo-me com uma áspera manta de lã e enrolo-me ao lado da Bigodes e do Grumo, exausta, porém, incapaz de dormir. Nem acredito que ainda não estou com o Rouxinol e que a traição da Hero nos deixou aqui presos.

Olho para fora da tenda, para as estrelas que cintilam sobre as sombras escuras da pedreira, e começo a entoar a Canção da União, como costumava fazer quando não conseguia adormecer em Corisco. A melodia que canto baixinho começa a pairar pela vasta noite e os olhos enchem-se-me de lágrimas, porque a canção fala apenas de bondade e união — coisas que o capitão Ilya, a Hero e os bogatires vieram destruir. Ainda assim, continuo a cantar, uma vez que, de algum modo, a canção também me reconforta. Talvez por me recordar de que os alconostes e os humanos trabalharam, em tempos, juntos para alcançar a união — e que, se aconteceu uma vez, então, também pode voltar a acontecer.

A esperança infiltra-se dentro de mim enquanto canto a letra. Depois, lembro-me de outra canção que ouvi após o *Alegria* naufragar, que também me deu força durante um período terrível…

A canção que a minha mãe me deixou

Há três anos, dias depois de o *Alegria* naufragar, acordei a meio da noite. Tinha estado a sonhar com a minha mãe a cantar para mim na praia, os seus braços quentes e cobertos de penas a envolverem-me os ombros. Fechei os olhos e tentei voltar a adormecer, para recuperar o sonho, mas não consegui.

Saí para a nossa varanda. O Rouxinol estava ali, tinha adormecido na sua cadeira enquanto olhava para o mar. O ar estava calmo, porém, frio. Fui ao quarto dos meus pais buscar mais uma manta e aconcheguei-o com ela. Pus-me a olhar para o céu estrelado sobre o mar prateado. Eram visíveis os contornos distantes de Eldóvia e Buyan e senti-me, de certa forma, reconfortada por estarem a flutuar perto de Moróvia naquela noite.

Ouvia-se vagamente música a pairar vinda da orla do lado alto-vento da praia e estiquei o pescoço, espreitando na escuridão. Vi luzes minúsculas, todas em fila, a tremeluzir como chamas de velas. Não aguentei a curiosidade. Agasalhei-me com um lenço e esgueirei-me para fora de casa.

Era boa a sensação de estar cá fora, sentindo a areia macia contra os pés descalços e a vibração do ar salgado e da luz das estrelas sobre a minha pele. As minhas penas da cabeça eriçaram-se quando me aproximei da música e das luzes. Pressentiam que estava diante de algum acontecimento mágico.

O contorno de uma casa ergueu-se na escuridão, num lugar onde antes não havia casa nenhuma. Era de madeira, velha e sinuosa, pousada na praia com as janelas, a irradiar uma luz dourada, voltadas para o mar. Em todo o redor da casa, via-se uma vedação branca pouco firme, sobre a qual balançavam estranhos globos luminosos.

Das janelas da casa soltava-se uma música de dança de ritmo acelerado e os beirais oscilavam para cima e para baixo, acompanhando a batida. Estavam a tocar pelo menos duas balalaicas e ainda um acordeão. Ouviam-se pés a bater no chão e as vozes erguiam-se em gritos de alegria. A alegria e excitação daquela cena acelerou-me o coração à medida que me ia aproximando, mas estaquei ao perceber que a vedação era feita de ossos. E que os globos luminosos eram caveiras. Os buracos dos olhos lançavam cá para fora a luz de uma vela, como raios de sol.

Franzi o rosto, confusa. Os sons que vinham da casa eram felizes, mas a vedação insinuava a morte. Fiquei parada, hipnotizada com a estranheza de toda aquela situação, até que a música e as vozes esmoreceram e se calaram, e o ar frio da noite penetrou tão fundo no meu corpo que comecei a tremer.

A casa ergueu-se ligeiramente e a minha boca abriu-se, em choque, quando vi que tinha duas pernas em baixo, com enormes patas de galinha, maiores do que todo o corpo. A porta da frente virou-se para mim e uma das janelas a seu lado pestanejou.

— Olá? — Senti que estava a perguntar à casa se estava viva. Ou se era real. Se calhar tudo aquilo era um sonho.

A porta abriu-se e uma senhora saiu para o alpendre. Era baixa e roliça, tinha um grande nariz com uma verruga, pele branca engelhada e cabelo branco a rarear flutuando por debaixo de um lenço de cabeça decorado com caveiras e flores.

— Saudações, Pintarroxo! — cantou ela, enquanto dançava na direção do portão de ossos da vedação. Parou junto ao portão e fez-me sinal para que me aproximasse.

As minhas pernas vacilaram ao caminhar para ela.

— Como sabe o meu nome? — perguntei.

— Esta noite guiei muitas almas até às estrelas e a tua mãe foi uma delas. Vi-lhe as memórias. Vi-te a ti. — A senhora sorriu, revelando os seus dentes tortos. — Podes tratar-me por Baba.

— Baba — repeti, olhando para uma trouxa que trazia atada ao peito, feita com uma manta verde-garrida. — Tem aí um bebé? — perguntei, com curiosidade.

A Baba deslocou ligeiramente a trouxa e eu vi uns delicados cabelos aos caracóis.

— Sim, é a minha bebé Marinka. Na verdade, ela não devia estar aqui — sussurrou a Baba, piscando o olho. — Mas é teimosa. Na verdade, ela é a prova de que se pode alcançar quase qualquer coisa pela teimosia. — A Baba beijou o cocuruto da cabeça da Marinka e aconchegou-lhe a cabeça novamente dentro da manta. — Bom, e que estás tu a fazer aqui, Pintarroxo? Uma Casa Yaga não é sítio para os vivos.

— Ouvi tocar música e dançar... O que quis dizer quando referiu que guiou a minha mãe? — Apertei um pouco mais o lenço à volta dos ombros.

— A tua mãe morreu quando o *Alegria* afundou, e também muitos outros. Esta noite fizemos uma festa maravilhosa para celebrar as suas vidas. — A Baba soltou uma gargalhada infantil, e ao mesmo tempo fez uma voltinha. — Houve comida e dança e partilhámos memórias bonitas, e agora todos os mortos estão a fazer a sua viagem até às estrelas.

— A minha mãe foi-se embora? — lembrei-me do Barro a abanar a cabeça quando disse que tinham encontrado o *Alegria,* o meu pai com cara de quem poderia desfazer-se e a Flor a envolver-me com os braços. Oscilei, sentindo-me tonta e com frio, como se estivesse a girar num redemoinho.

A Baba abriu o portão, pôs um braço à minha volta e empurrou-me pelos degraus do alpendre acima.

— Senta-te aqui um bocadinho. Tecnicamente, não é permitido, mas… — A Baba olhou para cima, para os beirais da casa, e sorriu. — Não te importas, pois não, Casa?

A balaustrada da escada do alpendre curvou-se à minha volta, num abraço de madeira, e pequeninas flores brancas brotaram nos postes ao meu lado.

— O que… — A minha voz esmoreceu quando me pus a olhar para as flores. A Baba desapareceu dentro da porta de entrada e a casa pareceu sacudir-se e baixar-se, para se sentar mais comodamente na areia.

— Casa? — voltei a perguntar.

Os beirais assentiram, duas janelas pestanejaram e um suspiro amistoso soltou-se pela chaminé. Mais flores, desta feita, pequeninas e azuis, cresceram nos degraus onde eu estava sentada. A Baba voltou com uma caneca fumegante e colocou-a nas minhas mãos.

— Chocolate quente — disse ela.

Envolvi a caneca com os meus dedos e bebi um gole da bebida quente.

— Não há muitas almas vivas que encontrem o caminho até aqui. — A Baba sentou-se ao meu lado. Um dos seus braços envolvia de forma protetora a bebé Marinka, aconchegada contra o seu peito. — Esta é a Casa Yaga, onde as almas mortas vêm celebrar as suas vidas e despedir-se deste mundo antes de seguirem caminho.

— Quer dizer que a minha mãe se foi — repeti num sussurro.

— A tua mãe foi viver para as estrelas, sim — assentiu a Baba.

— Vou ter saudades dela. — Os meus olhos encheram-se de lágrimas e a garganta ficou mais espessa. A balaustrada da casa envolveu-me ainda mais de perto.

— Claro que vais, minha menina. — A Baba levou a mão a um bolso e tirou de lá um pequeno saco de papel. — Uma amêndoa doce?

Espreitei para dentro do saco e tirei uma das formas ovais macias e com cores pastel, que derramou uma doçura cremosa para cima da minha língua.

— Lembra-te, tu tens o poder de evocar a tua mãe sempre que precisares dela. — A Baba lançou uma amêndoa doce para dentro da sua própria boca e sorriu.

— Que quer dizer com isso? — perguntei.

— Podemos trazer as pessoas de que sentimos falta de novo para a nossa vida, num instante. Fecha os olhos — ordenou a Baba e eu fiz o que disse. — Agora, pensa na tua mãe.

Imaginei a minha mãe sentada ao meu lado na praia, os seus braços quentes e cheios de penas à volta dos meus ombros, a proteger-me do ar fresco. Atrás das minhas pálpebras, vi as cores do Sol poente a resplandecer no horizonte. Senti o calor da minha mãe e ouvi o seu canto à minha volta.

… em ombros feitos de penas
vêm à tona sonhos divinos
embalados no mais puro amor
suspiram notas de ouro como sinos…

— As memórias são obstinadas — disse a Baba — como aqui a bebé Marinka. — A Baba soltou outra gargalhada e, quando abri os olhos, ela beijava de novo o cocuruto da cabeça da Marinka. — A tua mãe tocou o mundo e tocou-te a ti, e esses toques persistem. Podes usá-los para a trazer para mais perto de ti sempre que dela precisares. Podes chamá-la para perto de ti, *pensando* nela. Podes *cantar* para a trazer mais perto. — A Baba inclinou-se para mim e sussurrou, de olhos a cintilar, como se me estivesse a contar um segredo precioso. — Quando a tua mãe atravessou o Portão, ela estava a cantar e o canto dela era teimoso. Não queria sair deste mundo. Acho que a tua mãe deixou essa canção especialmente para ti. Consegues ouvir?

Voltei a fechar os olhos, ouvi outra vez a canção de embalar.

A música mais doce
Em ti a encontrei
É nosso, de coração,
eterno e novo, um canto-rei.

— A tua mãe deixou aqui essa canção para ti — sussurrou a Baba de novo. — Está contigo sempre que precisares dela. É um abraço que dura uma vida inteira.

Senti a testa da minha mãe encostada à minha e uma lágrima fugiu-me pelo canto do olho.

— Eu ouço-a — assenti. — Sinto-a.

— E será sempre assim. A tua mãe faz parte do grande ciclo, tal como todos nós. Nós estamos aqui, estamos ali, nos pensamentos uns dos outros, no mundo, nas estrelas. Andamos sempre aos círculos. — A Baba riu-se entre dentes. — Queres mais uma amêndoa?

Abri os olhos, tirei mais uma guloseima e bebi mais um trago de chocolate quente.

— Obrigada. — Recostei-me contra o calor do abraço da balaustrada cheia de flores. — E obrigada, Casa — acrescentei, olhando para a chaminé torta de onde saíam suaves baforadas.

— Tens mais uma pergunta. — A Baba inclinou a cabeça para mim e eu olhei para ela, confusa. — Sobre o teu pai, o Rouxinol — disse a Baba.

— O Rouxinol — murmurei, os olhos encheram-se-me de mais lágrimas. Era a primeira vez que o tratava por Rouxinol em vez de Pai, e pareceu-me adequado, já que era eu quem agora tinha de tomar conta dele. — Como o posso ajudar? — perguntei. — Ele não fala desde que o *Alegria* naufragou.

— O Rouxinol usa a sua dor como um manto apertado contra o corpo. Não consegue ver nada cá para fora e ninguém consegue ver nada lá para dentro. Fala sempre com ele. Sê teimosa. E um dia ele vai tirar a cabeça de dentro do manto e responder. — A Baba tirou a caneca vazia das minhas mãos. — Lembra-te, consegue alcançar-se quase tudo pela teimosia. Podes usá-la para lutar por aquilo que é importante. Agora vai e volta só daqui a muito, muito tempo. — A Baba sorriu e desapareceu dentro de casa. A porta fechou-se e todas as luzes dentro das caveiras se apagaram.

Pus-me de pé e levantei os olhos para ver a casa uma vez mais antes de me ir embora. Os beirais curvaram-se, desenhando um sorriso doce, a casa espetou para fora um dedo comprido com garras e acenou. Eu também me despedi com um aceno e depois caminhei devagarinho de volta pela praia, através da escuridão da noite. Estava outra vez sozinha, mas sentia a mão da minha mãe à volta da minha e ouvia a sua canção de embalar a aquecer a noite fria que me rodeava.

… É nosso, de coração,
eterno e novo, um canto-rei…

CAPÍTULO 26

ESTENDER A MÃO

Acordo ao som de rodas de madeira a chiar e a raspar o chão calcário. Cai sobre mim o desespero quando me lembro de onde estou. A Bigodes e o Grumo estão a olhar para mim, expectantes, e sei que estão a pensar quando poderemos voltar para o pântano. Tenho a boca seca e os joelhos doridos de raspar as escarpas ontem à noite. Puxo a Bigodes para junto de mim e sussurro-lhe, e também ao Grumo, que em breve arranjaremos forma de sair daqui.

O Sol já brilha ofuscantemente, atravessando até a tenda. Devo ter dormido para lá do amanhecer. Rastejo para fora da tenda e vejo toda a gente na pedreira a arrastar os carrinhos de mão com nódulos de ferro em direção ao barracão de madeira, onde se juntou uma longa fila de pessoas.

— Bom dia. — A Águia-Pesqueira está ali perto. — Os bogatires não tarda nada estão aí. Anda.

Arrastamos os nossos carros até ao barracão. A Bigodes mantém-se junto aos meus pés, com o Grumo de semblante carregado em cima da sua cabeça. Apesar de ser cedo, ondas de calor tremulam no ar cheio de pó. Observo tudo com atenção, como a Eco sugeriu, na esperança de que se revele uma ideia de plano de fuga.

Deteto os meus amigos na frente da fila e percebo, com uma pontada de culpa, que a Águia-Pesqueira deve ter ficado para trás à minha espera, enquanto eu recuperava o sono. Todos têm um ar exausto, no entanto, quando os meus olhos se cruzam com os deles, dirigem-me sorrisos tranquilizadores. Faz-me pensar como devem recorrer a forças muito fundas e escondidas para ser amáveis e fortes, para que possamos ser o refúgio uns dos outros contra a situação horrível de estarmos ali presos. Uma parte da letra da Canção da União que cantei ontem à noite, sozinha na minha tenda, flui-me pela mente:

Uma casa quente de bondade
Refúgio da tempestade
Minhas penas, tuas mãos
Enchem-se de canto e futuros sãos.

Um grupo de bogatires desce a estrepitar pelo caminho que leva até ao portão, estilhaçando-me os pensamentos. Vêm a empurrar dois vagões enormes de ferro, um mais pequeno de madeira e mais outro carregado com barris de água. O portão é destrancado, os vagões passam e depois o portão é outra vez trancado.

Junto ao barracão, os bogatires começam a esvaziar os carros cheios de nódulos para os grandes vagões de ferro, com um estrépito ruidoso que ressoa pela pedreira fora. Enchem-se as bolsas de água e são distribuídos pão e peças de fruta.

Passa-se quase uma hora até que eu e a Águia-Pesqueira chegamos à frente da fila. Há dois bogatires a distribuir água e eu aproximo-me de um cujos olhos escuros e pesarosos me lembram um pouco os do Rouxinol. Enquanto o bogatir me enche a bolsa de água, pergunto baixinho:

— Por favor, estou à procura do meu pai. Eu sei que ele está no Forte, mas não está na pedreira. Tem as penas da cabeça compridas vermelho-acastanhadas e pés com garras. Só quero saber se está em segurança.

O bogatir olha para os outros bogatires antes de sussurrar:

— Ele está na enfermaria. O julgamento é daqui a três dias, no Dia-Canto.

— Ele está bem? — pergunto, demasiado alto, devido à ansiedade, e o bogatir derruba o barril de água e resmunga alguma coisa, penso que para disfarçar a nossa conversa. Depois devolve-me a bolsa de água e faz-me um pequeno aceno. Formulo um «obrigado» mudo com os lábios. Fico aliviada por saber onde está o Rouxinol, porém, a preocupação com a gravidade do seu ferimento revolve-me o estômago.

Três dias, penso, enquanto caminho com a Águia-Pesqueira de volta ao acampamento. O meu carro vazio parece mais pesado do que quando estava cheio. Milhares de minutos estendem-se dolorosamente diante de mim, cheios de apreensão pelo Rouxinol e de trabalho escravo a raspar nódulos da escarpa.

Contudo, quando olho em volta, para as pessoas que estão aqui presas há muitas luas ou mesmo anos, a minha impaciência transforma-se em determinação. Vou usar este tempo para observar e pensar, para que, quando o Rouxinol chegar, possamos planear uma fuga.

No final do Dia-Nuvem — a noite antes do julgamento do Rouxinol —, sinto-me como se já vivesse há mil anos na pedreira, e ainda não engendrei uma só ideia de como poderíamos escapar.

Estou sentada do lado de fora da minha tenda, a ver o Sol descer atrás das escarpas, com a Bigodes e o Grumo ao meu lado. O Gaio, o Francelho e os pais já estão a dormir na sua tenda. O Prata e a Flor estão a limpar o pó de calcário da tenda deles. E a Eco está num dos socalcos mais abaixo, a conversar com um velho amigo do Movimento da União.

Sinto-me derrotada. Já queria ter um plano, algo que pudesse apresentar ao Rouxinol quando nos reencontrarmos, para aliviar a sua dor ao ver que estou aqui. Todavia, apesar de ter bisbilhotado todo e qualquer canto da pedreira, e passado todos os momentos a observar e a pensar, não encontrei hipótese nenhuma de fuga. *E se não houver forma nenhuma de sair?*

— Sentes-te bem, Pintarroxo? — pergunta a Eco, sentando-se ao meu lado. Estava tão perdida nos meus pensamentos que não dei conta do seu regresso.

Abano a cabeça, demasiado assustada para dizer alguma coisa, porque, se o fizer, acho que vão sair demasiadas coisas ao mesmo tempo. A Eco põe um braço à minha volta e começa a entoar suavemente uma canção que não conheço. As suas penas são macias contra a minha pele e a canção que vibra no seu peito apazigua-me.

O canto foi uma das poucas coisas que me deram conforto nos últimos dois anos. Sempre que me sentia desesperada, cantava a Canção da União. Algumas vezes, os meus amigos juntavam-se a mim e, quando as nossas vozes se erguiam todas juntas, as minhas penas erguiam-se de esperança e eu sentia-me cheia, lá bem no fundo de mim — como me sinto quando a maré alaga o pântano.

Talvez estranhamente, pensar no pântano também me trouxe conforto. Em sonhos despertos, enterro os dedos dos pés na lama húmida em busca de tubérculos; pesco com a Bigodes e o Grumo em ribeiros cristalinos; e procuro vieiras e algas marinhas nos lodaçais, enquanto o vento marinho sopra por entre as minhas penas. E pensei na cabana de madeira que o Rouxinol construiu para nós no primeiro ano em que vivemos na orla do pântano, com o baloiço de corda cá fora e os animais esculpidos em madeira. Desejo tanto voltar a ver o Rouxinol e que possamos fugir daqui juntos.

O Prata e a Flor vêm ter connosco e sentam-se comigo e a Eco. A Flor bebe um gole de água e depois verte um pouco na mão. Oferece um pouco à Bigodes e, suavemente, derrama um pouco ao lado do Grumo. Um sorriso assoma-me ao rosto. Adoro como toda a gente aqui partilha a comida e a água, até com a Bigodes e o Grumo.

A Bigodes tem passeado pelos socalcos nas manhãs ou fins de tarde mais frescos, parando para receber festas e cócegas de pessoas que lhe sorriem calorosamente e oferecem restos de pão ou de fruta.

Arranjar comida para o Grumo tornou-se quase num desporto de equipa na pedreira. Se alguém vir uma aranha ou um escaravelho, todos os que estão por perto largam as ferramentas e precipitam-se a tentar apanhá-los. Ouve-se um aplauso quando, por fim, a pequena minúscula criatura é envolta nas mãos de alguém, que corre pelos socalcos acima para a trazer ao Grumo. A oferenda é sempre deixada dentro da minha tenda e as pessoas ficam a observar, empolgadas, o Grumo a caçá-la ou a usar a perna-espada para a levar para o que ficou conhecido como a sua despensa, onde conserva uma reserva de aranhas e escaravelhos para refeições posteriores.

Tudo isto significou que, passados apenas dois dias, eu já tinha conhecido quase toda a gente na pedreira. Depois de deixarem as oferendas para o Grumo, as pessoas ficam a conversar. Por vezes, falam sobre quando e por que razão foram capturadas, mas, sobretudo, preferem partilhar memórias felizes. Falam sobre onde viviam em Moróvia, as suas antigas profissões, quem eram os seus amigos e como gostavam de passar o tempo.

Algumas vezes, as pessoas falam sobre o que pensam fazer quando voltarem a ser livres. Os que foram separados dos seus entes queridos querem encontrá-los. A maioria das pessoas quer voltar às suas casas e vidas de antes, porém, algumas, por terem perdido tudo, querem sair da ilha e recomeçar as suas vidas noutro lado — como o Rouxinol sugeriu que fizéssemos na última noite em que estive com ele.

Quando penso que um dos meus maiores motivos para querer ficar em Moróvia era a minha amizade com a Hero, sinto a amargura a encher-me por dentro.

— Fui tão parva — digo, subitamente, incapaz de continuar a conter os meus pensamentos. A Eco para de cantar e olha para mim, as suas penas-sobrancelhas interrogativamente erguidas. — Ao confiar na Hero — explico. — Achei que era minha amiga, mas nunca o foi. Em todos os anos que fomos próximas, ela nem sequer me disse que era a Herdeira da Coroa.

— Ela disse que queria uma amizade que não tivesse nada que ver com o palácio e os seus deveres reais — diz a Flor amavelmente e eu faço uma carranca. — Não estou a querer desculpá-la — acrescenta a Flor rapidamente. — Estou só a tentar compreender por que razão ela te escondeu esse segredo. Observei-vos muitas vezes às duas a brincar e acredito que eram realmente as melhores amigas que pode haver, apesar desse segredo.

— Ela traiu-me e prendeu-nos a todos aqui. — Tenho o peito a arder de fúria e uma lágrima quente solta-se do meu olho. Quero gritar com a Hero e fugir dela e perguntar-lhe porquê, tudo ao mesmo tempo. Quero saber o que foi real e o que não foi. Mas isso nem sequer já importa. Limpo a lágrima da minha face. O Prata olha para mim, apreensivo, e eu abano a cabeça, resignada. — A minha amizade com a Hero é como um daqueles relógios estragados com que costumávamos brincar, Prata. Não pode ser reparada.

— Eu não acredito que um relógio alguma vez esteja verdadeiramente estragado. — O Prata dá-me um toque no braço. — Pode ser necessário muito cuidado e atenção, e quem sabe algumas peças novas. Temos apenas de decidir se vale a pena o esforço. Se calhar acontece o mesmo com as amizades.

Abano a cabeça.

— Mesmo que houvesse uma forma de eu arranjar a nossa amizade, não vejo como é que alguma vez poderia ser a mesma coisa. Não depois das mentiras e da traição dela.

O Prata franze o rosto, pensativo.

— Às vezes, um relógio precisa de tanto trabalho e tantas peças novas que, em vez de o arranjar, uso-o para construir outra coisa completamente diferente.

Penso nas palavras do Prata e na minha amizade estragada com a Hero, e na divisão em toda Moróvia.

— É tudo tão horrível, não acho que possa ser arranjado. Se pudéssemos desmontar tudo e construir outra coisa nova, isso talvez funcionasse. Mas como podemos fazer isso estando aqui presos?

— Não sei. — O Prata suspira.

A Eco abraça-me com mais força.

— Eu também não sei, mas temos de continuar a tentar arranjar uma forma. Às vezes, as respostas surgem quando menos contamos com elas. — Ela começa a cantar novamente. Desta vez, a melodia da Canção da União.

O Sol desaparece atrás das escarpas e um ar fresco estende-se sobre a pedreira. A Bigodes aconchega-se mais perto da minha perna e o Grumo — perturbado pelo movimento da Bigodes — solta um «Hum!» indignado.

Começo a cantar a letra da canção e, como habitualmente, as palavras reconfortam-me. A Flor sorri.

— Lembras-te de quando cantaste isto vestida de Gamayun? Os teus pais estavam tão orgulhosos.

Assinto, pensando no quadro que o Rouxinol pintou, em que eu usava o fato de penas. Penso também em Gamayun e no motivo por que cantou inicialmente a Canção da União há milhares de anos. Nessa altura, os alconostes e os humanos não eram, de todo, amigos. Desconfiavam uns dos outros.

A canção de Gamayun uniu toda a gente — mas, de início, não como amigos. A amizade levou tempo e veio mais tarde. No início, os alconostes e os humanos limitavam-se a juntar-se para trabalhar em prol da mesma coisa: a união.

Se calhar não interessa que a minha amizade com a Hero se tenha estragado e que muitos alconostes e humanos não sejam amigos. Não temos de ser amigos para trabalharmos pela união: só temos de querer a mesma coisa.

Tiro do bolso dos calções a moeda que a Hero me deu e olho para o símbolo da união: o alconoste e o humano, num abraço apertado. Se calhar, para construir a união, tudo o que temos de fazer é estender a mão e reduzir a distância entre nós. Quando a Hero me deu esta moeda, disse que queremos a mesma coisa, mas que temos estado a lutar por ela de formas diferentes. Se isso for verdade, e se uma quantidade suficiente de morovianos quiser a mesma coisa, então, seguramente, podemos juntar-nos e fazer mudanças a favor de todos nós. Como tal, só tenho de pensar numa forma de nos aproximarmos...

Algo faísca dentro de mim, como uma das explosões da Flor. *Tenho um plano!*

Mordo o lábio enquanto penso como e se poderia funcionar. Assomam-me à cabeça diferentes pensamentos e eu aglomero-os todos, como o Grumo a empurrar pequenas criaturas para a sua despensa. Tenho de ensinar a todos uma canção: uma canção antiga, mas que também precisa de uma nova quadra. Rastejo para dentro da minha tenda e começo a entoar e a cantar e a brincar com as palavras. Sinto a excitação a borbulhar dentro de mim.

Há milhares de anos, Gamayun cantou a visão de um futuro amável e unido que fez as pessoas mudarem de opinião. Se calhar, se escolher as palavras certas, os versos certos e a canção certa, eu também poderia cantar a visão de um futuro melhor. E se vozes suficientes se erguerem com a minha, então, todos juntos, poderemos ter a força necessária para mudar Moróvia para sempre.

Sinto que o meu plano é tão delicado como uma teia de aranha. Precisa de muitas fiadas para se fortalecer e, se a Hero não me estender a mão quando eu lhe estender a minha, nesse caso não funcionará de todo. Contudo, a mais ínfima possibilidade de ser bem-sucedida faz que valha a pena tentar, por todos nós.

CAPÍTULO 27

O CANTO MÁGICO

Acordo com os primeiros raios da aurora e dedico-me imediatamente ao meu plano. Deambulo pela pedreira com a Bigodes e o Grumo, falo com todas as pessoas que estejam acordadas, canto-lhes a minha canção e peço-lhes que a transmitam às outras.

Passada cerca de uma hora, o Sol já espreitou por cima das escarpas e dei uma volta inteira ao socalco superior. Pondero dar mais uma volta, mas a minha canção já está a ser transmitida de pessoa em pessoa, para cima e para baixo nos socalcos, por isso, não tardará muito até que todos a tenham ouvido.

Não sei a que horas será o julgamento do Rouxinol ou se será a Hero a julgá-lo — e a presença da Hero aqui é uma componente essencial do meu plano —, mas o meu coração dá saltos de esperança, como a Bigodes a saltitar no meu encalço.

Quando volto ao nosso acampamento, os meus amigos estão acordados. Conto-lhes o meu plano e falo-lhes da minha canção e os seus olhos iluminam-se de entusiasmo. Toda a gente saltita um pouco à medida que arrastamos os carros até ao barracão para entregar as rochas aos bogatires e levantar comida e água.

Enquanto esperamos na fila, a minha canção sussurra de pessoa para pessoa, como uma borboleta a dançar. Passam sorrisos de todos para todos e eu penso que, mesmo que este plano não funcione, pelo menos trouxe hoje alguma felicidade à pedreira.

Quando os bogatires chegam, pergunto ao dos olhos escuros e pesarosos a que horas será o julgamento do Rouxinol, mas ele encolhe os ombros. Dá-me uma laranja juntamente com a minha ração de comida e, lembrando-me da laranja que eu e a Hero partilhámos no dia em que nos conhecemos, encaro-o como um bom prenúncio do Destino e partilho-a imediatamente com todos à minha volta. Apesar de ser velha e enrugada, sabe quase tão deliciosamente como aquela que partilhei com a Hero há seis anos. Talvez porque, tal como nessa altura, a laranja tenha sido adoçada com esperanças e sonhos.

Eu e os meus amigos voltamos ao acampamento e começamos a escavar a parede traseira do socalco, todos em fila. Contudo, estou em pulgas para passar à fase seguinte do meu plano, e a ideia de falhar o julgamento do Rouxinol é como o grito de alarme de um tentilhão dentro da minha cabeça.

Entro na minha tenda, onde o Grumo está diligentemente de guarda a três escaravelhos e uma aranha, e tiro o meu colar e o da Hero do seu saquinho. Olho para eles com um misto de tristeza e esperança.

A traição da Hero mudou a nossa amizade para sempre e eu não sei se conseguirei voltar a confiar nela. Porém, tenho de me lembrar de alguns dos bons momentos que passámos juntas e no elo que partilhávamos, e preciso de que a Hero se lembre também. Assim, os nossos corações poderão encher-se de amor suficiente para nos estendermos mutuamente a mão e, se isso ajudar a Hero a perceber como Moróvia poderia ser feliz e unida, quem sabe fará diferença para toda a gente nesta ilha.

O meu plano tem três partes. Tenho de conseguir devolver à Hero o seu colar. E preciso de que ela ouça a minha canção. Não tenho controlo nenhum sobre a terceira parte: preciso de que a Hero escute, que ouça mesmo, e que depois opte por pensar e agir de maneira diferente. Porque, em última análise, é ela quem tem mais poder para gerar uma mudança. Os meus dedos tremem de apreensão enquanto enrolo o colar da Hero, formando uma pequena bola, e o ato de modo que não se desfaça.

— Estás pronto? — cochicho para o Grumo, segurando no colar em bola. — Consegues levar isto à Hero?

O Grumo coaxa, pega no colar com a boca e começa a rastejar para fora da tenda e ao longo da sombra da orla traseira do socalco, em direção ao portão de ferro. Ele deve lembrar-se de que o último lugar onde vi a Hero foi no pátio do Forte e exalo um suspiro de alívio. Não quis levar o Grumo até mais perto do portão, não fossem os bogatires reparar quando eu o pousasse no chão. Mas sigo-o, para poder distrair os bogatires no portão, enquanto o Grumo passa por eles às escondidas. A Bigodes também o segue, com o olhar vagamente perdido que sempre faz quando não tem o Grumo em cima da sua cabeça.

— O que é que queres? — pergunta um dos bogatires quando nos aproximamos do portão.

— Gostava de saber a que horas vai ser o julgamento hoje. — Fito todos os bogatires de queixo erguido. Eles devolvem-me o olhar, o que é perfeito, porque isso significa que não reparam no Grumo a rastejar por entre as barras e a passar para lá dos seus pés.

— Toca a trabalhar — desdenha-me o bogatir bruscamente.

— Por favor, o meu pai vai ser julgado e…

— Toca a trabalhar — repete o bogatir com firmeza.

— Está bem — balbucio, arriscando um olhar na direção do Grumo. Está quase escondido na sombra, tendo passado pelo último dos bogatires. — Só mais uma coisa — digo, desejando distrair os bogatires durante mais alguns segundos. — É a minha ratazana-do--pântano, a Bigodes. Ela precisa mesmo de um banho e eu pensei…

— Toca a trabalhar! — grita o bogatir, tão zangado que dou um salto para trás.

— Certo. — Volto-me e afasto-me, com a preocupação pelo Grumo a formar um nó dentro de mim. Eu sei que ele se vai manter à margem do caminho, mas, a dada altura, quando ele vir a Hero — *se* ele vir a Hero —, vai acabar por rastejar no terreno aberto do pátio. A culpa por o ter colocado em perigo esmaga-me o peito. Se calhar a canção teria sido suficiente, sem o colar. Afasto este pensamento, já que agora é demasiado tarde para arrependimentos.

Regresso ao acampamento e conto aos meus amigos o que penso fazer em seguida. Apesar de lhes surgirem nos rostos rugas de preocupação, assentem, concordando, e dizem que tentarão dar-me cobertura se os bogatires repararem que não estou. Peço à Bigodes que fique na nossa tenda, mas ela limita-se a chegar-se ainda mais perto de mim, pelo que a enfio no marsúpio. Em seguida, esgueiro-me até ao lado sotavento da pedreira e, quando estou fora da vista dos bogatires, começo a trepar a íngreme escarpa de calcário.

Quando não há apoios para as mãos, uso a minha pequena colher de pedreiro de madeira para raspar pequenos buracos, só com o tamanho suficiente para lá enfiar os dedos das mãos e dos pés. Devo demorar mais de uma hora e o Sol a incidir sobre mim é tão quente que as minhas penas se levantam e ficam quase na vertical. Por fim, alcanço o topo da escarpa e levanto a cabeça acima do limiar para ver a vista.

O Forte estende-se abaixo de mim como o mapa que a Hero desenhou no chão do esconderijo da Eco. O pátio quadrado está rodeado de escarpas e paredes. Vejo o rio largo e rápido do outro lado da muralha a sotavento e o fosso do outro lado da forja, no lado de baixo-vento. As celas de detenção ficam mesmo por baixo de mim e, para lá delas, vejo um edifício pequeno, que deve ser a enfermaria, onde está o Rouxinol.

Um grande grupo de bogatires juntou-se do lado de fora do edifício que, penso eu, deve ser onde comem e descansam, e alguns grupos mais pequenos patrulham as orlas do pátio, no entanto, não há ainda sinal da Hero nem de algum julgamento. Rastejo para um pequeno rebordo, tento pôr-me o mais confortável possível e espero.

Por fim, quando o Sol arde mesmo por cima de mim e o cheiro da Bigodes me faz lágrimas nos olhos, ouço o cloc-cloc de cascos a aproximarem-se. Quatro cavalos, montados por cortesãos, atravessam a ponte e entram no Forte.

Os cortesãos usam túnicas de seda azul e calças de pele de veado. A Hero é um deles e não parece satisfeita. Tem o semblante franzido, talvez devido à luz e ao calor, e parece tão cansada quanto nós, que raspamos nódulos de ferro na pedreira o dia todo.

Quando desmonta, a Hero não fica com as costas tão direitas como habitualmente e os olhos parecem cheios de dor. Sinto-me dividida, no fundo do meu ser. Continuo zangada com a Hero pela sua traição e pelo papel que desempenhou em toda esta crueldade. Mas o meu coração também sofre ao ver a sua dor e quer ajudá-la. Decido escutar essa parte de mim, afastar a minha fúria e optar pela bondade. Contudo, só posso ajudar a Hero, e todos nós, se ela também optar pela bondade. Espero que a minha canção a ajude a perceber isso; espero que tenha força suficiente para gerar uma mudança.

— *Tem* de ter — sussurro para mim mesma, tentando pensar num acordo que eu pudesse fazer com o Destino. Mas nada parece ser uma oferta justa comparativamente a ter o meu pai de volta e a liberdade de todos nós.

Uma das cortesãs remexe a trança comprida da Hero, levantando-a e fixando-a num círculo. Quando lhe fixam a coroa na cabeça, a Hero parece vergar sob o seu peso. É estranho vê-la assim e pensar que foi sempre a Herdeira da Coroa. Sou inundada por dentro pela tristeza de ela nunca se ter sentido capaz de mo contar.

A Hero é levada até ao grupo grande de bogatires, onde lhe oferecem fruta e água. O capitão Ilya aparece e põe-se ao seu lado. Ao vê-lo, sinto a revolta a arder dentro de mim, porém, em vez de afastar este sentimento, uso-o para me sentir ainda mais determinada — a lutar pela mudança e a pôr fim a toda a injustiça e sofrimento que ele causou.

Varro o pátio com os olhos, em busca do Grumo, e vejo-o na borda de um dos fornos, a descansar à sombra. Quando a Hero, os cortesãos e os bogatires se juntam no centro do pátio, ele começa a rastejar devagarinho na sua direção.

O meu coração bate mais depressa. Volto-me, olho para toda a gente encurralada na pedreira e aceno com as mãos. Não demora muito até que uma pessoa me veja e depois mais algumas. Respondem com pequenos acenos, não querendo alertar os bogatires do portão para o facto de eu ter trepado até aqui acima. Mantêm-se secretamente de vigia, à espera do sinal para cantarem.

O Grumo chega-se mais perto da Hero, mas ela ainda não reparou nele. Ninguém reparou. A porta da enfermaria abre-se e um bogatir sai com o Rouxinol. Os meus olhos enchem-se de lágrimas de preocupação e alívio.

Ele caminha com a ajuda de uma vara e tem um dos pés enfaixado. Parece exausto e derrotado, mas está vivo e, por fim, tão perto que o consigo ver. Mordo o lábio para me impedir de o chamar, porque cada filamento do meu ser quer dizer-lhe que estou aqui.

Observo o Rouxinol a ser conduzido até ao centro do pátio e posicionado em frente da Hero. Os olhos do Rouxinol estreitam-se contra a luz estonteante. Acho que ele não reconhece a Hero. O seu olhar vagueia em volta e repousa no Grumo, que é um tão evidente borrão verde-acastanhado contra o chão branco que me surpreende que mais ninguém tenha reparado nele.

O Grumo deve ter visto ou sentido a presença do Rouxinol, pois muda de direção e acelera, avançando na direção do meu pai. Franzo a testa, porque queria que o Grumo entregasse o colar à Hero, mas ele distraiu-se com o Rouxinol. Mordo o lábio com mais força, na esperança de que isso não seja importante e que, de algum modo, o colar chegue ainda assim às mãos da Hero.

A Hero repara que o Rouxinol está confuso, de olhos postos no Grumo, e cerra as sobrancelhas. Avança na direção do Grumo, debruça-se e estende a parte de baixo do tecido da túnica. O Grumo trepa lá para cima e a Hero levanta-se, erguendo-o com ela. De seguida, chama um cortesão para que se aproxime dela e pousa suavemente o Grumo na túnica dele. O coração martela-me na garganta quando a Hero fala com o cortesão sem reparar no colar.

Mas então a Hero para abruptamente e olha para baixo, para o Grumo. A minha alma voa quando a vejo a estender-lhe a mão, a pegar no seu colar e a erguê-lo. Este desfaz-se sob a luz e os olhos da Hero brilham com lágrimas enquanto fita, de boca aberta, o meio coração dourado.

Volto-me para todos na pedreira e ergo a palma da mão bem alto, que é o sinal para começarmos. Um canto grave e ressonante ergue-se em volume e torna-se mais agudo, e a minha pele e as minhas penas formigam quando se incha e forma uma melodia.

Harmonias e melodias levantam voo em centenas de vozes a cantar a nossa canção, minha e da Hero — a canção que fizemos juntas, há seis anos, na praia.

Um castelo de areia ergueu-se na beira-mar
Portas com conchas e bandeiras de flores a adejar
Um jardim de algas a explorar
No nosso castelo à beira-mar, à beira-mar.

O meu coração esvoaça e dou por mim demasiado nervosa para olhar para a Hero e ver a sua reação. Então, em vez disso, desço novamente da escarpa, o mais depressa que consigo, em segurança. A canção ecoa por todos os socalcos e, quando chego ao chão, sinto-a a vibrar dentro de mim. A minha voz junta-se às dos outros enquanto corro para os meus amigos, a cantar.

Onda após onda, a maré a subir
Fosso alagado, torres a ruir
Sepultura de flores, conchas a cair
Vimos, onda a onda, a maré a subir.

O ruído de bogatires, o estrépito das suas pesadas armaduras de ferro, aproxima-se do portão da pedreira e eu tremo quando toda a gente volta a cantar as quadras. Será que a Hero virá com os bogatires? O que estará ela a sentir? Terá o coração cheio e apertado como o meu? Ou ainda estará zangada e transtornada como antes?

O portão de ferro chia ao abrir e bogatires entram, com o capitão Ilya no meio deles, de expressão profundamente carrancuda.

— Silêncio! — grita ele.

Todavia, todos cantamos ainda mais alto.

A Hero entra na pedreira. Os seus olhos varrem os socalcos e faço votos para que me veja a liderar todas as nossas vozes para a quadra final — a nova quadra que escrevi ontem à noite, especialmente para este dia, especialmente para ela.

Um castelo construímos, as águas levaram
Conchas espalharam-se, perdeu-se toda a flor
Mas a baía areias novas banharam
Hoje, podemos reconstruir com novo amor.

Os olhos da Hero encontram os meus e eu ergo bem alto o meu colar. O meio coração cintila como aquele que pende das mãos da Hero e eu olho-a nos olhos, cantando.

Mas a baía areias novas banharam
Hoje, podemos reconstruir com novo amor.

As mãos da Hero tremem como as minhas e os seus olhos enchem-se de lágrimas. Percebo uma coisa que já devia ter visto há muito tempo. A Hero não está cheia de ódio. A Hero está cheia de medo. Desde que o *Alegria* se afundou, ela tem estado assustada e está assustada neste momento.

Compreendo um pouco o medo da Hero, porque também me senti impotente e vulnerável. Contudo, eu podia mostrar à Hero como podemos superar o medo, agindo juntos, e não divididos.

Caminho para ela e, quando o faço, a minha voz ergue-se acima das restantes e atinge a nota nítida e perfeita que começa a Canção da União. Uma a uma, outras vozes se erguem para entoar também essa nota e o nosso canto estende-se e enche a pedreira, levando a sua história sobre como alconostes e humanos trabalharam juntos para criar a união após uma tragédia e criaram um maravilhoso lar para todos nós.

Em areias douradas naufragadas, perdidas
Na espuma das ondas, mãos estendidas
Sobre as ondas leves almas voam
Do túmulo oceano, corações se elevam.

Centenas de vozes unem-se à minha e voam até aos céus.

Bondade, o voo das aves procuro
Mapa de estrelas da noite no escuro
Minhas penas, tuas mãos
Enchem-se de canto e futuros sãos.

O capitão Ilya fulmina-me, tem os olhos em chamas, mas eu continuo a caminhar para a Hero e canto mais alto.

Segura-te a mim
Flutuamos em mares salgados sem fim
Nadamos lado a lado
Ascendemos ao límpido céu sonhado.

— Herdeira da Coroa. — O capitão Ilya aproxima-se da Hero, a sua voz tensa de fúria. — Eles têm de ser silenciados. Se a sua magia se sobrepuser ao ferro…

— Deixa-os estar — diz a Hero. — Não estão a cantar magia.

Contudo, quando continuo a andar na direção da Hero, a minha voz erguendo-se com tantas outras, o nosso canto a ecoar por toda a pedreira e a erguer-se no luminoso céu azul, eu percebo que sim, estamos. Não o tipo de magia que o capitão Ilya acredita que pode provocar ondas gigantes e afundar navios. Estamos a cantar uma tempestade diferente, uma tempestade que pode mudar a paisagem desta ilha para melhor.

Novos mundos de terras de outrora
Novas amizades, o orgulho de agora
Frutos gémeos de árvores entrelaçadas
Duas alegres canções assim combinadas.

Neste momento, sinto que o nosso canto é mais poderoso do que qualquer outra coisa em Moróvia — mais poderoso do que o capitão Ilya, do que os bogatires e do que todo o medo, desconfiança e ódio que dividiu as pessoas desta ilha. Vozes, cantando juntas, rodeiam-me, até que me sinto a levitar com a nossa canção.

Uma casa quente de bondade
Refúgio da tempestade
Minhas penas, tuas mãos
Enchem-se de canto e futuros sãos.

A Hero caminha para mim e paramos à distância de um braço uma da outra.

Não te afastes de mim tão cedo
Protege-me das marés vagas de medo
Lado a lado nadamos
Para céus primaveris flutuamos.

Sorrio e vejo o medo da Hero a esmorecer. Ela estende as mãos e eu estendo as minhas e caímos as duas num abraço hirto e desajeitado. Mas depois ela diminui a resistência e eu sinto a sua face confortavelmente encostada à minha. Está quente, como no dia em que nos deitámos à beira-mar, lado a lado, a construir um castelo de areia.

Dois corações sinceros e bons
Nossas vozes alto e bom som
Cantam como uma só de bom grado
Sob um grande sol dourado.

CAPÍTULO 28

A CHUVA

Eu e a Hero abraçamo-nos com força enquanto a Canção da União se ergue e cai em nosso redor. Parte de mim quer permanecer neste momento para sempre, outra parte quer acelerar o tempo e perguntar se a Hero vai libertar o Rouxinol e todos nós e deixar-nos voltar para as nossas antigas casas e as nossas antigas vidas.

— Herdeira da Coroa Vasha — diz o capitão Ilya com firmeza. — Não está segura aqui. Nenhum de nós está. Os alconostes estão a cantar. E se, em conjunto, a sua magia for mais forte do que o ferro?

A Hero avança a cabeça para me sussurrar ao ouvido.

— Pintarroxo, tenho medo — diz. — Não quero ter, mas tenho. Por causa do que aconteceu ao *Alegria*. Tenho medo do canto mágico e de não conseguir controlar o que acontece em Moróvia.

— Eu entendo que estejas assustada — sussurro de volta, mantendo-a sempre perto de mim. — Porém, esta divisão não vai eliminar os teus receios. É cruel e errada e está a dilacerar a nossa ilha, ainda mais do que a onda gigante alguma vez fez.

A Hero estremece com um soluço que sobe dentro dela.

— Eu nunca quis que as coisas se tornassem assim, Pintarroxo. Só queria que as pessoas estivessem seguras, mas entrou tudo numa espiral e tornou-se tudo tão horrível e agora eu não sei o que fazer…

— Tens de usar o teu poder para travar isto — digo firmemente. — E depois, juntos, podemos começar a mudar tudo para melhor.

— Herdeira da Coroa Vasha — repete o capitão Ilya. — Temos de os impedir de cantar. Temos de manter toda a gente em segurança.

Volto-me para o capitão Ilya e tento manter a voz firme, apesar de o seu olhar penetrante me fazer tremer por dentro.

— Ninguém aqui quer fazer mal a ninguém. Só queremos a nossa liberdade. Não fizemos nada de mal e o senhor não tem o direito de nos manter aqui presos.

— O canto mágico provocou a onda gigante... — começa o capitão Ilya, contudo, eu interrompo-o, falando alto.

— Não tem prova nenhuma de que qualquer uma destas pessoas tenha provocado a onda gigante. Ou tem?

A boca do capitão Ilya ainda está aberta, embora não saiam palavras nenhumas. O seu rosto fica vermelho e os olhos cintilam de frustração.

A Hero olha de mim para o capitão Ilya e endireita os ombros.

— A Pintarroxo tem razão. Não temos nenhuma prova de que alguma destas pessoas tenha causado a tragédia. O que estamos a fazer é errado. Eu nunca deveria ter permitido que isto acontecesse. — Dirige ao capitão Ilya um semblante severo. — Eu nunca devia ter permitido que me conduzisses a mim e a Moróvia por este caminho. Se os meus pais aqui tivessem estado… — As mandíbulas da Hero cerram-se com força e ela inspira lentamente. — Eles não teriam desejado isto. E ter-me-iam protegido da tua influência. — A sua voz vacila e ela faz uma pausa antes de prosseguir. — Mas eu não me deveria ter deixado levar por ti. Eu devia ter escutado mais vozes, e não apenas a tua. E devia ter sido mais forte, e mais generosa. — A Hero olha em volta, para toda a gente que está na pedreira. — Lamento muito — diz. — Tratei-os a todos com tanta crueldade. — Olha para mim e uma lágrima escorre-lhe pela face. — E, no entanto, reagiram às minhas ações com bondade e canto. E lembrando-me do poder da união. — A Hero volta-se de novo para o capitão Ilya. — Temos de acabar com isto já imediatamente e libertar toda a gente que está aqui.

O capitão abana a cabeça.

— Não posso fazer isso.

Os últimos sons da Canção da União desvanecem-se e tornam-se silêncio.

A Hero fita o capitão Ilya, o seu olhar é agora mais penetrante do que nunca.

— Liberta todas estas pessoas — ela repete.

O capitão Ilya mantém-se firme.

— Não posso fazer isso. A segurança dos habitantes da ilha é minha responsabilidade. Ainda é uma criança e…

— Onde estão as chaves do portão? — interrompe a Hero, olhando do capitão Ilya para o bogatir mais próximo. O bogatir olha para o capitão Ilya, nervoso, e depois abana a cabeça e recua. A Hero pede a outro bogatir, mas este faz a mesma coisa.

A Hero ergue o queixo e olha para todos os bogatires postados atrás do capitão Ilya.

— Eu sou a Herdeira da Coroa de Moróvia e eu ordeno que todas as pessoas aqui encarceradas sejam libertadas. — Um murmúrio percorre os socalcos e algumas pessoas aplaudem. Os bogatires mudam desconfortavelmente de posição. Alguns erguem os bastões.

— Estas pessoas não são uma ameaça para a segurança de Moróvia — diz a Hero em voz alta. — Nós é que somos a ameaça, todos nós que deixámos que os nossos medos nos conduzissem à crueldade. Nós prendemos pessoas inocentes e dividimos a nossa ilha. Isto é errado e nós temos de lhe pôr cobro.

— Não! — grita o capitão Ilya. — Isto tem de ser feito, para a segurança de todos. O canto mágico é perigoso! — Ele vira-se para mim. A sua voz mudou. Tem um laivo estranho de desespero, como se estivesse transtornado e a suplicar-me que o compreenda. Apanha-me de tal forma de surpresa que me cai o queixo.

O capitão Ilya tira o elmo com o lenço de cota de malha. A pele está vermelha e os olhos cinzentos, em tormenta.

— O canto mágico é perigoso por ser incontrolável — diz ele. — E eu *sei* que é incontrolável, porque a única forma que tenho de impedir que minha magia faça mal aos outros é com ferro. — Baixa os olhos para o elmo e para o lenço de cota de malha. Estão a tremer nas suas mãos.

— O senhor tem canto mágico? — olho pasmada para o capitão Ilya, confusa. — O senhor é um alconoste? — Os meus olhos perscrutam-lhe a cabeça, mas não tem uma única pena em todo o seu cabelo amarelo-claro.

— Não, não sou — explode o capitão Ilya. — Sou humano, como tal, não devia ter magia nenhuma. Isso, por si só, prova o pouco que sabemos sobre o canto mágico. — O capitão Ilya olha para a Hero, o rosto contorcido de angústia. — Eu não sabia que tinha magia, até há três anos, no Dia da União. Eu estava no palácio, a mantê-la em segurança — porque não tinha ido com os seus pais na viagem à volta da ilha.

A Hero olhou para mim.

— Eu deixei de ir nas viagens do Dia da União quando nos tornámos amigas, por receio de que a Alcíone me reconhecesse — sussurra. — Eu não queria que descobrisses que eu te andava a mentir.

— Fui à varanda ver o *Alegria* passar — continua o capitão Ilya. — O dia estava tão calmo que se ouvia música e canto a pairar, vindos do convés do navio. — Os seus olhos enchem-se de lágrimas e os ombros descaem-lhe. — Entoei a música que estava a ouvir... e então...

Baixo o rosto e tapo os olhos com as mãos, como se tal pudesse esconder a imagem que se forma na minha mente.

— O céu escureceu — murmuro. Preenche-me um terror frio, tanto diante da recordação como daquilo que, penso eu, o capitão Ilya está prestes a confessar.

— A onda aumentou — diz o capitão Ilya debilmente. — Era enorme. Ergueu-se atrás do *Alegria* como uma montanha. Parei de cantar imediatamente, mas a onda continuou a crescer... — O capitão Ilya aperta a ponte do nariz e fecha os olhos com força. — A culpa foi minha. Cantei magia e provoquei a onda gigante.

O meu estômago aperta-se, como aconteceu no dia em que fiquei a saber que o *Alegria* se tinha afundado e que não havia sobreviventes. *O capitão Ilya causou a morte da minha mãe*. Olho para ele, em choque, sem saber como gerir a fúria que se incendiou dentro de mim.

— Como podes ter a certeza de que foi culpa tua? — sussurra a Hero, empalidecendo.

O capitão Ilya abre os olhos e inspira fundo.

— No momento em que cantei, eu *senti* a magia. Era diferente de tudo o que alguma vez tinha sentido. Havia vibrações na minha garganta que se enrolavam para fora, em direção ao mar, ligando-me à onda e não conseguia controlá-las. Não o sei explicar, só sei que provoquei a onda gigante que afundou o *Alegria*. Não tive essa intenção, eu não queria, mas foi o que fiz. — O capitão Ilya ergue o seu elmo bem alto e abana-o. —É por isso que precisamos do ferro para nos proteger do canto mágico. — A sua voz avoluma-se ferozmente. — Vocês têm todos de continuar a trabalhar até termos uma quantidade suficiente que proteja toda a gente em Moróvia. E enquanto não o fizermos, não se pode permitir que ninguém cante.

— Não, espere… — avanço e ponho-me à frente do capitão Ilya sem pensar e levanto as mãos. Quero impedi-lo de seguir este caminho que nos mantém a todos presos. Contudo, como poderei convencê-lo de seja o que for? Como lhe posso sequer falar quando só olhar para a sua cara me põe tão furiosa? Ele provocou o naufrágio do *Alegria* e depois dilacerou a nossa ilha.

Sinto subitamente o ódio a erguer-se do estômago, quente e amargo, e lembro-me de o Rouxinol dizer que o ódio pode ensombrar a bondade que temos dentro de nós. Não quero que isso me aconteça. Quero ajudar a tornar as coisas melhores, para todos nós.

Inspiro fundo, baixo as mãos e encaro os olhos repletos de dor do capitão Ilya. E percebo que, para encontrarmos um caminho em frente, tal como tive de fazer para mim e para a Hero, vou ter de optar pelo amor em vez do ódio e pela bondade em vez da fúria.

— O que aconteceu com a sua magia e o *Alegria* foi um horrível acidente — digo lentamente, fazendo um imenso esforço para me libertar do sentimento de que ele tem culpa, para podermos chegar a um entendimento. — Concordo que temos de construir um futuro mais seguro para todos nós. Porém, tem de haver outra forma de impedir que um acidente destes volte a acontecer — uma forma que não implique dividir-nos e prender pessoas inocentes.

O capitão Ilya dirige-me um olhar severo e reparo que ainda tem os dedos a tremer. Percebo que está assustado, como a Hero. E que está a deixar que o seu medo cresça e se transforme numa fúria e ódio tais que transbordam e envenenam Moróvia inteira.

Não sei como lhe apagar o medo ou acalmar a fúria ou travar o ódio, no entanto, penso que, talvez, tal como a Hero, o capitão Ilya precise de sentir que alguém lhe estende a mão com bondade. E se ele estender a sua de volta, esse poderá ser o primeiro passo rumo a uma mudança. Por isso, aproximo-me do capitão Ilya e ofereço-lhe a minha mão.

— Podemos encontrar uma solução juntos. Podemos ajudar-nos uns aos outros a aprender e a curar as feridas e recompor as coisas para toda a gente em Moróvia. — Sustenho a respiração e espero pela sua reação.

O capitão Ilya fita a minha mão, de mandíbula cerrada e a expressão ainda mais severa. Penso compreender um pouco a luta que se trava dentro dele. Por esse motivo, tento manter a mão firme e olhar-lhe calmamente nos olhos, apesar de ainda me doer por dentro o sofrimento por tudo o que ele fez.

— Estou a pôr a bondade acima de qualquer outra coisa — digo, tanto para mim mesma como para o capitão Ilya. —Para podermos avançar, também tem de o fazer. Eu sei que não é fácil. Mas acredito que vale a pena, para que *toda a gente* em Moróvia viva em liberdade e segurança. Isso só poderá acontecer se estivermos dispostos a ouvir--nos uns aos outros e a trabalhar juntos.

A Eco põe-se ao meu lado, com uma expressão séria e solene. Os meus olhos enchem-se de lágrimas, pois eu sei que o irmão da Eco, o Gaivina, estava no *Alegria.* Levanto os olhos para a Flor, o Prata e a Hero, sabendo que o capitão Ilya também provocou a morte daqueles que amavam. Eu compreenderia se eles não lhe conseguissem oferecer a sua bondade neste momento. Contudo, a Eco estende a mão para o capitão Ilya, e a ela seguem-se a Flor e o Prata, o Gaio e o Francelho, a Águia-Pesqueira e o Tarambola… e, por fim, também a Hero. Todas as nossas mãos se estendem para o capitão Ilya e eu penso nas raízes entrançadas do paul e de como nos impediram de afundar.

— Eu posso ajudar — sussurra a Eco, aproximando-se do capitão Ilya até ficar à distância de apenas um palmo. — Eu posso ajudá--lo a aprender a controlar a sua magia, se me permitir.

Uma lágrima escorre de um olho do capitão Ilya. Olha para o rosto redondo e amável da Eco e pega-lhe na mão. Sinto-me inundada de alívio quando o capitão Ilya colapsa nos braços macios e cheios de penas da Eco e um aplauso se ergue em toda a pedreira.

A Hero deambula o olhar pelos socalcos. Tem um sorriso triste no rosto.

— Povo de Moróvia... — Ela fala suficientemente alto para que todos ouçam. — Deixei que a desconfiança, as mentiras e o medo nos dividissem. Foram cometidas muitas injustiças; por mim, pelo capitão Ilya e por outros aqui presentes. Vamos ter de encontrar uma forma de os enfrentar, repará-los quando tal seja possível e garantir que não voltam a acontecer. Sei que o que aconteceu hoje não resolve todos os nossos problemas, mas espero que seja um ponto de viragem. E o primeiro passo para criar a união tem de ser a libertação de todos os que aqui estão. Depois teremos de encontrar forma de construir um futuro melhor, juntos.

Ao ouvir as palavras da Hero, suspiro de alívio — um suspiro tão longo que é como o canto da maré quando entra pelo pântano adentro. Uma brisa rodopia, fresca e agradável, quebrando o calor asfixiante e abrasador do sol. A brisa gira por toda a pedreira, levantando pó. Os bogatires pousam os bastões no chão e tiram os elmos.

— Pode destrancar o portão e trazer o Rouxinol, por favor? — pede a Hero ao bogatir mais próximo. O meu coração dá um salto e, quando o bogatir destranca e abre o portão de ferro, o meu suspiro transforma-se numa melodia murmurada de entusiasmo, como o canto noturno que se ergue do pântano quando o Sol se põe. Um pingo de chuva cai na minha face, molhado e frio.

Olho para o céu e entoo mais alto com satisfação, e outro pingo de chuva atinge-me o rosto, e depois mais outro. O meu murmúrio cresce e transforma-se numa canção que flui do meu coração e a chuva começa a cair torrencialmente. Faz ricochete nas armaduras dos bogatires e no chão de calcário e nos carros cheios de nódulos de ferro. As penas e os cabelos de todos ficam húmidos de chuva e agarram-se às cabeças, envolvendo os seus rostos sorridentes. Toda eu estremeço de felicidade e fico com pele de galinha.

A Bigodes contorce-se de excitação e eu tiro-a do marsúpio para que possa chapinhar numa poça de água novinha em folha, com um rasgado meio-sorriso no seu focinho orlado de bigodes. Um cortesão traz o Grumo e este salta para cima da cabeça da Bigodes, coaxando de felicidade. De seguida, o Rouxinol surge no portão e eu precipito-me para ele, com um sorriso radioso no rosto. Ele estende-me os braços e ri-se. Esbarro com ele e aperto-o tanto de encontro a mim que lhe ouço o bater do coração.

— Adoro-te, Pai — sussurro e ele aperta-me com força e diz-me que me adora a mim também. Estamos outra vez juntos. A chuva primaveril chegou finalmente. E a paisagem da nossa ilha vai mudar, desta vez, suave e cuidadosamente, para melhor.

EPÍLOGO

A Ilha de Moróvia tem a forma de duas metades de um coração que se encaixam e formam um todo — como os colares que eu e a minha amiga Hero usamos.

Agora sei que o nome verdadeiro da Hero é Vasha, mas sempre a tratei por Hero e, quando perguntei se podia continuar a tratá-la assim, ela concordou. Porém, a nossa amizade não é igual à que tínhamos há três anos. É algo novo e, a cada dia que passa, cresce e muda, tal como Moróvia está a crescer e a mudar também.

A Hero já não é a Herdeira da Coroa. Na verdade, não há uma rainha humana e também não há uma rainha alconoste. O povo de Moróvia decidiu, conjuntamente, que governar a ilha é uma responsabilidade demasiado grande para apenas uma ou duas pessoas e que, na verdade, é perigoso ter tanto poder concentrado em tão poucas mãos. Por essa razão, agora Moróvia é governada por um grupo que se chama o Bando Dourado.

Mais de cinquenta pessoas — alconostes e humanos em igual medida — fazem parte do Bando Dourado e cada um jurou, sobre uma pena de ave marinha banhada a ouro, que se orientarão pela bondade e pela justiça acima de tudo o resto. O Bando reúne-se no Complexo Palaciano de Pero quase todos os dias para debater a gestão da ilha e tomar decisões em conjunto. A Flor e a Eco fazem parte do Bando Dourado.

A Flor desloca-se da casa onde vive com o Prata em Corisco para as reuniões. E quando não está nas reuniões, continua a gostar de trabalhar no seu boticário. O Prata continua a sua aprendizagem com o Circadiano, enquanto poupa dinheiro para abrir a sua própria relojoaria.

A Eco passa a maior parte do tempo no palácio, a trabalhar com o Bando, mas também está a ensinar o Ilya — que já não é capitão — a controlar a sua magia. Ela acha que a Ilha de Moróvia terá concedido ao Ilya a sua magia poderosa por algum motivo e que talvez, um dia, ele venha a poder usá-la para o bem, quem sabe para desviar a ilha da rota de perigos. A Eco visita as Montanhas Desencantadas duas vezes por semana para dar ao Ilya as suas lições, visto que é mais seguro ele praticar rodeado de rochas cheias de ferro e também porque o Ilya, juntamente com muitos dos ex-bogatires, foram condenados a trabalhar no Forte pelos atos que cometeram nos últimos três anos. No entanto, o seu trabalho não consiste em raspar nódulos de escarpas de calcário: estão a desmantelar as celas de detenção, a derrubar os muros do forte, a encher a pedreira e a recuperar a paisagem.

O Bando Dourado pretende converter o Forte num santuário da vida selvagem, com um lago onde os caranguejos gigantes possam viver em segurança, penhascos para as aves fazerem os seus ninhos e um prado de relva e flores silvestres para as borboletas e as abelhas bailarem. Quando estiver pronto, eu e o Rouxinol queremos lá ir para plantarmos juntos um jasmim da noite.

A Eco disse que, na última vez que visitou o Forte, o Ilya e os outros ex-bogatires que ali estão o tinham batizado de Refúgio. Ela sorriu, descrevendo como se estava a operar a cura da paisagem e das pessoas ao mesmo tempo. Muitos alconostes e humanos têm-se oferecido para ajudar no trabalho que lá se faz e, enquanto o fazem, os últimos resquícios de desconfiança e medo esmorecem e são substituídos por respeito, gratidão e amizade.

Até o Ilya está a fazer amigos alconostes. A Eco diz que está profundamente arrependido das coisas que fez e que compreende agora que deixou que os seus receios se deformassem e se transformassem em ódio. Mas conforme aprende a gerir o seu canto mágico, ele também aprende a gerir os seus medos, em vez de se deixar levar por eles. Conversa com a Eco sobre os seus receios e isso impede-os de crescer fora de controlo. E como isto ajudou o Ilya, o Bando Dourado convidou toda a gente de Moróvia a falar com eles acerca das suas dúvidas, receios e desconfianças, uma vez que, quando estes são expostos — em vez de ficarem a crescer dentro de nós como ovos por chocar —, podemos enfrentá-los, juntos, e ajudá-los a voar para longe.

A Hero voltou à sua antiga casa. Perguntei-lhe se queria viver comigo e com o Rouxinol, mas ela preferiu ficar no palácio, para continuar a estudar na sua antiga escola e assistir às reuniões do Bando Dourado. Quer fazer parte do Bando quando for mais velha, para poder ajudar e proteger as pessoas de Moróvia. Sei que a Eco a mantém debaixo de olho, por isso, não me preocupo demasiado.

Quando saímos da pedreira, eu e o Rouxinol voltámos à nossa antiga casa em Corisco. Sentámo-nos na nossa varanda e eu ouvi as canções da minha mãe na brisa. Não sei bem se o Rouxinol também as ouviu, porque voltou a apertar o seu manto de dor justo ao corpo.

Caminhei até ao sítio onde eu e a minha mãe nos sentámos na praia no último dia que passámos juntas e senti as suas asas à minha volta. Percebi então que, durante este tempo todo, tenho andado a carregar as canções da minha mãe e a sensação que tenho dela. As minhas memórias não ficaram em Corisco, estiveram sempre dentro de mim.

Passados alguns dias, o Rouxinol descobriu a cabeça para fora do seu manto de dor. Mas não falámos sobre a minha mãe. Falámos sobre o pântano e de como sentíamos falta das suas paisagens, dos seus sons e dos seus cheiros; da sua beleza e dos seus ritmos apaziguadores. E falámos sobre o Grumo e a Bigodes, que tinham vindo connosco para Corisco e como era evidente que não eram felizes na cidade. O Grumo abespinhava-se com a praia seca e arenosa pelo menos vinte vezes por dia e a Bigodes resmungava, zangada, sempre que a maré trazia um caranguejo para a beira-mar.

Eu e o Rouxinol arrumámos algumas das coisas que nos são mais preciosas — os cancioneiros da minha mãe, a guitarra vermelho-crepúsculo do Rouxinol, a taça de barro que eu fiz como presente de solstício de inverno para os meus pais, os meus desenhos preferidos e alguns dos tesouros que eu tinha no parapeito da minha janela — e caminhámos até à cabana que o Rouxinol construiu nos lodaçais, na orla do pântano. Ainda lá estava, bem como a escada de corda e o baloiço, os espanta-espíritos feitos de penas de aves marinhas e conchas, e todos os animais esculpidos em madeira.

Vários alconostes tinham-se mudado de novo para as cabanas dos lodaçais, incluindo os meus amigos da escola, o Pardal e o Tentilhão, e a sua mãe, a Pisco. Nós fizemos o mesmo. A Bigodes e o Grumo escavaram tocas atrás da nossa cabana e ficaram muito mais felizes. E também eu e o Rouxinol éramos mais felizes.

Formou-se uma comunidade tão agradável que outras pessoas — alconostes e humanos — também se mudaram para os lodaçais, em busca de um recomeço. O Tarambola, a Águia-Pesqueira, o Gaio e o Francelho construíram uma cabana perto da nossa, portanto, vemo--los todos os dias. E o nosso antigo vizinho de baixo, o Cotovia, mudou-se para o nosso lado. Adoramos ouvi-lo falar meigamente, já noite avançada, com o peixe-anjo de estimação.

O Bando Dourado organizou um serviço de transporte para levar quem vive nos lodaçais a Corisco todos os dias, para que as crianças possam ir à escola e os adultos possam trabalhar. Por isso, na maioria das manhãs eu despeço-me da Bigodes e do Grumo e eles brincam no pântano, enquanto eu vou à escola, e o Rouxinol faz o seu trabalho no hospital.

Depois da escola, vou até casa da Flor e do Prata e converso com eles enquanto espero até que o Rouxinol acabe de trabalhar, para viajarmos juntos de volta aos lodaçais. A Flor e o Prata também nos vêm visitar nos lodaçais, bem como a Eco e a Hero.

Todos os Dias-Canto, os meus amigos chegam cedo pela manhã e passamos o dia inteiro juntos. O Prata, a Hero e eu adoramos jogar *kickball* com o Gaio, o Francelho e os nossos outros amigos, e passar a praia a pente-fino em busca de conchas, penas de aves marinhas e madeira à deriva para fazermos esculturas. E, muitas vezes, exploramos o pântano com a Bigodes e o Grumo; trepamos às árvores, nadamos, fazemos grutas ou sentamo-nos simplesmente a conversar horas a fio.

Ao serão, todos os que visitam os lodaçais e os que aqui vivem juntam-se à volta de uma fogueira e partilhamos a refeição e entoamos canções. As nossas vozes juntam-se e pairam ao longo da abertura de passagem da maré, saindo para o mar, chegando se calhar tão longe como Eldóvia e Buyan, que por estes dias parecem flutuar muito mais perto de Moróvia. O Rouxinol toca a sua velha e muito estimada guitarra e o ar enche-se de dor e alegria, e espalha-se no seu rosto um sorriso que é feliz e triste ao mesmo tempo.

Pouco depois de nos termos mudado para cá, acordei a meio da noite e dei com o Rouxinol de olhos postos no mar, com uma expressão perdida nos olhos. Contei-lhe, pela primeira vez, acerca da Baba e da Casa com Patas de Galinha, e como a minha mãe me tinha deixado a sua canção neste mundo para que eu a pudesse chamar a cantar sempre que precisasse dela. Cantei a canção de embalar ao Rouxinol e, por fim, com as lágrimas a escorrer-lhe pelas faces, ele falou comigo dos seus sentimentos. Ficámos abraçados até o Sol se levantar de novo e, durante todo aquele tempo, senti a minha mãe ao nosso lado.

Desde essa noite, eu e o Rouxinol passámos muitos serões os dois sentados, a partilhar memórias da minha mãe. Deixámo-nos cair juntos no passado, depois saímos lá de dentro também juntos, e isso ajudou-nos aos dois. Ao chamar a Alcíone para perto de nós, ficámos também mais próximos e já não sinto que o Rouxinol se esteja a afastar para longe.

O meu canto pode não ser como o dos outros alconostes. Não sei chamar borboletas com as minhas canções, nem hipnotizar pessoas, nem falar com animais, nem fazer que as chamas ardam com mais força, nem fazer um relâmpago atingir o chão. Mas voltei a ter aulas com a Eco, só por prazer, e, na semana passada, depois de a nossa aula ter sido interrompida por uma chuva pesada, a Eco disse que, afinal, tenho canto mágico, mas não me quer dizer o que é. Ela diz que vou perceber sozinha quando chegar o momento certo.

No entanto, para ser sincera, não sinto neste momento que o canto mágico seja tão importante. Porque as canções que agora cantamos juntos em Moróvia são sobre família e amizade, bondade e união, e isso faz que sejam as canções mais poderosas de todas.

NOTA DA AUTORA

Caro Leitor,

A Ladra Que Cantava Tempestades, à semelhança de todos os meus livros, inspirou-se num misto de folclore eslavo e das minhas experiências pessoais.

Desta vez, reimaginei o poema popular russo *Rouxinol, o Ladrão.* O Rouxinol tinha traços de pássaro e um assobio poderoso e perigoso. O poema apresenta-o como um vilão, mas, como é evidente, sabemos que o vilão de uma história poderá ser o herói de outra.

O herói desta história é a Pintarroxo, uma menina com penas. A Pintarroxo tem a certeza de que, se ao menos conseguisse aprender o seu canto mágico — o dom mágico do seu povo, os alconostes —, seria capaz de unir a ilha que é a sua casa.

Este tema em torno da união desenvolveu-se a partir das minhas perceções do mundo no momento em que estava a escrever. Tristemente, via conflitos em todo o lado; pessoas com opiniões contrárias a lutar apaixonadamente pelas suas causas, cada uma convicta de ser o herói, sem escutar aqueles que tinha qualificado de vilões. Senti-me perdida e insegura, sem saber como eu — ou qualquer outra pessoa — nos poderia ajudar a seguir em frente.

A Pintarroxo tornou-se tudo aquilo que eu queria ser: esperançosa, determinada e com a absoluta certeza de que conseguirá ajudar a fazer do seu mundo um lugar mais amável e melhor para toda a gente. Apesar das suas dificuldades pessoais e dos obstáculos que parecem impossíveis de superar, a Pintarroxo agarra-se à crença de que as pessoas da sua ilha se podem unir.

Durante três anos, a casa da Pintarroxo, a ilha flutuante de Moróvia, foi dilacerada pela tragédia, as mentiras e o preconceito. As pessoas de Moróvia foram literalmente divididas, tendo os alconostes como a Pintarroxo sido banidos para o pântano, num dos lados da ilha, ao passo que os humanos viviam separadamente no outro lado. Frustrantemente, a capacidade de operar uma mudança parece residir nas mãos de quem não quer ouvir nem agir.

Deste modo, como pode a Pintarroxo criar um recomeço para as pessoas da sua ilha? E de que modo cada um de nós pode demonstrar valentia quando as tempestades se abatem sobre nós?

Não posso prometer que este livro contenha uma solução mágica para acabar com todos os conflitos e unir as pessoas. Todavia, as histórias têm poder; o poder de provocar as imaginações, de estimular novas maneiras de pensar e de atear discussões em que nos escutamos mutuamente e partilhamos as nossas esperanças e receios. Só então poderemos trabalhar para diminuir a distância que nos separa.

Espero que esta história de uma rapariga com penas que sonha com a união motive os leitores a acreditar que a cooperação é a forma de mudarmos o nosso mundo. Que, juntos, podemos cantar magia.

Sophie Anderson, março de 2022

AGRADECIMENTOS

A Ladra Que Cantava Tempestades chocou no ovo, ganhou asas e voou rumo ao mundo com a ajuda e o apoio de muitas pessoas. O meu amor e gratidão sentidos e de coração vão para:

O meu marido Nick, os nossos filhos Nicky Belle, Alec, Sammy e Eartha, e o nosso *collie Star*, por um amor e uma luz sem fim. E todos os que nos são próximos e os nossos amigos, com um abraço extra para os Birschels, Les e John Cole, Gillian, Lorraine e Anti Racist Cumbria, por tudo o que fazem.

A minha fantástica agente, Gemma Cooper, e todos na The Bent Agency. Vocês estão sempre a concretizar os meus sonhos!

As minhas brilhantes, sábias e amáveis editoras, Rebecca Hill e Becky Walker. Criar histórias convosco é uma alegria absoluta.

As *designers* Katharine Millichope e Sarah Cronin, e a ilustradora Joanna Lisowiec, por tornarem este livro tão incrivelmente bonito.

Todos na Usborne; Sarah Stewart pela revisão editorial; Gareth Collinson e Alice Moloney pela revisão de texto; Katarina Jovanovic, Stevie Hopwood e Hannah Reardon Steward pela publicidade e o *marketing*; Penelope Mazza pelo *design* de produção; Christian Herisson, Arfana Islam, Boyd Denton, Lesley Preston, Jo Caulkin e Angela Williams por defenderem as minhas histórias e fazerem que cheguem a tantas livrarias; Sylvia Gaitas pelo controlo da produção;

Jacob Dow e Jessica Feichtlbauer por gerirem os pacotes de pré-encomenda; e toda a equipa de edição e vendas. Estou orgulhosa e grata por fazer parte do vosso bando.

Os muitos maravilhosos escritores e ilustradores que me inspiraram, educaram e fizeram voar mais alto, com uma pena dourada especial para James Mayhew, Antonio Reche-Martinez, Nadine Aisha Jassat, Kiran Millwood Hargrave, Cerrie Burnell, Yaba Badoe, Galina Varese, Manjeet Mann, Jo Clarke, Abiola Bello, Nicola Davies, Jackie Morris, Darren Chetty, Adam Ferner, Nenna Chuku e toda a gente no Writer's Hour Group.

Todos os livreiros, revisores de livros, bibliotecários e professores, cuja paixão e dedicação ajudam os meus livros a chegarem aos leitores; Fiona Noble, Charlotte Eyre, Gavin Hetherington, Alison Brumwell, Jake Hope, Zoey Dixon, Steph Elliott, Mathew Tobin, Ed Finch, Tom Griffiths, Kate Heap, todos na Waterstones, Will Smith e Sam Read Bookseller, Tamsin Rosewell e Kenilworth Books, A New Chapter Books, e tantos mais. Tenho um enorme respeito pelo trabalho que fazem e estou profundamente grata a cada um de vós.

Acima de tudo, obrigada aos meus leitores. Juntos, cantamos magia.